Liebe geht durch dick und dünn

Lily Winter

Lily Winter

# Liebe geht durch dick und dünn

Roman

**Impressum**

Bibliografische Information der Deutschen Nationalbibliothek:
Die Deutsche Nationalbibliothek verzeichnet diese Publikation in der
Deutschen Nationalbibliografie; detaillierte bibliografische Daten sind
im Internet über http://dnb.dnb.de abrufbar.

Cover Design: Désirée Riechert, www.kiwibytesdesign.com

Herstellung und Verlag: BoD – Books on Demand, Norderstedt

ISBN: 978-3-7534-3958-7

# 1. DIE MONTAGSMOBBERIN

„Mmh, bleib doch noch ein bisschen liegen", grunzt mir Egon zu. Eigentlich ist Egon ein recht altmodischer Name, aber ich finde, er passt irgendwie zu ihm und eigentlich nenne ich ihn die meiste Zeit auch nur Eno. Wenn er allerdings mal wieder Mist gebaut hat, nenne ich ihn „Das Ego", wovon er jetzt glücklicherweise weit entfernt ist. Genau wie letzte Nacht, die übrigens äußerst befriedigend war, ich hoffe, für ihn auch.

„Tut mir leid, aber ich muss jetzt gehen. Du weißt doch, es ist Montag und ich befürchte, dass ich heute ihr Opfer sein werde." Leider ist das gar nicht so unwahrscheinlich, denn ich bin bereits die letzten drei Montage nicht ihr Opfer gewesen, was einen echten Rekord darstellt. Es wird also wieder Zeit, befürchte ich.

„Ihr", das ist übrigens meine Chefredakteurin, die von vielen, einschließlich mir, heimlich die „Montagsmobberin" genannt wird. Christine, so heißt sie eigentlich, ist auch sonst nicht besonders umgänglich, aber montags leider noch viel weniger.

Dank eines One-Night-Stands vor acht Jahren ist sie in die Situation einer Tochter gekommen und das hat sie wahrscheinlich einfach nicht vorhergesehen, geschweige denn jemals für sich geplant, so erscheint es einem zumindest. Diese zehn Monate müssen meinen Arbeitskollegen wie hundert vorgekommen sein. Ich war damals noch an der Uni, aber ein paar von den Leuten, die das Ganze mit- und überlebt haben, sind noch da und haben mir wahre Horrorgeschichten von diesem hormongesteuerten Weib erzählt. Nach der zweimonatigen Elternpause wurde wohl ziemlich schnell eine Nanny eingestellt und seitdem ist das Mobbing am Montag am allerschlimmsten.

Wieso das so ist? Na ja, weil die Nanny am Wochenende natürlich frei hat. Schließlich kann Christine niemandem erzählen, dass sie auch am Wochenende keine Lust auf ihr Kind hat. Was sollen denn die Leute denken? Und dann muss sie sich wohl oder übel mit ihr beschäftigen und das geht dann eben ziemlich auf ihre Laune.

Ich hatte übrigens selbst schon das Vergnügen, auf ihre Tochter aufpassen zu müssen, als sie zu einem sehr wichtigen Meeting musste. Ich habe keine Ahnung, zu was für einem Termin sie an einem Samstag so plötzlich und dringend musste, das hat sie mir natürlich nicht erzählt, nur, dass es eben wichtig sei und dass mein Vertrag nicht verlängert werden würde, wenn ich mich weigere, auf ihre Tochter aufzupassen. Das ist so ein beliebtes Druckmittel von ihr, das sie häufig bei den befristeten Mitarbeitern benutzt, aber ganz besonders häufig bei mir, glaube ich.

Seitdem ich vor einem Jahr auf ihre Tochter aufgepasst habe, will ich übrigens unbedingt Kinder haben, zumindest, wenn sie so süß sind wie Nina. Ich begreife einfach nicht, wie jemand so Furchtbares an eine so großartige Tochter kommt, aber wahrscheinlich hat es auch sein Gutes, wenn man fremde Leute sein Kind erziehen lässt. Anders kann ich mir das sonst nicht erklären, denn Nina und ich hatten einen fantastischen Abend!

Wir haben ihre Puppe gebadet, Nina gebadet und anschließend war ich selbst auch ziemlich gebadet. Dann haben wir zusammen Spaghetti mit Tomatensauce gekocht. Ich muss gestehen, dass ihre Kochkünste sehr viel fortgeschrittener sind als meine. Natürlich wollte sie nicht schlafen gehen. Wer will das schon freiwillig, wenn jemand neues (und so interessantes, hihi) da ist und sich die ganze Zeit mit einem beschäftigt? Also ich ganz bestimmt nicht. Wir haben ihre komplette Sammlung an Kinderbüchern durchgelesen und dabei ist sie irgendwann einfach eingeschlafen.

Ich muss immer lächeln, wenn ich an diesen Abend denke. Wir haben uns danach sogar noch öfter getroffen. Ich hatte Nina meine Handynummer gegeben und sie hat sich tatsächlich nur kurze Zeit später gemeldet und mich gefragt, ob wir spazieren gehen wollen. Ich habe sie abgeholt und wir sind Eis essen oder spazieren gegangen. Nina hat mir dabei einiges erzählt, leider nicht immer schöne Sachen.

Aber was erzähle ich denn hier. Ich muss doch los!

\*\*\*

In der Redaktion lege ich nur meine Tasche ab und laufe schnell zu Christines Büro. Leider bin ich nicht nur wegen der Julihitze völlig durchgeschwitzt. Mein Herz pocht beinah lauter als mein zaghaftes Klopfen an Christines Tür. Kaum trete ich rein, legt sie natürlich sofort los:

„Ist das eigentlich dein Ernst, Mila? Also, als ich das gelesen habe, war ich wirklich enttäuscht von dir! Dein Artikel über die Hundewelpen ist dermaßen schlampig recherchiert. Du weißt doch, dass dein Vertrag bald ausläuft. Gerade deshalb habe ich eigentlich gedacht, dass du dich da total reinhängst in das Thema! Aber das hier, das geht ja überhaupt nicht. Da fehlt die Spannung, da fehlen die Infos, da fehlt doch einfach alles!", bellt sie mich ohne Einleitung an.

Uff, ich habe es ja geahnt. Sie fragen sich jetzt sicherlich: „Was denn für ein Artikel?"

In dem „Artikel" ging es lediglich um ein paar Bilder von einer Hundeschau, die ich noch nicht einmal habe selbst besuchen dürfen. Ich sollte das Ganze als Auflockerung für irgendeine Seite entwerfen, damit sie voller und bunter aussieht. Als Überschrift habe ich „Hunde Schauen" darübergeschrieben. Als Untertitel hatte ich noch „Die wahren Gewinner dieser Hundeschau – Sind sie nicht süß?" hinzugefügt. Bestimmt nicht eine meiner besten Arbeiten, aber leider waren alle tollen Themen mal wieder an andere vergeben worden und ich konnte froh sein, überhaupt etwas abbekommen zu haben und nicht wieder nur Ablage machen zu müssen. Ich atme tief durch.

„Was genau wolltest du denn haben, Christine?"

„Das sage ich dir doch nicht, das ist doch deine Arbeit, Mila!"

Ich versuche wirklich, mich zusammenzureißen. Rumbrüllen wird mich nicht weiterbringen, außer auf Christines Niveau. Zumindest versuche ich, mir das wieder und wieder einzureden.

„Und jetzt?" Mehr bekomme ich nicht raus, die Wut, die in mir aufkeimt, will an die Oberfläche und Christine anschreien.

„Nichts und jetzt. Die Ausgabe ist doch schon raus", winkt Christine ab. „Ich denke, ich muss dir andere Aufgaben zuweisen, Mila. Das Thema war wohl nichts für dich. Ich habe mir überlegt, dass du vielleicht Diättipps schreiben könntest, denn schließlich kennst du dich mit diesem Thema doch bestens aus."

Bei diesen Worten mustert sie mich spöttisch und wartet sicherlich auf einen beleidigten Kommentar von mir, aber diesen Gefallen tue ich ihr nicht.

„Nichts Besonderes", fährt sie sauer fort, „ein paar Ernährungstipps, hier, ein Rezept da. Wie gesagt, nichts Großes. Schließlich ist doch Hochsommer, da sieht man jedes Pfund zu viel im Badeanzug, nicht wahr, Mila?"

Nachdem ich wieder nicht auf ihren Kommentar eingehe, wendet sie sich wieder ihrem Rechner zu, was mir wohl suggerieren soll, dass wir hier fertig sind.

Wütend gehe ich aus Christines Büro und atme erneut tief ein und aus. Was für eine furchtbare Frau! Wenn jeder einfach so rumschreien würde, wie es einem passt, würden wir uns alle nur anschreien, aber Chefs dürfen das anscheinend ohne Konsequenzen, denke ich frustriert.

Nachdem ich mich beruhigt habe, fange ich an, zu recherchieren. Blöderweise ärgert mich Christines Kommentar aber immer noch, denn leider ist dieses Thema ein wunder Punkt bei mir, was sie wahrscheinlich auch weiß. Denn ja, ich kenne mich mit Diäten aus, weil ich nämlich schon immer ein paar Pfunde zu viel mit mir rumgeschleppt habe, die damals mit dem Babyspeck einfach nicht verschwunden sind.

Ich habe wirklich einiges ausprobiert, von Ananasdiät über Weight Watchers oder FDH. An und für sich habe ich mich mittlerweile mit meiner Moppeligkeit abgefunden und eigentlich ist es auch sehr angenehm, wenn Eno immer zu mir sagt, dass er jedes Pfund an mir mag.

Ach Eno…. Er ist einfach ein Schatz.

Aber ich schweife schon wieder ab. Was macht eigentlich eine gute Diät aus? Dass man keinen Hunger hat, seufze ich und beiße in ein Stück Nussschokolade.

## 2. MAYA, MEGABRAUT

Für meine ersten Zeilen habe ich bereits fünf Diättipps zusammengetragen und sie an Christine geschickt.

Es ist schon spannend, was man so alles im Internet finden kann, angefangen von morgens ein großes Glas Wasser trinken bis abends auf gar keinen Fall Kohlehydrate essen. So richtig sinnvoll fand ich keinen der Tipps. Wie soll man abnehmen, wenn man nur abends auf Kohlehydrate verzichtet, sich aber den Rest des Tages damit vollstopft? Vieles erscheint mir doch recht absurd.

Nach dem Abschicken verschwinde ich sofort, weil ich mich heute noch mit Maya treffen will: Quatschen, Shoppen, Kaffee, das Übliche halt.

Irgendwie frage ich mich immer, wieso Maya und ich befreundet sind, schon mindestens so lange, seitdem wir befreundet sind. Maya war und ist so ziemlich das Gegenteil von mir und damit meine ich nicht meine braunen Zottelhaare und ihre blonden, seidig glänzenden Strähnen, denn schließlich waren ihre Haare auch mal wesentlich dunkler. Nein, das ist es nicht.

Maya ist im Gegensatz zu mir beruflich erfolgreich, super schlank und äußerst attraktiv (also, wenn man auf so etwas steht). Sie ist mit ihren gerade mal Anfang dreißig, bereits Partnerin in einer Anwaltskanzlei für Arbeitsrecht und hat sich ihr Studium mit Modeln verdient.

Maya und ich kennen uns schon seit der fünften Klasse, wo wir uns super ergänzt haben. Sie war eine Niete in Bio und ich in allen anderen Fächern. Irgendwie haben wir es so geschafft, gemeinsam bis zur elften Klasse zu kommen. Obwohl Maya dann Bio abwählen konnte, sind wir trotzdem Freunde geblieben. Bis heute.

Das Einzige jedoch, was ich Maya immer voraushatte, ist die Wahl der Männer. Maya hatte nie Probleme damit, welche zu bekommen, aber Frau will sich auch mal unterhalten können.

Ich dagegen habe bereits zwei Langzeitbeziehungen hinter mir. Die erste war vom Kindergarten bis zur Grundschule. Ab der zweiten Klasse waren Jungs plötzlich doof, was bei mir ungefähr bis zur siebten Klasse angehalten hat.

Mit Eno bin ich seit fünf Jahren zusammen und hoffentlich ist kein Ende in Sicht! Wir haben uns tatsächlich in einem Café kennengelernt, was jeden verblüfft, weil man heutzutage ja nur noch Leute per Internet kennenlernt.

Maya und ich haben ein Lieblingscafé, ganz in der Nähe der Innenstadt und da war er und schaute immerzu rüber, bis ich Maya angestoßen habe und meinte:

„Jetzt geh schon hin zu ihm, dem fallen ja gleich die Augen raus!"
Maya hat mich daraufhin nur argwöhnisch angesehen.

„Wieso soll ich zu dem rübergehen? Erstens ist das nicht mein Typ, denn so wie der aussieht, ist das ein Langzeitstudent. Zweitens schaut der gar nicht mich an, sondern dich."

Ich war völlig erstaunt und auch etwas unsicher. Meinte der Typ tatsächlich mich? Nicht, dass ich das gewohnt war, wenn ich mit Maya unterwegs war. Daraufhin hatte ich direkt zu ihm rüber geschaut und unsere Augen trafen sich wie in einem Blitz. Dann kam Eno, wie er sich später vorstellte, lässig zu uns rüber spaziert und hat sich ganz selbstverständlich zu uns gesetzt. Der Abend war super und ich begann meine zweite Langzeitbeziehung.

Mayas längste Beziehung hat sechs Monate gehalten. Es war eine Fernbeziehung, nachdem sie in den USA für ein Schuljahr gewesen war. Sie hatten sich danach noch einmal gesehen und Kyle, so hieß der Typ, hatte ihr dann vorgeschlagen, dass er auch andere Mädchen treffen wollte, denn schließlich könne er nicht so lange darauf warten, bis sie mal wieder vorbeikäme. Sie hat es mit Fassung getragen, glaube ich. Auch auf der Uni haben die Männer Schlange gestanden, doch eine wirklich feste Beziehung ist nie daraus geworden. Maya und ich haben zwar über die ganzen Eintagsfliegen gesprochen, doch so wirklich bin ich aus Maya nicht schlau geworden, denn meistens hat sie die Typen in den Wind geschossen.

Maya ist eigentlich der netteste Mensch, den ich kenne, von Eno mal abgesehen natürlich. Aber in Sachen Männer hat sie einfach kein Glück oder vielleicht will sie es auch gar nicht haben. In den letzten Jahren hat sie einfach alles mitgenommen, was so vorbeikam und sich ansonsten voll und ganz auf ihre Karriere konzentriert. Mit sichtlichem Erfolg wie man sieht.

Ja, es wäre schon nicht schlecht, so ein ganz kleines bisschen wie Maya zu sein, denke ich seufzend, während ich auf die Bahn warte.

\*\*\*

„Hallo Mila!", ruft mir Maya schon von Weitem entgegen.

Küsschen rechts, Küsschen links. So begrüßen wir uns seit der sechsten Klasse. Früher, weil die Stars das so gemacht haben, heute, weil wir uns einfach daran gewöhnt haben.

„Hallo Maya. Was macht Mr. `Ich will keine Beziehung und bin irgendwie noch verheiratet`? "

Maya grinst nur. „Ach, der ist zurück zu seiner Frau. Ich glaube, sie ist schwanger oder hat Bulimie oder vielleicht auch beides, keine Ahnung. Auf jeden Fall meinte er, dass seine Anwesenheit zu Hause dringend erforderlich sei. Blah, blah, blah. Das ging mir sowieso schon viel zu lange!"

„Na, wenigstens steckst du es gut weg", lache ich kopfschüttelnd. Mit einem beziehungsgestörten Typen anzubandeln, der verheiratet ist, so jemanden kann auch nur Maya aufgabeln. Tatsächlich war er in der Kanzlei bei einem Kollegen von ihr wegen seiner Scheidung. Eins führte zum anderen und jetzt lässt er sich wohl doch nicht scheiden. Auf jeden Fall mal wieder typisch für Maya.

„Erst Kaffee oder erst Shoppen?", frage ich überflüssigerweise, aber auch, um endlich aus der Hitze raus zu kommen. Ich sehne mich nach einer Klimaanlage.

Maya verdreht die Augen. „Was für eine überflüssige Frage. Natürlich erstmal shoppen, schließlich muss ich gut aussehen für den Rest der Männerwelt, die mich jetzt wieder zurückhat."

Mit diesen Worten stolziert sie schnurstracks in das nächste Dessous Geschäft. Ich seufze und düse schnell hinterher. Für mich gehe ich meistens allein shoppen, denn in die Geschäfte, die ich mir leisten kann, geht Maya nicht, weil ihr die Sachen viel zu groß und zu billig sind. Nach nur kürzester Zeit und drei weiteren Läden, hat Maya sich komplett neu eingekleidet, von der Unterwäsche bis zum Mantel.

„Wie machst du das nur?", frage ich ungläubig und nehme ihr ein paar von den Tüten ab. „Wir sind keine Stunde hier und schon brauchst du einen weiteren Kleiderschrank."

„Das ist ein Talent", meint Maya achselzuckend. „Eines meiner vielen Talente."

„Wie zum Beispiel deine Bescheidenheit?" Wir lachen beide und halten nach dem nächsten Kaffeeshop Ausschau.

„Was möchtest du haben, Mila?"

„Oh, bin ich eingeladen?"

„Na klar!"

„Dann nehme ich den Karamell Frappé mit extra Karamell." Oh ja, ich schmecke schon das Eis auf meiner Zunge.

„Oh Mila, das ist viel zu viel Zucker", rügt Maya mich sofort. War ja klar.

„Kommst du denn gleich mit ins Fitnessstudio?"

Tja, noch so eine Sache, in der wir völlig unterschiedlicher Meinung sind: Sport. Maya geht täglich ins Fitnessstudio, von nichts kommt schließlich nichts. Ihre Worte, ganz bestimmt nicht meine.

„Oh Maya. Wir sind gerade eine Stunde durch die Geschäfte gelaufen, meine Füße tun weh."

„Deine Füße tun weh, weil du keine Kondition hast."

Irgendwie haben wir immer dieselbe Diskussion.

„Na gut, aber darf ich vielleicht erstmal meinen Frappé austrinken?", frage ich seufzend und schaue angewidert auf Mayas ungesüßten, geeisten Americano. Dann versuche ich, Zeit zu schinden.

„Ich soll jetzt einen Seitenfüller machen. Mit Diättipps."

„Ach, musstest du heute wieder zur Montagsmobberin. Da hat sie sich ja wieder etwas Lustiges für dich ausgedacht. Und sollst du wieder auf ihre Tochter aufpassen oder spart sie sich das für einen anderen Montag auf?"

Maya mag übrigens Kinder auch nicht, so wie Christine. Irgendwie scheinen Karrierefrauen das gemeinsam zu haben. Wie gut, dass ich keine bin.

„Nein, das stand heute nicht auf dem Programm. Und übrigens mag ich Nina. Sie sagte halt, dass ich mich ja mit Diäten auskenne."

„Mal wieder ein Faustschlag unter die Gürtellinie", schimpft Maya. „Mila 0, Christine 1 Million. Will sie sich nicht mal woanders hin bewerben? Die sitzt doch bestimmt schon seit 100 Jahren auf dieser Stelle. Das sieht nicht so gut im Lebenslauf aus."

„Da hoffen alle seit 100 Jahren drauf. Außer natürlich ihre Lieblinge, denen sie immer die Reportagen oder die Sternchen zuschustert. Aber ihre Tochter ist wirklich süß." Doch Maya winkt ab. Das will sie einfach nicht hören.

„So Madame, wir gehen jetzt unseren Kaffee abtrainieren."

Und schon steht sie auf, schnappt sich die Hälfte ihrer Tüten und rauscht aus dem Café. Seufzend nehme ich die andere Hälfte und folge ihr. Kann ja nichts schaden, stöhne ich innerlich und schwitze bereits.

# 3. ENO ODER EGO

„Autsch!"

Langsam hinke ich nach oben in meine Wohnung. Zum Glück ist Eno zuhause und öffnet mir die Tür.

„Was ist passiert?" Der Kerl hat auch noch den Schneid und grinst. Das macht mich wirklich sauer.

„Maya ist passiert!" Schmerzerfüllt schleppe ich mich auf die Couch, lege meinen Fuß auf den Tisch und stöhne mitleidserregend. Sofort kommt Eno und gibt mir einen Kuss. Das ist schon besser.

„Wie ist das passiert? Hat Maya dich beiseite geschubst, um an das letzte Paar Pumps ranzukommen?" Ich brauche hier wohl nicht zu erwähnen, dass Eno Maya nicht besonders mag.

„Nein, ich war nur im Fitnessstudio und bin vom Laufband gefallen", sage ich unwirsch und reibe mir meinen schmerzenden Knöchel. Eno kann sich schon wieder ein Lächeln nicht verkneifen. Dieser Blödmann!

„Und hat dich Maya nicht nach Hause begleitet?"

„Ach, die war noch mitten in ihrem Programm, als ich runtergekippt bin und das wollte sie nicht unterbrechen. War ja auch nicht weit mit der U-Bahn", versuche ich die peinliche Sache abzutun.

„Aha, also hat dich Ms. Perfekt einfach allein nach Hause spazieren lassen. Wieso seid ihr doch gleich befreundet?"

„Das frage ich mich auch immer", knurre ich böse, weil ich mir genau dieselbe Frage gestellt habe. Gerade eben. Mal wieder.

„Möchtest du etwas essen?" Ich habe schon gedacht, er fragt nie.

„Ja bitte", strahle ich ihn an.

Die Frage: „Machst du was, ich bin schließlich verletzt", kombiniere ich mit einem gekonnten Augenaufschlag, der sich gewaschen hat. Prompt lacht Eno.

„Natürlich, mein Schatz." Mit diesen Worten verschwindet er auch schon in der Küche, um nach wenigen Minuten mit einem Teller voller Schnitten in der Hand wiederzukommen. Himmlisch!

„Wollen wir im Schlafzimmer essen und dabei einen Film schauen?", fragt er, während er den Teller in der einen Hand hält und in der anderen eine geöffnete Flasche Wein. Das lasse ich mir nicht zweimal sagen und springe auf, natürlich, ohne an meinen verletzten Knöchel zu denken.

„Autsch!", stöhne ich wieder, denn ich bin genau auf meinem schmerzenden Knöchel gelandet, der wirklich immer noch sehr weh tut. Vorsichtig hinke ich ins Schlafzimmer. Eno sitzt bereits im Schlafzimmer und sieht total süß aus in seinem Pyjama mit lauter Enten drauf. Den habe ich ihm zu irgendeinem Weihnachten geschenkt, weil mir einfach nichts Besseres eingefallen ist. Seitdem hat er zumindest einen Pyjama in meiner Wohnung, vorher hat er immer in Boxershorts und T-Shirt bei mir übernachtet. Ich war mir nicht sicher, ob er den Pyjama überhaupt tragen würde, denn zu Hause würde er niemals so etwas anziehen. Also wasche ich den Pyjama alle paar Tage, weil Eno ja irgendwie ein Dauergast bei mir ist, aber eben keine weiteren Pyjamas hier hat.

Kaum habe ich mich im Bett niedergelassen und beiße herzhaft in ein Brot mit Schinken, legt er auch schon unvermittelt los:

„Was hältst du davon, wenn wir zusammenziehen?" Ich schaue ihn groß an und kaue erstmal zu Ende.

„Meinst du das ernst?" Irgendwie habe ich Schwierigkeiten, Enos Worten zu folgen.

„Natürlich, wieso denn nicht? Ich bin doch eh jede Nacht hier."

„Und ab wann genau wäre das dann?", frage ich vorsichtig, weil ich nämlich völlig verwirrt bin.

„Na ja, ich dachte an morgen. Es wird sich doch eigentlich nichts ändern. Ich kündige nur meine Wohnung, verkaufe die Möbel und bringe den Rest meiner Klamotten hier hin."

„Das hast du ja schon toll durchgeplant", sage ich trocken und nehme mir ein zweites Brot. „Aber, wie kommst du denn da gerade jetzt drauf? Sollten wir nicht erstmal darüber reden und vielleicht in eine größere Wohnung umziehen?" Jetzt wird Eno ganz verlegen. Aha, ich wusste es doch. Das war noch nicht alles.

„Also vorerst würde deine Wohnung reichen, weil ich gar nicht so lange hierbleiben werde", druckst er rum.

„Und du wärest dann wo?", frage ich und versuche wirklich, ruhig zu bleiben. In mein zweites Brot habe ich noch gar nicht reingebissen, so perplex bin ich.

„Ich werde für ein Jahr nach Australien gehen. Meine Firma hat so einen großen Auftrag in Canberra an Land gezogen und will mich dort als Projektleiter einsetzen. Das ist eine ganz tolle Chance für mich!"

Ich lege das Brot jetzt endgültig wieder auf den Teller zurück, denn irgendwie habe ich keinen Hunger mehr.

„Und wann musst du dorthin?" In meinem Hals macht sich ein Kloß breit.

„In zwei Tagen. Ich wollte die Wohnung eigentlich weiterlaufen lassen, aber so wäre es doch viel günstiger. Und in einem Jahr bin ich wieder da und wir leben zusammen."

Der Kloß wird größer, denn langsam dämmert es mir: „Also brauchst du mich eigentlich nur für eine feste Postadresse. Das ist ja total romantisch." Dann renne ich ins Bad und knalle wütend die Tür zu. Ich bin nicht nur wütend, sondern auch maßlos enttäuscht. Egon klopft an die Tür.

„Mila, bitte, wir wollten doch sowieso zusammenziehen. Und so ist das doch viel praktischer!"

„Für dich ist es viel praktischer, weil du deine Wohnung nicht weiter zu bezahlen brauchst! Ich werde hier nur allein rumsitzen mit einem Berg deiner Sachen, die du dann nicht einzulagern brauchst!" Heul jetzt nicht, ermahne ich mich und schon läuft ein Sturzbach über mein Gesicht. Verdammt! Ich halte erstmal mein Gesicht unter kaltes Wasser, damit Egon mein Geschluchze nicht hört. Dann werde ich plötzlich ganz ruhig und sage durch die Tür: „Ich glaube, du schläfst heute Nacht besser zu Hause, Egon und damit meine ich nicht diese Wohnung."

„Ok, dann schlaf` die Nacht drüber und morgen reden wir noch einmal." Daraufhin folgt Schweigen.

Ich warte und wenig später höre ich die Tür zuschlagen. Dann gehe ich langsam aus dem Bad. Die Wohnung fühlt sich verlassen an. Das Ego ist weg und mir ist hundeelend zumute. Das Bett ist groß und leer und kalt. Der Teller mit den Broten liegt auf dem Nachttischchen und ekelt mich an. Während ich die Brote in den Abfall kippe, klingelt das Telefon. Ich stürme hin und hoffe, dass es Eno ist.

„Hallo Mila, wie geht es deinem Fuß?" Nein, es ist Maya. Ich kann gar nichts sagen, sondern schluchze nur in den Hörer.

„Mila, was ist denn passiert?"

„Das Ego", kann ich nur sagen und dann nichts mehr.

„Ich bin gleich da", sagt Maya nur und legt auf.

Und das ist der Grund, warum Maya und ich befreundet sind.

\*\*\*

Nach wenig Schlaf, viel Alkohol und noch mehr ausheulen, stehe ich auf. Es ist sieben Uhr und Maya seit zwei Stunden bereits wieder fort. Plötzlich klingelt es an der Tür. Mein Herz hüpft in die Höhe. Ist es Eno oder Das Ego oder doch nur der Postbote? Ich springe zur Tür und drücke auf den Knopf. Vor der Tür steht ein Kurier mit einer großen, weißen Schachtel.

„Bitte hier unterschreiben", fordert er mich auf und schaut mich etwas pikiert an. Na klar, ich bin ja auch keine tolle Erscheinung so im Pyjama und mit verheulten Augen. Sein Pech, dass er mich so sehen muss. Ich schließe die Tür und mache schnell die weiße Schachtel auf. Es liegen ein Dutzend (oder zumindest recht viele) langstielige rote Rosen darin und eine steife, weiße Karte:

*Unser Streit gestern tut mir leid. Ich hätte das wohl romantischer anstellen sollen. Den größten Teil meiner Sachen werde ich einlagern und die Wohnung untervermieten. Wir sehen uns in einem Jahr. Ich liebe dich. Aber du brauchst nicht auf mich zu warten.*

*Dein Egon.*

Was ist das? WAS ZUR HÖLLE IST DAS?

Hat er Schluss gemacht oder hält er sich ein Hintertürchen auf oder…? Ich bin völlig perplex, dann stürze ich zum Telefon und versuche ihn anzurufen. Ich habe keine Ahnung, was ich erwartet habe, aber kein dü, dü, dü „Kein Anschluss unter dieser Nummer."

Wo ist Egon? Sprachlos schaue ich das Telefon an, dann rufe ich sein Handy an, doch da geht auch nur die Mailbox ran.

In Windeseile wasche ich mich, ziehe mich an und laufe hinunter zur U-Bahn. Egons Wohnung ist genau eine Haltestelle entfernt und das sind gefühlte 4 km, mindestens. Und ich bräuchte länger als fünf Minuten dafür und die nächste Bahn kommt übrigens in drei Minuten, also bitte keine Kritik, ich habe hier ein Drama zu lösen!

Kurze Zeit später stehe ich vor der Tür und klingele. Plötzlich geht die Haustür auf und die Vermieterin von Egon steht vor mir.

„Ach Kind, was machen Sie denn hier? Der Herr Ewalds ist ganz früh aufgebrochen, er hat mir gestern Abend noch drei Monatsmieten bezahlt und mir gesagt, ich soll für ein Jahr untervermieten, er ginge jetzt nach Australien." Ich schlucke. Eno ist fort. Ganz in echt und tatsächlich fort. Ich schlucke noch einmal. Dann rollen mir die Tränen runter, wie peinlich.

„Hat er eine Nachricht hinterlassen?", frage ich und versuche meine Stimme fest klingen zu lassen, was mir natürlich nicht gelingt, megapeinlich.

„Nein", sagt Frau Sauer herzlich. „Tut mir leid, Kindchen." Damit macht sie die Tür hinter sich zu, läuft an mir vorbei und lässt mich stehen. Fassungslos schaue ich die Eingangstür an.

Ich muss zur Arbeit, denke ich mit einem Blick auf meine Uhr und gehe los. Es ist bereits halb neun, ich brauche mich also nicht mehr zu beeilen, denn ich bin bereits zu spät dran.

Um neun Uhr rase ich in die Redaktion, damit ich gehetzt wirke.

„Entschuldigung! Meine Bahn kam einfach nicht!", rufe ich.

Niemand geht glücklicherweise darauf ein, denn da alle hier mit der Bahn kommen, wissen alle, dass das nicht stimmt. Aber bei so einer Chefin muss man schließlich zusammenhalten.

# 4. AUSBAUFÄHIG

In meinem Postfach liegt eine E-Mail von Christine:
*Das ist bestimmt noch ausbaufähig!*

So sind Christines Kommentare an einem Dienstag. Schon etwas angenehmer, oder? Na ja, Frau nimmt, was Frau kriegen kann.

Ich texte erstmal Maya, dass ich auf alle Fälle heute ins Fitnessstudio mitkomme und das trotz meines schmerzenden Knöchels! Prompt schreibt sie zurück, ob mein Knöchel noch wehtun würde. Der Kommentar überrascht mich ehrlich gestanden doch sehr, denn Maya geht selbst mit Grippe joggen. Nein, schreibe ich schnell zurück, mein Herz tut stärker weh.

Das ist bestimmt der vielgepriesene Akkupunktur Effekt. Ich habe keine Ahnung, ob das stimmt, aber der Herzschmerz lässt mich meine Schmerzen im Fuß tatsächlich komplett vergessen und irgendwie muss ich ja jetzt meine einsamen Abende füllen. Da ich ja wieder auf dem Markt bin, ist das auch eine gute Gelegenheit, ein paar Pfunde loszuwerden, denn im Allgemeinen, seien wir doch einfach mal ehrlich, liebt man nicht jedes Pfund an uns, sondern doch lieber in Form von Modelmaßen oder zumindest mit einem vernünftigen Normalgewicht.

Lustlos recherchiere ich für meinen nächsten Kommentar. Vielleicht wird er, wenn er gut ist, gedruckt, denke ich frustriert. Die Hoffnung stirbt halt doch zuletzt.

Ich durchforste das Internet nach aktuellen Artikeln. Komisch, was die Promis so alles auf sich nehmen, denke ich irritiert. Was ist eigentlich „Low Carb"? Und hilft es einem wirklich dabei, abzunehmen?

Na ja. Vielleicht wird mein erster Beitrag einfach eine Auflistung verschiedener Diäten sein, die irgendwelche Stars ausprobiert haben. Wohin soll das Ganze eigentlich gehen? Damit meine ich mich, nicht den Artikel, den ich gerade recherchiere. Was will ich eigentlich in Zukunft erreichen? Ist das hier wirklich schon alles, was ich für den Rest meines Lebens tun will? Will ich ewig darauf hoffen, dass man mir die tollen Stories anbietet?

Nehmen wir einmal das Thema Diät. Was wäre denn überhaupt interessant an diesem Thema, was wollen die Leute darüber lesen? Vielleicht Homestorys, bestimmt auch eigene Erfahrungen und natürlich, ganz wichtig, Erfolge. Mit diesen Ideen fange ich an, mir eine Mindmap zu basteln: Diättipps, Erfahrungsberichte verschiedener Personengruppen aufgeteilt in Stars, Jugendliche, Männer und Frauen, dazu ganz viele Rezepte, mit denen Leute angeblich abgenommen haben. Als nächstes versuche ich, das Ganze in einer Frage zusammenzufassen:

*Kennen Sie das nicht auch? Sie wollen abnehmen, was tun Sie?*

Und dabei kommt mir plötzlich eine Idee. Ja genau! Das ist es! Das werde ich Christine vorschlagen.

Wir könnten mit diesen Fragen in der nächsten Ausgabe starten und dann darauf warten, was die Leute uns antworten und diese Antworten dann in der übernächsten Ausgabe veröffentlichen, anonym natürlich, aber es könnte wirklich ganz lustig werden, schmunzele ich in mich hinein. Vielleicht könnte man sogar eine Art Kummerkasten daraus machen und den als festen Bestandteil in die Zeitung integrieren, aber diesen ambitionierten Gedanken schiebe ich lieber erstmal beiseite. Ich würde das Lesen, Kürzen und das Zusammenfassen machen. Vielleicht würde mir das endlich eine unbefristete Stelle verschaffen, ich werde ganz hibbelig vor Aufregung.

Wäre das nicht etwas völlig Neues, etwas, das hoffentlich noch nicht in jeder Teenie Vogue steht?

Also schreibe ich Christine meine Idee über eine „selbstschreibende" Kolumne und warte ab, was sie dazu sagt. Währenddessen lese ich etwas Klatsch. Ernste Reportagen in allen Ehren, aber sich die Stars in den schicken Kleidern auf dem roten Teppich anzuschauen, lenkt einen sehr viel besser ab!

Eine Stunde später ist immer noch kein Kommentar von Christine zurückgekommen und es ist bereits nach halb sieben. Auch wenn ich gespannt bin, was Christine dazu sagen wird, muss ich los, denn ich habe Maya versprochen, mit ins Fitnessstudio zu kommen. Schnell packe ich meinen Kram zusammen, werfe einen letzten Blick auf mein Mailpostfach und schalte dann den Rechner aus.

„Da bist du ja schon", grinst mich Maya erstaunt an. „Ich hätte schwören können, dass du erst viel später kommst, wenn überhaupt."

Da ich Maya den Kommentar nicht übelnehmen kann, grinse ich einfach nur zurück.

„Na ja. Erst wollte ich mir ein Eis holen, aber dann hättest du wieder gemeckert."

„Wieso, das hätte ich doch nicht merken müssen."

„Doch. Das hättest du", sage ich ernst, „wegen der Flecken auf meinem T-Shirt." Wir prusten beide los und gehen in das Fitnessstudio.

\*\*\*

Nach zwei Stunden stehen wir gemeinsam an der Bahnhaltestelle und ich bin einfach nur völlig fertig. Uff. Und das soll ich jetzt jeden Abend machen? Maya geht auch noch morgens joggen. Aber: Von nichts kommt schließlich nichts!

„Maya, wann gehst du morgen joggen?" Maya schaut mich ungefähr so an, als wenn ich plötzlich Algebra könnte.

„Wieso fragst du, Mila?"

„Na ja, ich dachte, ich komme mal mit", sage ich vorsichtig, denn sicher bin ich mir immer noch nicht. Diese Schinderei fühlt sich jetzt schon furchtbar an.

„Um sechs Uhr, am Stadtpark", schmunzelt sie.

„Ok, ich werde da sein", sage ich kurz, denn zu mehr Gespräch bin ich heute nicht mehr fähig.

Zuhause sinke ich nach einer kochend heißen Dusche ins Bett und schlafe sofort ein. Ich bin froh darüber, denn dann muss ich nicht an Eno denken.

\*\*\*

Um halb sechs klingelt mein Wecker. War das wirklich meine Idee? Ich stehe ich auf und zucke gleich vor Schmerzen zusammen, denn der Muskelkater ist die Hölle. Ich wasche mich notdürftig und flitze vorsichtig zur Bahn. Zumindest ist es schon hell, vor dem Winter graut es mir. Bei Schnee in der Dunkelheit joggen zu gehen stelle ich mir noch weniger vergnüglich vor. Als wenn das überhaupt möglich wäre.

Erneut kassiere ich einen überraschten Blick von Maya, aber ich gehe nicht weiter darauf ein, schließlich ist es noch viel zu früh zum Reden, deshalb joggen wir einfach nur schweigend nebeneinander her. Ich muss mich echt zusammenreißen, um weiterzumachen.

Dann gehe ich nach Hause, dusche mich und trinke endlich meinen ersten Kaffee. Schwarz, ohne Milch, es schmeckt furchtbar. Dann zwinge ich mir ein Müsli rein, das Maya mir empfohlen hat und welches ich mir gestern Abend noch gekauft habe, trotz der heftigen Schmerzen in den Waden. Das Müsli enthält viele Ballaststoffe und Vitamine ohne irgendwelchen Zuckerzusatz, zumindest steht das so auf der Packung und genauso schmeckt es auch.

Wegen der ekeligen Sachen bin ich sogar recht satt. Seufzend schnappe ich mir meine Tasche und bin pünktlich um acht Uhr im Büro. Schnell fahre ich meinen Rechner hoch, um sofort meine Mails zu überprüfen. Tatsächlich ist da auch schon eine Nachricht von Christine:
*Komm bei Gelegenheit in mein Büro, hat keine Eile*

Natürlich sprinte ich sofort zu ihr, klopfe an die Tür und frage, ob es jetzt passt. Sie schaut mich genervt an, um mir sofort ein unwillkommenes Gefühl zu geben, doch ich trete trotzdem ein.

„Was willst du?" Mit diesen Worten schaut sie mich dermaßen sauer an, dass sie aussieht, als ob sie in eine Essiggurke gebissen hätte. Ich reiße mich zusammen und frage einfach drauf los:

„Was hältst du von meiner Idee?"

„Von welcher Idee?", fragt sie ungeduldig. „Mach schon, Mila. Ich habe nicht den ganzen Tag Zeit!"

„Meine Idee, die Leser zu fragen, was sie tun, um abzunehmen, um dann in der nächsten Ausgabe Antworten über das Abnehmen zu veröffentlichen und dann in der nächsten Ausgabe wieder Fragen zu veröffentlichen." Ich rattere das Ganze runter und hole erst hinterher Luft. Mein Versuch, mit fester Stimme zu sprechen, scheitert kläglich bei Christines saurer Miene.

„Ok", sagt Christine ungeduldig, „wir versuchen es mit der Frage: `Was tun Sie, um abzunehmen?` und dann warten wir ab, was passiert."

Mit diesen Worten wendet sie sich wieder ihrem Bildschirm zu. Ich warte, ob noch etwas kommt.

„Ist sonst noch etwas?", fragt sie beißend.

„Nein, nein."

„Wieso stehst du dann noch hier rum?", fragt sie schon fast in einem montagsartigen Ton.

Betont ruhig, versuche ich, aus dem Büro zu gehen und ziehe die Tür hinter mir zu. Was war das denn? Nichts Ungewöhnliches für Christine, nein, aber doch sehr…. Keine Ahnung, was ich erwartet hatte, aber kein Montagsverhalten.

„Ist alles in Ordnung bei dir?", fragt Heike besorgt.

„Äh, ja?"

„Du siehst so blass aus", sagt sie und mustert mich.

„Nein, nein, ich war nur gerade bei Christine drin", presse ich hervor.

„Ach so, dann weiß ich ja Bescheid", schmunzelt Heike. Sie gehört übrigens zu den wenigen Leuten, die damals während Christines Schwangerschaft bereits hier waren, die meisten Geschichten kenne ich von ihr.

„Lust auf ein zweites Frühstück, Mila?" Bei diesen Worten höre ich meinen Magen auch schon knurren.

„Oh ja gerne, lass uns etwas holen", stöhne ich. Maya wird mich schlagen, denke ich und schaue mir die leckeren Teilchen an.

„Ich hätte gerne das Brötchen mit der Putenwurst, bitte, und einen schwarzen Kaffee", höre ich mich jedoch bestellen.

Heike schaut mich entsetzt an und bestellt gleich zwei Kirschplunder.

„Bist du schon wieder auf Diät, Mila?"

„Na ja", sage ich nur und zucke mit den Schultern. „Ich sollte wirklich etwas aufpassen."

„Ach was", sagt Heike heiter und beißt in ihren Kirschplunder.

Na klar. Sie ist ungefähr zwei Meter groß und wiegt höchstens vierzig Kilo. Das Leben ist einfach nicht fair!

# 5. ICH WERDE GEDRUCKT

Es ist passiert!

Ja genau, das ist passiert. Christine hat mich in der nächsten Ausgabe, die im August erscheint, die folgenden Fragen abdrucken lassen:

*Was tun Sie, um abzunehmen? Haben Sie Tipps und Tricks, die Sie uns verraten möchten?*

Zwei Tage nach dem Erscheinen der Ausgabe kommt der Postmensch fluchend an und fragt, wer sich die ganze Post hat schicken lassen und wieso man das nicht per Mail hätte machen können. Beim nächsten Mal droht er, muss derjenige selbst zum Postamt gehen und die Säcke persönlich abholen. Ich kann ihn verstehen. Er bringt sage und schreibe vier Säcke Post mit gefühlt tausenden von Briefen! Ich bin völlig perplex und muss mich erstmal setzen.

Heike kommt sofort angestürmt: „Was ist denn das? Hast du eine Kontaktanzeige aufgegeben?"

„Nein", schmunzele ich. Obwohl, denke ich, vielleicht sollte ich das mal ausprobieren. „Das sind wahrscheinlich alles Antworten auf die Fragen, die ich veröffentlicht habe", kläre ich sie auf und Heike bekommt kugelrunde Augen.

Alle staunen nicht schlecht, denn natürlich kennen sie die Fragen, aber mit einer solchen Resonanz hat niemand gerechnet, ich am allerwenigsten.

Sofort setze ich mich hin, um die Briefe zu öffnen und beschließe für das nächste Mal, falls es ein nächstes Mal geben wird, die Leute zu bitten, auf Postkarten zu schreiben, dann ist wenigstens kein Umschlag dabei, den ich erst noch öffnen muss. Und vielleicht könnte ich Christine fragen, ob wir einfach ein Mailpostfach einrichten für die Antworten. Gleich der erste Brief lässt mich allerdings stutzig werden.

*Liebe Mila,*
*ich habe 30 kg abgenommen, indem ich nur noch eine Mahlzeit esse. Vor der Arbeit jogge ich jeden Tag 10 km.*

Oh Mann! Das kann ich doch nicht veröffentlichen, damit mache ich mich strafbar. Viele Briefe enthalten ähnliche Geschichten: Viel zu wenig essen, dazu massig Sport treiben. Oh nein!

Obwohl, frage ich mich dann plötzlich, macht es Maya nicht ganz genauso? Wenn man nicht mit einem superschnellen Stoffwechsel gesegnet ist, dann muss man vielleicht zu solchen Maßnahmen greifen, um schlank zu bleiben. Gut, heute Morgen habe ich direkt ein Kilo weniger gewogen als gestern und viel gegessen habe ich auch nicht dabei. Aber die Vorstellung, dass ich das bis an mein Lebensende machen muss, ist doch sehr deprimierend.

Natürlich sind auch die üblichen Diäten dabei: Rohkost, Trennkost, keine Kohlenhydrate oder einfach nur viel Eiweiß. Besonders gefällt mir der folgende Satz in einem Brief:

*Liebe Mila,*
*seitdem ich bewusster esse, esse ich deutlich weniger und habe auch schon erfolgreiche 10 Kilo verloren.*

Vielleicht ist das ja hilfreich, denke ich und lege es auf den „Vielleicht" Stapel.

Sport, Sport und nochmals Sport, schreibt sogar ein Mann. Das überrascht mich, ich hätte nicht gedacht, dass auch Männer unser Magazin lesen. Obwohl, schließlich drucken wir auch das Fernsehprogramm ab. Er schreibt, dass er jeden Morgen joggt und jeden Abend zum Spinning ins Fitnessstudio geht. Mmh, vielleicht sollte ich ihn mit Maya bekannt machen, sie hätten schon mal ein gemeinsames Hobby.

Bis spät abends lese ich einen Großteil der Briefe und sortiere sie in verschiedene Kategorien. Die Kategorie „später" hat bestimmt schon allein 400 Briefe, die ich erstmal in einen Schrank einschließe; man weiß ja nie.

Jetzt kümmere ich mich um die Briefe, die wirklich hilfreiche Tipps, z. B. bewusste Ernährung oder gezieltes Konditionstraining, beinhalten. Ganz oben schreibe ich die Frage zur Erinnerung hin, darunter ausgewählte und meiner Meinung nach, hilfreiche Antworten. Zum Auflockern werfe ich noch ein paar lustige Sachen, wie z. B. `einfach ans Schlanksein denken`, `Sex statt Essen`, dazwischen. Ich baue alles auf, so dass es etwa eine halbe Seite füllt, danach schreibe ich:

*Liebe Leserinnen und Leser!*

*Vielen Dank für Ihre zahlreichen Antworten! Leider konnten nicht alle Ratschläge gleichermaßen berücksichtigt werden. In der nächsten Ausgabe wird es wieder eine Frage geben, vielleicht haben Sie erneut Lust, darauf zu antworten. Bitte schreiben Sie Ihre Antworten ausschließlich auf Postkarten.*

Ich drücke auf Senden und mache, dass ich ins Fitnessstudio komme.

## 6. EIN HILFERUF

Am nächsten Morgen klingelt plötzlich mein Handy, es ist Nina!

„Hallo, Nina!", sage ich völlig verdutzt, denn es ist erst sechs Uhr morgens.

„Hallo", höre ich ihre piepsige Stimme.

„Was ist denn los?", frage ich besorgt.

„Hallo Mila. Ich....", beginnt sie.

Ich höre, dass sie weint. Es zerreißt mich innerlich zu hören, wie verzweifelt sie klingt.

„Nina, was ist denn passiert?"

„Du musst unbedingt mit Mami reden", heult sie jetzt richtig los. „Sie will mich nach England schicken!"

Moment, ich muss erstmal schalten.

„Wieso England, Nina? Habt ihr da Verwandte?", frage ich verwirrt.

„Nein, ich muss da ins Internat", heult Nina.

Ich bin völlig perplex.

„Bist du dafür nicht viel zu jung?"

„Mami hat das so entschieden. Sie hat es mir gestern Abend gesagt und heute ist sie ganz früh weggefahren, ich weiß gar nicht wohin. Ich konnte die ganze Nacht nicht schlafen."

Ich kann Nina kaum verstehen, so stark weint sie jetzt.

„Ok, Nina, ich komme sofort zu dir!"

Natürlich wollte ich joggen gehen, aber das hier ist wichtiger. Eine halbe Stunde später stehe ich vor Christines Haus und klingele. Eine völlig verheulte Nina macht mir auf, sie sieht so furchtbar traurig aus. Das kleine Mädchen hat rote, geschwollene Augen. Mir wird es ganz schwer ums Herz. Dann fange ich an, richtig wütend auf Christine zu werden. Als erstes drücke ich Nina kräftig, aber ich habe keine Ahnung, wie ich ihr helfen kann.

„Was ist denn überhaupt passiert, Nina?"

Die Kleine schluchzt noch einmal kräftig, putzt sich die Nase und schaut mich traurig an. Oh man, wie erwachsen sie auf einmal wirkt. Sie weiß ganz genau, dass ich ihr nicht helfen kann. Welche Siebenjährige ist so verständig?

„Eigentlich ist nichts passiert. Mami hat mir gestern Abend gesagt, dass ich nicht hier in die zweite Klasse kommen werde, sondern nach England auf ein Internat gehe."

„Warst du dort schon einmal? Sprechen sie da überhaupt deutsch?"

Also mir würde es tierisch davor grauen! Mein Schulenglisch ist quasi nicht mehr vorhanden.

„Nein, nur englisch", seufzt sie.

„Aber das ist ja eigentlich kein Problem für dich, Nina", sage ich herzlich, denn natürlich hat mir Nina erzählt, dass sie in einen englischsprachigen Kindergarten geht und dass ihre Nannys ständig wechselnde, englischsprachige Au-Pair Mädchen sind. Ehrlich gestanden bin ich sogar ein wenig neidisch auf Nina gewesen, als sie mir das erzählt hat. Nicht, dass ich mit sieben Jahren auf ein englisches Internat hätte abgeschoben werden wollen. Ich meine: Regnet es da nicht ständig? Aber wie gut hätte ich in Englisch sein können, wenn meine Eltern mir ein englischsprachiges Kindermädchen besorgt hätten!

„Vielleicht ist es dort sogar ganz nett", versuche ich sie aufzuheitern.

Nina schaut mich so genervt an wie einen nur Siebenjährige genervt ansehen können, wenn Erwachsene mal wieder gar nichts kapieren.

„Ich habe da keine einzige Freundin! Und ich mag auch nicht den ganzen Tag englisch reden, das ist doch öde!"

Ich bereue meinen Satz sofort, schließlich bin ich hier auf Ninas Seite!

„Klar, das verstehe ich. Aber hier redest du doch auch den ganzen Tag englisch, also zumindest mit deiner Nanny", versuche ich sie zu beruhigen.

„Das bringt mir doch nichts. Bestimmt kennen sich die anderen Mädchen schon ewig, da finde ich doch nie einen Anschluss!"

„Ab wann kann man denn dort aufs Internat gehen? Und na ja, du wirst doch bestimmt für die anderen sehr interessant sein. Vielleicht waren die noch nie in Deutschland und fragen dich ganz viel danach. Und in Deutsch hast du dann immer eine eins." Doch ich sehe sofort, dass das Nina überhaupt nicht überzeugt.

„Wie kommt deine Mutter denn eigentlich darauf?"

„Na, weil sie mich nicht haben will", antwortet Nina ernst. Entsetzt schaue ich Nina an.

„Ich weiß, dass du das angedeutet hast, aber hat sie dir das wirklich einmal gesagt?"

„Nö, das muss sie auch nicht. Sie interessiert sich doch gar nicht für mich. Als du auf mich aufgepasst hast, was meinst du, wie viele Leute sie vorher gefragt hat, weil sie unbedingt zu diesem Workshop wollte, die Nanny aber gerade in England war. Sie hat den ganzen Tag rumgebrüllt bis sie dich dazu gekriegt hat, auf mich aufzupassen."

Ich schlucke. Ich hatte auch keine Lust dazu gehabt, aber Christine hat mir einfach angedroht, dass sie meinen Vertrag nicht verlängern wird.

„Ich bin froh, dadurch habe ich dich kennengelernt", sagt Nina schüchtern. „Kann ich vielleicht zu dir ziehen? Mami kann das doch egal sein. Dann kann ich auch weiter mit meinen Freundinnen auf die Schule gehen." Ich schlucke schon wieder. Das habe ich echt nicht erwartet!

„Nina, Schatz, ich glaube nicht, dass das so einfach geht. Ich bin nicht mit dir verwandt und deine Mutter will sicher nur das Beste für dich." Lügnerin sagt meine innere Stimme! Für wie doof hältst du Nina?

„Für wie doof hältst du mich, Mila?", sagt Nina sauer. „Typisch Erwachsene! Das sagen sie doch immer, dass jemand nur das Beste will. Wenn Mami das Beste für mich will, wieso fragt sie mich dann nicht einfach, was ich will!"

„Ja, das stimmt natürlich, Nina", sage ich zerknirscht. „Tut mir leid. Aber ich befürchte, du wirst erstmal hinmüssen. Oder hast du noch Verwandte, bei denen du wohnen könntest?"

„Die leben alle nicht hier und Mami redet auch mit keinem davon", sagt Nina trocken.

Was für eine Überraschung!

Dann hören wir auf, über dieses Thema zu reden, denn es bringt ja schließlich nichts. Wir frühstücken alle gemeinsam, während ich versuche, die Zeit einigermaßen im Blick zu behalten. Die aktuelle Nanny ist ganz nett, flüstert mir Nina zu. Ein Mädchen aus Sheffield, ungefähr zwanzig, aber so genau weiß Nina das überhaupt nicht. Sie nutzt dieses Jahr, um sich zu überlegen, was sie studieren will.

Komisch, ich habe da damals gar nicht weiter drüber nachgedacht und über ein Au-pair Jahr erst recht nicht, obwohl das Reisen bestimmt etwas Interessantes gewesen wäre, da ich mit meinen Eltern wenig verreist bin, denn meine Eltern hatten nicht so viel Geld. Wir sind höchstens mal an die Ostsee gefahren, aber meistens waren wir hier. Maya dagegen war mit ihren Eltern einfach überall. In allen Ferien sind sie in ein anderes Land gefahren. Sie war sogar auf einer Safari Tour in Kenia! Ihre Eltern hatten eine Baufirma und eine Menge Leute, die für sie gearbeitet haben, deshalb konnten sie eigentlich immer wegfahren. Mayas Bruder hat später die Baufirma geleitet, bis die Staatsanwaltschaft sie dicht gemacht hat. Zum Glück hatte Maya absolut kein Interesse daran, weil sie schon damals der Meinung war, dass alles nicht so richtig legal war. Sie hat mit sechzehn angefangen, zu modeln und konnte sich, dank ihrer super Noten, sogar aussuchen, wo sie studieren wollte. Durch das Geld war sie schon damals unabhängig von ihren Eltern, während ich mit meinem Taschengeld auskommen musste. Zum Glück hatte sie damals entschieden, an derselben Uni wie ich zu studieren, also hier. Ich habe Biologie studiert, was anderes kam auch gar nicht in Frage. Eigentlich hätte ich auch noch promovieren müssen, aber irgendwie wollte ich nicht in die Forschung. Meine Mutter wollte, dass ich Lehrerin werde, aber das kam für mich noch weniger in Frage. Irgendwie habe ich dann nach dem Studium hier das Volontariat gemacht und dann einen befristeten Vertrag nach dem anderen bekommen, aber ich träume immer noch davon, in den

Wissenschaftsjournalismus rein zu kommen. Aber dafür braucht man ein Netzwerk und Erfahrungen und ich habe leider nichts davon. Was mich an die Uhrzeit erinnert!

„Nina, es tut mir leid, aber ich muss jetzt leider zur Arbeit. Bitte schreib mir, wie es dir geht und wie du dich eingelebt hast. Du kannst mich auch jederzeit anrufen."

Dann sage ich der Nanny Bescheid, die uns nicht weiter gestört hat, dass ich jetzt gehe und mache mich auf den Weg zur Arbeit. Christine ist nicht aufgetaucht.

## 7. EIN LESERBRIEF

So sehr es mich geschmerzt hat, dass ich Nina nicht helfen konnte, wir mussten uns beide damit abfinden. Anfang September haben wir das letzte Mal mit einander telefoniert, dann ist Nina nach England verschifft worden. Seitdem habe ich nichts mehr von ihr gehört.

\*\*\*

Meine Wochen sehen alle gleich aus: morgens Joggen, danach ein Müsli ohne Geschmack und schwarzer Kaffee. Auf der Arbeit Briefe lesen, die besten auswählen, den Rest abheften für später, natürlich neben meinen ganzen anderen Aufgaben. Abends gehe ich ins Fitnessstudio. Zumindest purzeln die Pfunde nur so runter, aber irgendwie kann ich mich nicht so richtig darüber freuen.

Meine Wohnung ist einsam und in mir ist ein dicker Kloss, der einfach nicht rauskommt. Meine Hosen und Pullover sitzen ganz schlabberig, selbst mit Gürtel, aber ich habe einfach keine Lust, einkaufen zu gehen.

Anfang Dezember mustert mich Maya kritisch und sagt an einem Samstag, nachdem im Fitnessstudio fertig sind, zu mir:

„Deine Klamotten sehen ja furchterregend aus, Mila. Lass uns shoppen gehen. Und dabei kann ich dir auch gleich von meinem neuen Freund erzählen."

Perplex schaue ich sie an.

„Seit wann hast du einen neuen Freund, Maya? Und wann und wo genau hattest du Zeit, ihn kennenzulernen?"

Sie geht gar nicht auf meine Fragen ein, sondern zieht mich auch schon in den nächsten Laden.

H&M, da passt mir doch eh nichts, denke ich irritiert und betrachte die schmal geschnittenen Sachen, die maximal bis Größe 42 gehen, wenn überhaupt, und meistens sind diese Größen quasi sofort ausverkauft. Uff, und die Preise sind teilweise ganz schön heftig.

„Also", sage ich ungeduldig, während ich versuche, mich in eine preisreduzierte Jeans zu quetschen, „heraus mit der Sprache. Wie sieht er aus? Was macht er und wie viele Kinder hat er? Ist er verheiratet?"

Dann halte ich plötzlich inne. Ich habe mir eine Hose ausgesucht, die eine Nummer kleiner ist als meine übliche Größe, aber sie hängt einfach nur an mir wie ein Sack. Und das bei H&M, wo ich normalerweise nie etwas Passendes finde!

Ich trete aus der Umkleidekabine und halte mit beiden Händen die Hose fest. Maya steht bereits draußen in einem sehr geschmackvollen Wollkleid. Also ich würde darin aussehen, wie eine Presswurst, denke ich neidisch.

„Oh Mila!", ruft sie begeistert, „die Hose ist ja viel zu groß!"

Schnell läuft sie zu den Jeanshosen und kommt gleich mit zwei Paar Hosen wieder.

„Probiere die doch mal an." Sie reicht mir zwei Hosen und ich schlurfe wieder in die Kabine, aber eigentlich brenne ich darauf, mehr Einzelheiten über Mayas Freund zu erfahren.

„Also, ich höre", sage ich, während ich mich in die noch kleinere Jeans zwänge. Ich bekomme doch tatsächlich den Knopf zu!

Maya rückt erst gar nicht mit der Sprache raus, was eigentlich nicht ihre Art ist. Wieder trete ich hinaus und schaue in Mayas verblüfftes Gesicht.

„Mila! Du siehst hinreißend aus! Die Jeans sitzt einfach perfekt! Und dann noch eine Bluse mit einem schicken Blazer und die Männer werden Schlange bei dir stehen!", ruft sie so laut, dass sich sofort mehrere Leute zu uns umdrehen.

Ihre Begeisterung ist ansteckend und neugierig schaue ich in einen Spiegel. Ich erkenne mich gar nicht wieder, denn ohne die Pausbacken wirkt mein Gesicht beinah herzförmig. Dann fällt mein Blick weiter nach unten und ich staune: Meine Hüften waren noch nie so schmal! Die hautengen Jeans (in die passt kein Stück Kuchen mehr rein), drücken alles an die richtige Stelle.

„Ok Maya, raus mit der Sprache. Ist er Diplomat und das Ganze eine Geheimsache?", frage ich ungeduldig, betrachte aber weiterhin wohlwollend mein Spiegelbild.

„Nee", lacht sie. „Er ist selbstständig und hat seinen eigenen Betrieb."

Ich blicke Maya fest an.

„Und was für einen Betrieb hat er? Ein Pornostudio vielleicht?"

„Äh, Klempnerei", rückt sie endlich mit der Sprache raus.

Komisch, für Maya ist das quasi kein Beruf und normalerweise wäre so jemand gar nicht für sie vorhanden.

„Und wo hast du ihn kennengelernt?"

Ich bin immer noch irritiert und auch etwas neidisch. Schließlich ist Mayas Terminkalender viel voller als meiner und dann lernt sie auch noch einen neuen Mann kennen, während ich nur auf meine Kollegen treffe.

„Mein Klo war schon wieder verstopft und da habe ich ihn im Internet gefunden. Zum Glück kam er auch sofort."

„Jetzt lass dir nicht alles aus der Nase ziehen", sage ich ungeduldig. „Wie sieht er aus?"

„Er ist so heiß. Voll mit Muskeln und allem Drum und Dran", strahlt Maya.

Ich staune nicht schlecht. Normalerweise sind Mayas Liebhaber Anwälte, Ärzte oder einfach Leute mit viel zu viel Geld. Ein Klempner war wirklich noch nie dabei.

„Ok. Und wie hat sich das mit euch ergeben?"

„Ach, ich weiß nicht mehr so genau. Es hat damit angefangen, dass er ganz nass wurde, fluchte und mich nach einem Handtuch gefragt hat. Ich habe ihm erstmal meine Dusche angeboten. Keine Ahnung, aber mit dem Handtuch und dem nassen Oberkörper sah er so sexy aus. Ich bin reingekommen, weil ich dachte, er duscht noch und weil ich seine Sachen in die Maschine stopfen wollte, aber er war bereits fertig und wir haben uns nur angesehen und konnten uns dann irgendwie nicht bremsen. Ich dachte natürlich, es wäre nur für eine Nacht, aber seitdem haben wir fast jede Nacht miteinander verbracht und irgendwie war es noch nie so", sagt sie plötzlich ungewohnt schüchtern und bricht dann so abrupt ab, als ob sie zu viel gesagt hätte.

Ich kann mich nur wiederholen: Überhaupt nicht wie Maya!

\*\*\*

Abends kann ich kaum einschlafen. Ich habe mir zwei Hosen gekauft, die drei Nummern kleiner sind als alles was ich bisher getragen habe! Dazu zwei schicke Blusen und drei T-Shirts, die zum Glück reduziert waren. Damit habe ich auch so viel Geld wie schon lange nicht mehr für Klamotten ausgegeben.

Stirnrunzelnd denke ich an Mayas neuen Freund. Normalerweise hätte sie mir jedes schlüpfrige Detail verraten, alles über seine Familie und was sonst noch so. Aber diesmal war sie ganz schweigsam. Ob es wohl der Richtige ist, der Eine, denke ich verträumt.

Verdammt, wo ist mein Richtiger, mein Der Eine!

Ob ich mich zu abrupt von Eno getrennt habe? Nö, sagt meine innere Stimme, schließlich hat sich Egon von dir getrennt, vergiss das nicht. Die Eifersucht kommt in mir hoch, ich kann einfach nichts dagegen tun. Natürlich gönne ich Maya ihr Glück, aber wieso muss es bei ihr jetzt auch noch mit der glücklichen Beziehung klappen, nach der sie doch gar nicht gesucht hat.

Ich grübele und grübele und finde einfach keinen Schlaf. Um fünf Uhr stehe ich auf und laufe schon mal eine Runde vor, obwohl es stockfinster ist. Wenigstens bin ich dann mal Maya in irgendetwas voraus. Man, ist das armselig!

\*\*\*

Dank der täglichen Joggerei bin ich jetzt zumindest immer ganz pünktlich im Büro.

So viele Briefe wie beim ersten Mal sind nicht wiedergekommen, vielleicht war es nur ein erstes Interesse der Leute, das nicht anhält, denke ich enttäuscht. In der Septemberausgabe hatte ich die Leute in erster Linie nach guten Trainingsmöglichkeiten gefragt und schon da waren weit weniger Antworten gekommen, obwohl wir mittelerweise sogar ein Mailpostfach eingerichtet haben.

Auf die Frage für den Januar „Was genau hat mir das Abnehmen eigentlich gebracht?", habe ich bis jetzt nur 10 Antworten bekommen. Wahrscheinlich war es doch zu persönlich oder auch zu allgemein gestellt. Vielleicht kann man den persönlichen Nutzen auch nicht so einfach an etwas festmachen, schließlich könnte ich schließlich auch nicht direkt sagen, ob es mir bereits etwas gebracht hat, abgenommen zu haben. Mein Bankkonto wurde eher nachteilig davon beeinflusst, würde ich sagen.

Einen Brief jedoch, der diesmal dabei ist, lese ich wieder und wieder:

*Liebe Kolumnistin* (ich muss mich kneifen als ich das lese! Kolumnistin, wie aufregend und wie schmeichelhaft und leider gar nicht zutreffend!), *seitdem ich abgenommen habe, ist das Leben eben nicht einfacher geworden. Im Gegenteil: Ich muss permanent Kalorien zählen und sehe meine Freunde kaum, weil ich mindestens dreimal ins Fitnessstudio rennen muss, damit ich nicht alles wieder zunehme. Ich sollte vielleicht dazu sagen, dass ich beinah 50 kg abgenommen habe, ich war wirklich keine angenehme Erscheinung. Und zuerst lief es auch sehr gut! Mir wurde endlich der Job angeboten, den ich seit Jahren machen wollte. Alle Leute sagen mir ständig, wie gut ich jetzt ausschaue und wie erfolgreich ich doch jetzt sei. Doch ich habe ein echtes Problem damit. Denn schließlich war ich vorher bereits gut genug für diesen Job und habe ihn anscheinend nur wegen meines Aussehens nicht bekommen. Ich mache ihn aber deswegen jetzt nicht besser, nur weil ich abgenommen habe, zumindest denke ich das. Und die Frauen…na ja. Klar, ich habe schon ein paar kennengelernt. Eine ganz besonders. Aber auch die ist nicht geblieben. Mein Aussehen allein kann es also auch nicht sein. Und jetzt bin ich einsamer als vorher. Ich meine übrigens, dass sie mir erzählt hat, dass sie bei Ihnen die Chefredakteurin sei. Bestimmt jetzt nicht mehr, denn unser Zusammentreffen ist bestimmt schon sieben oder acht Jahre her. Sie heißt übrigens Christine Jansen (sollten Sie den Brief abdrucken, streichen Sie bitte diesen Absatz raus). Wir haben nicht ganz so viel gesprochen und am nächsten*

*Morgen war sie bereits weg. Sollten Sie sie kennen, richten Sie ihr doch meine besten Grüße aus.*

*Freundliche Grüße!*

*Ihr Gottfried Maser*

Ich lese diesen Brief vielleicht vier-, fünfmal und werde ganz still. Der Brief beeindruckt mich zutiefst. Diese Ehrlichkeit, die in diesem Brief mitschwingt. Wahrscheinlich ist es das gewesen, zu dem die meisten keinen Mut gehabt haben, nämlich, dass sich rein gar nichts ändert, sondern die Psyche nach einem allgemeinen Hoch eher noch schlimmer dran ist als vorher, weil sich eben nichts wirklich ändert.

Das Nächste, was mich so schockiert ist, dass ich jetzt endlich weiß, wer Ninas Vater ist. Und natürlich kenne ich diesen Namen. Herr Maser bzw. Herr Dr. Maser ist niemand geringeres als einer der Geschäftsführer unseres Konkurrenzverlages, nur wenige Straßen weiter. Und er weiß gar nichts von seinem Glück, dass er eine so süße Tochter hat.

Ich googele den Namen Dr. Maser und komme quasi sofort auf die Seite des Verlags. Plötzlich kommt mir ein kühner Gedanke und kurzentschlossen verziehe ich mich in den Besprechungsraum und rufe seine Sekretärin an.

„Guten Tag", sage ich höflich und versuche mir meine Aufregung nicht anmerken zu lassen. „Ich bin Mila Koslowski. Ich möchte gerne einen persönlichen Gesprächstermin mit Herrn Dr. Maser vereinbaren."

„In welcher Angelegenheit?", fragt die Dame gelangweilt, die es wahrscheinlich gewohnt ist, erstmal die Leute abzuwimmeln.

Ich fluche innerlich. Vielleicht hätte ich mir vorher etwas überlegen sollen.

„Ich möchte mit ihm über meine Bewerbung sprechen, die ich Ihnen bereits vor etlichen Wochen geschickt habe. Leider habe ich bis jetzt keine Antwort von Ihnen bekommen. Deswegen rufe ich jetzt an und würde gerne hören, ob ich einen Termin bekommen kann oder ob Sie sich gegen mich entschieden haben."

Ich hole tief Luft. Uff, so viel Dickauftragen und so viel Flunkerei, das passt so gar nicht zu mir.

„Tut mir leid, aber wir haben keine Unterlagen von Ihnen vorliegen. Und Herr Dr. Maser ist ein sehr beschäftigter Mann. Bitte reichen Sie uns die Unterlagen doch nach. Wir werden uns dann gegebenenfalls bei Ihnen melden."

Ich spiele die Ärgerliche. Schließlich geht es ja nicht wirklich um einen Job, beruhige ich mich, während mir die Schweißperlen auf der Stirn stehen.

„Ich habe Ihnen bereits eine komplette Bewerbungsmappe zukommen lassen und jetzt soll ich noch mal dasselbe ausgeben, um vielleicht von Ihnen eingeladen zu werden? Fragen Sie doch einfach Herrn Dr. Maser, ob er mich empfangen möchte", schlage ich ungehalten vor und werde rot vor Aufregung, weil ich normalerweise nicht so hartnäckig bin.

Wow, so kenne ich mich gar nicht: So bestimmt und unhöflich!

„Warten Sie einen Augenblick", sagt sie kurz, aber nicht mehr ganz so kühl. Mit Unfreundlichkeit kommt man eben doch weiter!

Wenige Minuten später ist sie wieder in der Leitung und sagt:

„Herr Dr. Maser hätte kurzfristig für morgen einen Termin um 15 Uhr für Sie. Bitte bringen Sie Ihre Unterlagen für das Gespräch mit."

Ich sage so ruhig wie es mir eben möglich ist: „Das passt mir sehr gut, vielen Dank. Bis morgen." Dann lege ich auf und hüpfe aus dem Raum. Alle schauen mich entgeistert an, sagen aber nichts. Ich sage auch nichts, sondern grinse nur. Hey, für so ein Verhalten ist man schließlich nie zu alt!

Mit einem Grinsen auf den Lippen arbeite ich weiter. Als ich wieder auf meine Uhr schaue, stelle ich mit Erschrecken fest, dass es bereits 19 Uhr ist! Schnell flitze ich nach Hause.

Zuhause drucke ich alle meine Unterlagen aus. Da ich nur befristete Verträge habe, habe ich immer eine aktuelle Bewerbung parat, auch wenn ich zugeben muss, dass ich mich schon seit Längerem nicht mehr beworben habe. Keine Ahnung wieso. Vielleicht, weil ich nach der fünfzigsten Absage keine Lust mehr hatte.

# 8. INTERVIEW MIT HERZKLOPFEN

Am nächsten Morgen ziehe ich meine neuen Sachen an und betrachte mich selbstgefällig im Spiegel.

`Nicht allzu blamabel, aber bestimmt noch ausbaufähig`, um es mit Christines Worten auszudrücken.

Was für eine komische Frau. Ich kann mir gar nicht vorstellen, mein Kind so zu behandeln. Selbst wenn meine Eltern es sich hätten leisten können, hätten sie mich nicht weggeschickt, da bin ich mir sicher.

Ich glaube, Maya dagegen, hätte jeden anderen Ort vorgezogen, nur um nicht bei ihren Eltern sein zu müssen. Maya und ihr Bruder hatten alles, aber leider keine Zuneigung und keine Gute-Nacht-Geschichten. Maya wollte immer bei mir übernachten und zum Glück hatten meine Eltern nichts dagegen. Ich glaube, sie wäre am liebsten von ihnen adoptiert worden.

Meine Eltern waren ganz ok. Mein Vater war Polizeibeamter. Da sich sein Knie bereits mit 30 verabschiedet hat, war er in der Verwaltung und eigentlich auch ganz zufrieden damit. Meine Mutter hat im Supermarkt dazu verdient. Für meine Eltern war mein Abitur eine große Überraschung und kam ihnen eigentlich auch nicht so gelegen. Sie hätten gerne gesehen, dass ich im Einzelhandel eine Ausbildung mache.

„Futtern muss man immer", hat mein Vater gesagt.

Oder Erzieherin werden, meinte er, denn Kinder sind immer welche da. Meine Mutter hätte gerne gehabt, dass ich Lehrerin werde, aber das wollte ich wirklich nicht. Allein die Vorstellung daran, lässt mir kalte Schauer den Rücken runterlaufen.

Für Maya war immer klar, dass sie Jura studieren wollte. Damit konnten meine Eltern gar nichts anfangen, weil sie so etwas für eine Frau einfach nicht sinnvoll fanden. Wie sollte sich denn eine Rechtsanwältin um ihre Familie kümmern, wenn sie den ganzen Tag im Gerichtssaal hockt. Abgesehen von der Juraambition haben meine Eltern Maya allerdings vergöttert und da Maya die beiden geliebt hat, wie sie ihre eigenen Eltern nie hatte lieben können, sah sie darüber einfach hinweg. Wie oft haben meine Eltern über Maya geschwärmt: superschlank, tolle Ausdrucksweise und lauter Einsen in der Schule. Sei ein bisschen mehr wie Maya, rieten sie mir, nur vielleicht mit weniger Ambitionen. Meistens sagte meine Mutter das zu mir, wenn ich mal wieder mit einer vier in Mathe nach Hause kam.

Schluss jetzt mit dem Abschweifen! Ich habe doch einen wichtigen Termin!

Beflügelt durch die vielen Komplimente zu meiner neuen Figur sprinte ich zu meinem „Vorstellungsgespräch".

Ich habe ganz schön Bammel davor.

\*\*\*

Eine große schlanke Blondine sitzt am Tresen und sofort kriege ich Minderwertigkeitskomplexe.

„Guten Tag, mein Name ist Mila Koslowski. Ich habe einen Termin mit Herrn Maser." Abschätzend mustert sie mich und zieht die Augenbrauen hoch.

„In welcher Angelegenheit möchten Sie Herrn *Dr.* Maser sprechen?", betont sie das Dr. und blickt dabei in einen Terminkalender.

Ich warte einfach ab und versuche, sie ebenfalls arrogant anzugucken. Endlich findet sie meinen Termin und fragt nicht weiter, sondern zeigt mit der Hand nach rechts.

„Bitte gehen Sie den Gang dort entlang, es ist die letzte Tür."

Ich nicke nur höflich und gehe los. Noch vor kurzem hätte ich sie voll gelabert, vielleicht werde ich ja doch noch erfolgreich. Allerdings nicht hier, befürchte ich. Ich bringe nicht das richtige äußerliche

Erscheinungsbild mit, um hier zu arbeiten. Wie wohl Herr Maser aussieht, vielleicht ist er einer dieser blondierten, zu oft gelifteten Typen, die nur noch künstlich aussehen.

Ich bin ja auch nicht wirklich wegen eines Jobs hier, sondern eigentlich nur um meine Neugierde zu befriedigen und vielleicht auch, um für mein Diätthema zu recherchieren. Na ja, aber in erster Linie wohl doch Neugier. Irgendwie kommt mir der Vergleich mit diesem komischen Buch. Oh je, hoffentlich stolpere ich nicht!

Als die Tür aufgeht, schaut mich ein sympathisch aussehender Mann an, vielleicht ein bisschen älter als Maya und ich, aber nicht viel. Er steht sogar auf, als er mich sieht und schüttelt mir die Hand. Er hat kurze, blonde Haare und ist groß, aber nicht riesig und wahnsinnig gut gebaut. Nicht diese Muskelpakete, sondern einfach insgesamt sehr attraktiv. Seine Hand fühlt sich angenehm weich an als er meine drückt und in meinem Bauch drückt auch plötzlich etwas.

„Verzeihen Sie bitte, dass Ihre Unterlagen nicht angekommen sind. Das ist mir sehr unangenehm. Wie sind Sie eigentlich auf uns aufmerksam geworden? Wir haben zurzeit doch gar nichts ausgeschrieben?", fragt er und schaut mich mit knallgrünen Augen direkt an. Selbst seine Stimme klingt sympathisch. Ich versuche, mich zusammen zu reißen.

„Ich lese jede Woche ihr Magazin, besonders die Wissenschaftskolumne interessant mich sehr!"

„Ach, die Wissenschaftskolumne?", fragt er erstaunt und schaut mich von oben nach unten an. Hey, hast du mir das etwa nicht zugetraut?

„Ja, genau die. Ich möchte gerne in den Wissenschaftsjournalismus. Ihr Verlag hat ja gleich mehrere Magazine, die sich damit beschäftigen. Deswegen habe ich mich ja auch bei Ihnen beworben."

Ich halte die Luft an. Herr Maser schaut mich plötzlich so freundlich an. Was ihm sehr gut steht, übrigens.

„Bitte setzen Sie sich doch, Frau Koslowski. Möchten Sie einen Kaffee trinken?", fragt er mich mit dieser angenehmen, ruhigen Stimme. In meinem Bauch flattert etwas, Schmetterlinge oder so.

„Ja, sehr gerne, schwarz bitte", sage ich schnell und versuche mich zu konzentrieren.

„Ah, auch ein Genießer", sagt er erfreut, „Milch und Zucker verderben doch nur den herrlichen Geschmack!"

„Ehrlich gestanden trinke ich den Kaffee erst seit Kurzem schwarz", gestehe ich. „Ich versuche einfach auf die Kalorien zu verzichten."

Herr Maser sieht mich anerkennend an.

„Ehrlichkeit. Respekt. Auch wenn ich auf die Kalorien achten muss, Kaffee ist mein Genussmittel und ich habe ihn schon immer schwarz getrunken."

Ich lasse das im Raume stehen und mache einfach weiter.

„Ich möchte mich Ihnen gerne vorstellen, Herr Dr. Maser. Ich habe meine Mappe hier. Ich bin jedoch auch gekommen, um mit Ihnen über Ihren Leserbrief zu sprechen und auch noch über eine andere Sache."

Jetzt kann ich endlich Luft holen. Herr Maser schaut mich neugierig an.

„Oh je, ich glaube, ich muss ein paar Termine absagen", sagt er trocken. Wir setzen uns.

Und dann sagt er tatsächlich seine ganzen Termine für heute Nachmittag ab! Unglaublich!

„Sie möchten also mit mir eigentlich über den Leserbrief sprechen, hoffen aber dadurch für unser Unternehmen interessant zu werden. Habe ich das richtig verstanden?"

Seine Stimme ist höflich, hat jetzt jedoch einen kühlen Unterton. Ich räuspere mich.

„So in etwa. Es tut mir leid, wenn Sie sich getäuscht fühlen. Ich fand Ihren Brief wunderbar, deshalb wollte ich Sie unbedingt kennenlernen!", sage ich etwas übereifrig, aber ich bin gerade in Fahrt.

Herr Maser lächelt mich an. Was für ein schönes Lächeln, mir bleibt fast die Luft weg!

„Schon gut. Ich dachte doch gleich, dass mir ihr Name bekannt vorkam, als mich meine Sekretärin um diesen Termin bat. Sie hat wahrscheinlich auch Diätrezepte eingeschickt", grinst er und rollt dabei mit seinen knallgrünen Augen. Dann räuspert er sich.

„Natürlich können wir uns gerne auch über den Brief unterhalten. Aber vielleicht erzählen Sie mir erstmal etwas über sich."

Also erzähle ich über mich. Mein Studium, und dass ich nach meinem Volontariat erstmal bei diesem Verlag geblieben bin, dass ich aber permanent versucht habe, mich auf Stellen im Wissenschaftsjournalismus zu bewerben.

„Es war immer dasselbe. Sie haben zu wenig Berufserfahrung, um im wissenschaftlichen Bereich zu arbeiten. Leider bekomme ich so auch keine Erfahrung", sage ich achselzuckend.

Herr Maser schmunzelt und meine Knie werden ganz weich dadurch. Ich bin froh, dass ich sitze.

„Wie wahr. Das kenne ich noch gut. Und wie ich Ihnen ja geschrieben habe, war ich zusätzlich keine sehr ansehnliche Erscheinung. Ich hatte schon als kleiner Junge einen starken Knochenbau. Meine Noten waren hervorragend, trotzdem war ich nie ein Lehrerliebling. Das waren eher die kleinen, niedlichen", näselt er.

„Und meistens absolut nervigen", spotte ich. Ich lache laut und fahre mir gleich entschuldigend vor den Mund. „Verzeihen Sie bitte, aber das habe ich auch immer so empfunden."

Wir grinsen uns beide an und trinken einen Schluck Kaffee, der hier viel besser schmeckt, weil es kein Automatenkaffee zu sein scheint. Es wird ein sehr nettes Gespräch, das fast drei Stunden dauert. Zum Glück ist Christine heute nicht dagewesen und hat daher hoffentlich nicht bemerkt, dass ich so früh gegangen bin. Irgendwann schaut Herr Maser verdutzt auf seine Uhr.

„Ich glaube, ich habe Sie schon viel zu lange aufgehalten, verzeihen Sie bitte", sagt er verlegen. Er steht auf und mir bleibt auch nichts anderes übrig als aufzustehen, obwohl ich am liebsten noch die ganze Nacht mit ihm weiterreden möchte. Er reicht mir seine Hand, ich drücke sie und es kribbelt überall.

„Vielen Dank, dass Sie sich die Zeit genommen haben, sich mir vorzustellen", sagt er höflich. „Leider haben wir zurzeit keine freien Stellen. Ich werde mal bei den anderen Magazinen nachfragen, aber ich kann Ihnen da natürlich nichts versprechen, Frau Koslowski."

„Natürlich. Ich danke Ihnen sehr für das Gespräch, Herr Dr. Maser."

Unsere Hände bleiben einen Augenblick länger als notwendig zusammen und dann ist es auch schon wieder vorbei. Ich marschiere aus dem Büro und unten angekommen fällt mir siedeheiß ein, dass wir uns gar nicht über Nina unterhalten haben!

Dann schaue ich auf meine Uhr. Es ist tatsächlich schon nach 18 Uhr!

Dann laufe ich nach Hause. Ja wirklich! Ich laufe! Ich schnappe mir meine Sportsachen und renne ins Fitnessstudio. Auf dem Laufband lasse ich meine Gedanken schweifen.

Herr Maser weiß wirklich nicht, dass er eine Tochter hat! Ich finde das sehr merkwürdig von Christine. Vielleicht hätte er sogar eine große Hilfe sein können. Wir haben tatsächlich über so vieles gesprochen, aber das mit Nina habe ich nicht erwähnen können, obwohl wir uns sogar über das Thema Familie unterhalten haben. Beispielsweise, dass er gerne eine Familie hätte, dass sein Beruf ihn aber leider wenig potenzielle Frauen kennenlernen lässt. Die einen wollen dringend Karriere machen und stellen alles andere hinten dran, die anderen suchen einfach nur eine Absicherung.

„Verstehen Sie mich nicht falsch", meinte er, „ich habe nichts gegen arbeitende Frauen. Aber wo soll das Kind bleiben, wenn meine Frau einen ebenso vollen Terminkalender hat wie ich? Aber eine Frau, die mich nur nimmt, weil ich einen guten Job habe, das möchte ich dann auch nicht. Eine gewisse Zuneigung hätte ich schon gerne, sonst braucht man das Ganze doch nicht und ist nur zu zweit einsam. Glücklicherweise habe ich diesen Job bekommen, ohne die statistischen 1,5 Kinder haben zu müssen", hatte er darauf lachend festgestellt.

Da musste ich doch gleich mal nachhaken. Schön, wenn jemand das auch mal erkannt hat, hatte ich erleichtert gedacht.

„Meinen Sie, dass das der entscheidende Faktor ist, um Karriere zu machen?"

„Nicht ausschließlich, nein. Ich habe ja selbst keine eigene Familie und trotzdem diesen Job bekommen, wie gesagt. Ich denke nur, dass ich wesentlich mehr dafür habe tun müssen. Und das gilt natürlich nur für uns Männer", sagte er und schaute mich direkt dabei an. Mein Herz hatte sofort einen Aussetzer gehabt und ich musste mich räuspern.

„Ja", stimmte ich zu, „bei Frauen ist es eher das Gegenteil. Wahrscheinlich bekomme ich mit 50 eher einen guten Job, weil ich dann nicht mehr schwanger werden kann. Nur fehlt mir dann immer noch die notwendige Berufserfahrung." Daraufhin hatte er mich wieder mit diesem charmanten Lächeln angeschaut, ganz ohne mit mir zu flirten. Keine Ahnung wie er das macht.

Ich verstehe, wieso Christine ihn mochte. Irgendwie aber hat sich das Gespräch nicht in diese Richtung ergeben wollen. Klar hätte ich bei dem Familienthema nachhaken können, aber ist es wirklich meine Aufgabe, hier Schicksal zu spielen? Ich fange meinen Endspurt auf dem Laufband an. Maya ist heute nicht da, was mich erstaunt, aber ich bin so drin in meinem Training, dass ich nicht weiter darüber nachdenke.

Wieder Zuhause entspanne ich unter der Dusche wie schon lange nicht mehr. Danach schlafe ich sofort ein, obwohl es erst neun Uhr ist.

# 9. EIN SHOPPINGDATE

Samstag.

Eigentlich ist es ja schön, frei zu haben, trotzdem klingelt der Wecker erbarmungslos um 6 Uhr früh. Uff, was tut Frau nicht alles, um attraktiv zu sein! Schnell ziehe ich mich an und renne zur Bahnhaltestelle. Zum Glück scheint der Dezember noch recht mild zu sein.

Nanu, Maya ist noch gar nicht da. Ich jogge schon mal los, vielleicht hat sie sich nur verspätet, hoffe ich, aber sie kommt nicht. Also drehe ich allein meine Runden.

Zu Hause checke ich erstmal mein Handy, aber Maya hat mir keine Nachricht geschrieben. Ich versuche sie anzurufen, aber nur der AB geht ran.

Also fange ich endlich an, Nina einen Brief zu schreiben. Im November habe ich bereits einen Brief von ihr bekommen, aber immer noch nicht darauf geantwortet:

*Liebe Mila,*

*das Internat ist ok. Mami hat mir noch viele neue Sachen gekauft. Ich trage eine blaue Schuluniform. Die Kinder sind nett und alle sieben so wie ich. Ich vermisse meine Freunde. Schön ist, dass ich jetzt Gitarre lerne, das hat Mami nie erlaubt. Es gibt ein Schwimmbad.*

*Viele Grüße*

*Nina*

Ich habe mir das Internat im Internet angesehen, es liegt in Cornwall. Auf den Bildern sieht es ganz ok aus. Vielleicht besuche ich Nina mal, denke ich verträumt und versuche nicht, an mein schwindsüchtiges Bankkonto zu denken. Nachdem ich den Brief fertig geschrieben habe, versuche ich erneut, Maya anzurufen. Nach fünfmal klingeln, nimmt sie endlich ab. Ihre Stimme klingt ganz abgehetzt.

„Maya, was ist denn los?", frage ich besorgt. „Wo warst du denn heute Morgen?"

„Na ja", druckst sie rum, was völlig untypisch für sie ist, „ich bin schwanger." Mir bleibt die Sprache weg, ich kann einfach nichts sagen.

„Wann ist das passiert?", frage ich dumm und eigentlich nur, um endlich etwas zu sagen.

„Wahrscheinlich vor so ca. 6 Wochen", sagt sie sachlich. Moment mal.

„Der Typ von neulich?"

„Der Typ heißt Aleks", korrigiert sie mich. „Zumindest war es vor 6 Wochen das erste Mal, es könnte also auch später passiert sein."

„Äh, Herzlichen Glückwunsch, Maya?" Sagt man das nicht in so einer Situation?

„Danke", sagt Maya trocken. „Wenigstens ist es nicht mit dem Typen davor passiert. Aleks hat keine Frau und auch keine Freundin. Nur ob das was Festes wird, kann ich nicht sagen."

„Soll ich vorbeikommen, Maya?", frage ich immer noch völlig entgeistert.

„Nee, lass mal, Mila. Aleks ist hier. Am Montag gehe ich zum Arzt. Danach komme ich bei dir vorbei."

Und damit legt sie auf. Das muss ich erstmal verdauen. Ich schaue den Hörer an und lege ihn langsam auf.

Maya? SCHWANGER? Das ist nichts, womit ich gerechnet habe. Niemand kann damit gerechnet haben, am wenigsten Maya!

Ich brauche dringend frische Luft und gehe ein bisschen in der Stadt spazieren. Es ist nicht allzu kalt und wenigstens regnet es nicht. Die Straßen sind weihnachtlich geschmückt und überall weht einem der Geruch von gebrannten Mandeln in die Nase. Mir läuft das Wasser im Mund zusammen.

„Hallo, da sehen wir uns ja bereits wieder!"

Ich bin so in Gedanken versunken, dass ich erstmal gar nichts raffe. Doch dann schaue ich in ein vergnügtes Gesicht mit knallgrünen Augen. Herrn Dr. Masers knallgrüne Augen!

„Oh, äh, hallo", sage ich wenig intelligent.

Herr Maser grinst mich spitzbübisch an und ich strauchele beinah, weil ich kaum noch meine weich gewordenen Beine fühlen kann.

„Man sieht sich halt doch mindestens zweimal im Leben. So sagt man doch, oder?" Ich muss lachen, es sprudelt einfach aus mir heraus.

„Bitte entschuldigen Sie. Ich habe gerade eine Nachricht bekommen und die hat mich schlichtweg umgehauen!" Sofort ärgere ich mich über meine Offenherzigkeit.

Herr Maser schaut mich neugierig an. Typisch Journalist eben, Neugierde ist unsere Berufskrankheit.

„Oh äh", stammele ich. Man ist das schon wieder peinlich!

„Nein, nein, Sie brauchen mir das doch nicht zu erzählen. Aber wo ich Sie hier treffe. Ich bräuchte dringend Ihre Hilfe."

„Meine Hilfe?", frage ich verblüfft. Womit soll ich denn einem Geschäftsführer helfen können?

„Ja natürlich. Äh, wenn ich das kann."

Das wird ja immer peinlicher, aber immer noch tut sich kein Loch auf, um mich zu verschlingen. Wo ist bitte eine Erdbebenspalte, wenn man eine braucht?

„Nichts Wildes", sagt er verlegen, was fast schon niedlich ist. „Es ist so. Ich habe ja bereits erzählt, dass ich die letzten Jahre sehr viel abgenommen habe und jetzt passt meine Garderobe irgendwie nicht mehr zu mir. Würden Sie mir vielleicht helfen?"

Ich bin völlig perplex. Maya wäre da bestimmt die bessere Wahl, aber die ist ja anderweitig beschäftigt.

„Na klar", sage ich unsicher. „Was brauchen Sie denn?"

„Na ja", sagt er und wird sogar fast ein bisschen rot. „So ziemlich alles. Als erstes dachte ich, ich brauche bürotaugliche Klamotten. Als Chef und so. Na ja, Sie wissen schon."

Ja, irgendwie weiß ich tatsächlich, was er meint. Ich trage plötzlich auch andere Sachen, die ich noch vor einem halben Jahr niemals angezogen hätte, weil sie einfach jetzt besser zu mir passen.

„Ok", sage ich zögernd, „wo wollen wir anfangen?"

Der ganze Samstagvormittag vergeht wie im Fluge!

Wir sind sogar sehr erfolgreich und finden gleich mehrere Jeanshosen, die aber trotzdem was hermachen (meinte der Verkäufer), Hemden in verschiedenen Farben und mit Manschettenknöpfen.

„Das ist heute gerne gesehen", meinte der Verkäufer. „Besonders bei Führungskräften und denen, die es werden wollen."

Herr Maser war nicht so überzeugt, hat die Hemden aber trotzdem gekauft. Seine Unsicherheit bei dem Thema ist irgendwie niedlich, vor allem, wenn man bedenkt, wie selbstsicher er in seinem Job auftritt. Dann noch drei Anzüge, etwas sportlicher, aber immer noch elegant genug für wichtige Meetings (meinte wahrscheinlich auch der Verkäufer, aber ich habe einfach nicht mehr zugehört).

Drei Stunden später sitzen wir völlig erledigt beim Mittagessen.

„Puh", seufzt Herr Maser. „Sie sind meine Rettung! Ohne Sie hätte ich heute gar nichts gefunden und die Mitarbeiter immer noch was zum Lästern gehabt!" Dann nimmt er sein Glas Wein und sagt:

„Wollen Sie mich nicht Gottfried nennen?"

Die Gläser klirren und meine Wangen fangen an zu glühen. Als das Essen kommt, habe ich beinah schon einen kleinen Schwips. Wir sprechen beinah die ganze Zeit, belangloses, aber ohne diese unangenehmen Pausen. Wir essen und sprechen abwechselnd und ich genieße jede Minute.

Vollgefuttert stehen wir zwei Stunden später auf und verlassen das Restaurant. Aber irgendwie wollen wir beide nicht gehen, deshalb stehen wir unschlüssig vor dem Restaurant.

„Ja also", sagt Herr Maser, pardon Gottfried (was für ein altmodischer Name), und schaut mich verlegen an.

„Ich werde jetzt einen Spaziergang machen", sage ich bestimmt. „Die Kalorien müssen ja wieder verbrannt werden." Ich räuspere mich. „Möchten Sie, äh möchtest du mich vielleicht begleiten? Der Park ist ganz in der Nähe."

Sichtlich erleichtert blickt mich Gottfried an und sagt: „Ja natürlich, sehr gerne!"

Zuerst gehen wir zu seiner Wohnung und er bringt schnell seine Sachen rauf. Da er mich nicht reinbittet, warte ich draußen. Eigentlich wäre ich ja schon neugierig gewesen, wie er so eingerichtet ist, besonders bei einem solchen Namen wie Gottfried, aber natürlich habe ich nicht gefragt, das wäre zu aufdringlich gewesen. Und schließlich haben wir ja kein Date, sondern haben uns nur zufällig getroffen und er brauchte einfach eine Einkäuferin. Gottfried, denke ich verträumt, ob er wohl einen Spitznamen hat?

„Hast du eigentlich einen Spitznamen?", frage ich ihn als wir am Park angekommen sind.

„Viele", entgegnet er, „aber die sind nicht mehr zutreffend. Zum Glück!" Oh, oh ein wunder Punkt!

„Tut mir leid."

„Wieso? Ich bin froh, dass die Zeiten mit Schwabbelbacke, Fettfried oder Gotteltrottel vorüber sind!"

„Fettfried?" Ich muss loslachen und zum Glück lacht er mit.

„Hattest du keine netten Spitznamen? Wie nennen dich denn deine Freunde?"

„Tja, aus dem Namen kann man halt nichts machen. Und Gott möchte ich mich eigentlich nicht nennen."

„Na ja, das wäre vielleicht auch sehr abgehoben. Aber Friedel oder so etwas in der Art?"

„So hat mich meine Großmutter immer genannt", sagt er kurz. Ok, damit ist das Thema dann wohl durch.

Es ist wunderschön heute, nicht zu kalt und nicht zu warm, obwohl es bereits Dezember ist. Gerade unterhalten wir uns über einen interessanten Artikel, den wir beide in der Zeitung gelesen haben, als er mich plötzlich unvermittelt fragt:

„Wie geht es eigentlich Christine?"

Peng, das war ja klar! Natürlich will er was von Christine, deshalb hat er diese Chance ergriffen. Wieso sollte er auch etwas von mir wollen? Von mir, die pummelig und klein und hässlich ist und eben nicht Chefredakteurin des Konkurrenzblatts. Abwartend schaut er mich an.

„Wie soll es ihr schon gehen", sage ich schnippisch, während ich versuche, nicht loszuheulen. „Viel zu tun wahrscheinlich."

„Es war nur eine Frage. Sie hat sich nie wieder bei mir gemeldet." Er zuckt mit den Schultern.

Ich kann mich einfach nicht beherrschen.

„Vermisst du Sie?" Jetzt lacht er richtig laut los.

„Christine? Vermissen? Oh je, die Frau ist doch kalt wie ein Kühlschrank! Wir hatten beide zu viel getrunken und für mich war es irgendwie nur Selbstbestätigung. Ich hatte meine ersten 20 Kilo abgenommen und eine solche Frau interessierte sich für mich und da ist es halt geschehen. Ich wollte wirklich einfach nur wissen, ob es ihr gut geht, aber eigentlich war es auch besser, dass sie sich nicht gemeldet hat. Schließlich wäre Christine ja die Kategorie Frau, die genau so viel, wenn nicht noch mehr, zu tun hat wie ich. Für Kinder wäre das furchtbar und ehrlich gestanden kann ich sie mir mit Kindern gar nicht vorstellen. Sie hat doch bestimmt keine, oder?"

Oh je, das trifft mich jetzt dann doch sehr unerwartet! Hallo? Wo ist meine Erdbebenspalte, ich wäre jetzt soweit! Soll ich ihm von Nina erzählen?

Er schaut mich an und natürlich sofort mit dieser inquisitorischen Neugierde, die mich sofort unsicher werden lässt.

„Äh, eins. Eine Tochter", stammele ich.

„Oh? Das hätte ich aber nicht erwartet. Wie alt ist sie denn?"

„Sieben Jahre alt. Sie heißt Nina."

Ich schlucke an meinem Kloss im Hals, aber irgendwie geht er nicht runter.

„Das überrascht mich, aber na ja, man kann sich ja auch mal irren in einem Menschen. Bestimmt ist sie super, so als Karrierefrau und Mutter. Oder kümmert sich der Vater um das Kind?" Ich schweige, denn die ganze Situation ist mehr als unangenehm.

„Äh, nein, sie macht das allein."

„Wieso? Wo ist denn der Vater? Im Ausland? Solche Kerle sind mir absolut zuwider! Drücken sich einfach vor der Verantwortung! Ich hoffe, dass sie ihn zumindest auf Unterhalt verklagt hat!" Er regt sich richtig auf und ich kann einfach nicht mehr.

„Du bist der Vater", presse ich hervor. Natürlich wettert meine innere Stimme so etwas wie Christines Privatangelegenheit, Blah, blah, blah, aber ich kann einfach nicht anders. Schließlich hat Gottfried doch ein Recht darauf zu erfahren, dass es Nina gibt!

Gottfried bleibt stehen und sagt nichts. Es vergeht eine Minute, eine weitere, er sagt nichts. Er starrt einfach nur geradeaus.

„Weißt du das bestimmt? Ich meine, da können doch auch noch andere gewesen sein?"

Ich höre seiner Stimme an, dass er das selbst nicht glaubt. Christine ist ein Workaholic, sie hat einfach keine Zeit für Männergeschichten.

Schon, weil sie kalt wie ein Kühlschrank ist!

„Ich denke, da kommst nur du in Frage. Und sie hat deine Augen. Und sie spricht ein bisschen wie du."

Endlich hat sich Gottfried so weit gefasst, dass er wieder zu sprechen beginnt.

„Ich habe also eine Tochter. Und ich wusste gar nichts davon. Wieso hat mir Christine nichts davon erzählt? Ich verstehe das nicht. Ich hätte sie doch unterstützt, nicht nur finanziell. Wie macht sie das überhaupt? Hat sie ein Kindermädchen?"

„Sie hat wechselnde englisch sprachige Au-pair-Mädchen, die sich um sie kümmern."

„Ich muss sie kennenlernen, unbedingt. Ich habe zwar keine Ahnung wie ich das anstellen soll, aber ich muss. Vielleicht kann sie mich an den Wochenenden besuchen kommen, wir könnten uns näher kennen lernen", überlegt er eifrig.

„Das wird etwas schwierig werden, befürchte ich. Sie geht seit September in England auf ein Internat."

„Sie macht was? Das ist ja unglaublich! Die Kleine wurde abgeschoben?"

Plötzlich fängt er an, ganz schnell zu gehen. Ich kann ihm mühelos folgen, dem täglichen Joggen sei Dank! Wir jagen also nebeneinander her bis wir vor seiner Wohnung stehen.

„Es tut mir leid, aber ich muss das erstmal verdauen. Auf Wiedersehen, Mila", sagt er und schließt seine Tür auf. Und dann ist er fort.

Na klar kann ich das verstehen. Das muss ja ein riesiger Schock für ihn gewesen sein! Keine Ahnung wie ich reagieren würde, aber als Frau kommt man ja eher selten in solche Situationen. Aber trotzdem tut es weh. Ganz tief drinnen tut es einfach weh. Hätte ich doch bloß nichts gesagt!

# 10.   MAYA 2.0

Ich versuche, die Sache mit Gottfried wegzuschieben. Hilft ja auch nichts, sich darüber weiter Gedanken zu machen. Schließlich habe ich es ihm gesagt und kann es nicht ungeschehen machen. Natürlich hat er sich nicht mehr bei mir gemeldet, aber er hat auch keine Handynummer von mir. Außer natürlich, er würde in meiner Bewerbungsmappe nachschauen. Wahrscheinlich hat er sofort seinen Anwalt angerufen. Obwohl, an einem Samstag? Blödsinn. Aber bei seiner Gehaltsklasse hat er vielleicht jemanden, den er Tag und Nacht anrufen kann, einen privaten Rechtsverdreher.

Stattdessen freu ich mich auf den kommenden Montag. Äh, habe ich das gerade wirklich gedacht? Aber ich bin so gespannt, was Maya erzählen wird! Auch Sonntag ist sie wieder nicht zum Joggen gekommen, ich hatte auch nicht wirklich mit ihr gerechnet.

Am Montag passiert im Büro ausnahmsweise mal nichts. Christine ist nicht da. Seit Nina in England lebt, ist sie tatsächlich etwas ruhiger geworden.

Ich denke wieder über eine neue Frage für die selbstschreibende Kolumne nach: *Hat Ihnen das Abnehmen Vorteile verschafft?*

Oder ist das wieder zu allgemein bzw. zu ähnlich zur letzten Frage und die war, wie gesagt, bereits nicht so gefragt. Ich muss vielleicht gezielter nachfragen: *Schreiben Sie uns doch ein Beispiel für eine Situation wo Sie genau wussten, dass sie anders ausgegangen wäre, wenn Sie nicht abgenommen hätten.*

Ach, das ist es auch noch nicht. Ich grübele und vergesse ganz die Zeit, dabei ist doch Deadline für die Januarausgabe! Hatte sich das Thema bereits abgelutscht? Uff und das so kurz vor meinem Vertragsende! Ok, ich schreibe also:

*Schreiben Sie uns Ihre besten Rezepte, mit denen Sie lecker abgenommen haben.*

So, nicht das Tollste, aber vielleicht kommen ja ein paar leckere, kalorienarme Rezepte dabei raus. Hoffentlich mal was Neues als immer nur FDH. Futter du doch mal die Hälfte!

Dann sprinte ich auch schon los. Ich bin so gespannt darauf, was Maya erzählen wird!

\*\*\*

„Wie geht es dir? Wann hast du es gemerkt?"

Ich bestürme Maya mit Fragen und lasse sie kaum zur Tür rein. Da ich nicht wusste, was ich einkaufen sollte, koche ich einfach einen Kräutertee. Maya legt ohne Umschweife los.

„Aleks ist natürlich der Vater. Ich habe es schon ganz früh gemerkt, aber ich wollte es irgendwie nicht wahrhaben. Es muss gleich beim ersten oder zweiten Mal passiert sein."

Irgendwie klingt Maya so gelassen, was mich völlig aus dem Konzept bringt.

„Und was sagt Aleks dazu? Ich bin total neugierig! Und wann lerne ich ihn endlich kennen?"

Maya lacht, irgendwie klingt sie … glücklich? Auch das noch.

„Na klar lernst du ihn kennen, jetzt gleich, wenn du willst. Er ist bei uns zu Hause. Ich wollte aber erstmal allein mit dir sprechen."

„Seid ihr jetzt zusammen?", platze ich plötzlich unverblümt heraus. Irgendwie passt das doch alles gar nicht zu Maya.

„Na ja, wir sind erwachsen und jetzt ist halt ein Kind unterwegs. Wenn du es so ausdrücken willst, sind wir zusammen, ja. Aber irgendwie trifft es das nicht. Er ist jetzt meistens bei mir und auch schon ein großer Teil seiner Sachen. Vielleicht kaufe ich mir ein Haus, eins mit Garten und so. Er kann ja das Meiste selbst machen, dadurch wird es erschwinglich."

Typisch Maya, natürlich hat sie gleich einen Businessplan zur Hand. Ich werde immer ungeduldiger.

„Aber was sagt Aleks denn dazu?" Maya zuckt mit den Schultern.

„Was soll er schon sagen? Zugegeben, ich bin schon verwundert, dass er überhaupt noch Kontakt zu mir haben will. Die letzten Wochen waren durchaus ungewohnt für mich, ganz anders als alles andere was ich bisher mit Männern erlebt habe. Die anderen waren immer so kompliziert und mit Aleks ist alles so einfach. Bei den anderen war das immer dasselbe Schema: Wir haben jetzt genau 4 Stunden Zeit und dann erst wieder in fünf Wochen. Uff, ich war nur ein Teil deren Terminkalenders. Aleks kommt jeden Tag nach der Arbeit vorbei und bleibt sogar über Nacht."

Ich warte immer noch auf einen Zusammenbruch, auf Tränen oder völlige Verzweiflung. Also ich fühle das alles in mir und bin noch nicht einmal schwanger!

„Also wohnt ihr schon zusammen?" Ich hänge förmlich an Mayas Lippen und warte auf irgendeine Reaktion. Denn dieses Verhalten ist so gar nicht wie Maya, aber das hatte ich ja schon.

„Nö, ist doch meine Wohnung und es wird auch mein Haus sein. Aber er ist da und er geht mir komischerweise nicht auf die Nerven. Ich bin jetzt auch schon etwas ruhiger, was das Baby betrifft. Du hättest mich anfangs sehen müssen, ich war ein Wrack! Aber Aleks war so lieb und meinte, dass er sich doch kümmern könnte und ich dann nicht aufhören müsste, zu arbeiten. Das macht alles so viel einfacher, besonders finanziell."

Ich bin einfach völlig sprachlos, ich kann gar keine Fragen mehr stellen. Diese Seiten an Maya sind mir völlig fremd. Zumindest hat sie endlich zugegeben, dass sie am Anfang durchgedreht ist. Aber irgendwie enttäuscht es mich, dass sie erst mit mir gesprochen hat, nachdem sie sich wieder beruhigt hat. Ich dachte immer, wir wären beste Freundinnen!

„Was hat denn der Arzt gesagt?", frage ich, um meine Enttäuschung zu überspielen. Meine Nervosität lässt langsam nach. Wenn Maya so gelassen bleiben kann, sollte ich das auch können.

„Man kann noch nicht viel sagen, ist ja erst die 6. Woche, abwarten."

„Wieso bist du eigentlich so ruhig?!" Ok, so ganz konnte ich meine Nervosität wohl doch nicht runterschlucken. Maya schmunzelt.

„Es ist doch nicht zu ändern, Mila und ich bin froh, dass es mit jemandem wie Aleks passiert ist und nicht mit Mr. `Ich habe mich getrennt, aber meine Frau sich nicht von mir`."

Ich nicke. Ja diese Typen wären nicht jeden Tag vorbeigekommen, das ist sicher. Aber wer ist dieser Aleks?

„Wie ist Aleks denn so?"

„Och, mach dir selbst ein Bild, aber vielleicht heute doch nicht mehr. Wie wäre es, wenn du an Heiligabend zu uns kommst, Mila? Da haben wir ein bisschen mehr Zeit. Ich muss jetzt auch los, Aleks hat gekocht."

Und schon ist Maya wieder weg und ich gucke sprachlos die Tür an.

„Nein Maya, mir geht es gut. Ich bekomme viele Komplimente für mein neues Aussehen. Trotzdem interessiert sich der Kerl, den ich gut finde, nur für die Montagsmobberin bzw. für ihre Tochter, weil es nämlich auch seine Tochter ist", erzähle ich laut und deprimiert meiner Haustür, nachdem sie ins Schloss gefallen ist.

Traurig ziehe ich mich auf meine Couch zurück und schalte den Fernseher ein, jedoch ohne hinzusehen. Jeder hat jemanden. Maya ihren Aleks, Eno sein scheiß Australien und Gottfried plötzlich eine Tochter, die er zwar noch nicht kennt, aber das wird schon noch kommen. Und bestimmt werden er und der Kühlschrank dann heiraten. Wenigstens wird Nina dann vielleicht nicht mehr im Internat bleiben müssen.

Oh verdammt, es tut immer noch weh. Alles erscheint mir so unfair und ungerecht. Ich schaue auf die Uhr: Gleich acht Uhr abends. Da ja Maya vorbeigekommen ist, war ich heute noch nicht im Fitnessstudio. Ich packe meine Sachen und marschiere los. Zum Glück hat das Ding ja 24 Stunden lang auf.

Im Studio gehe ich auf das Laufband, ich lege richtig los und versuche meinen Frust abzurennen. Natürlich geht es mir kein Stück besser hinterher, trotz des höheren Adrenalinspiegels und ich laufe die ganzen acht Kilometer nach Hause. Um Mitternacht lege ich mich ins Bett, kann aber lange nicht einschlafen.

# 11.    LÄUFT. SO LALA

Obwohl die Idee mit den Rezepten lahm war, wurde die Frage gedruckt und ich bekomme insgesamt 50 Antworten, die meisten per Mail, mit Rezepten! Tja, futtern muss man halt immer, auch auf Diät. Das Lustigste Rezept lautet:
*Man nehme 100 ml warmes Wasser und vermische sie mit köstlichem Nichts.*

Wie wahr, wie wahr, damit nimmt man sicherlich schnell ab. Die Karotten-Zucchini-Spaghetti klingen lecker, mir läuft beim Lesen das Wasser im Mund zusammen.

Wann habe ich eigentlich das letzte Mal etwas gegessen? Das Müsli heute Morgen ist ausgefallen, weil ich lieber eine halbe Stunde länger schlafen wollte. Gestern Abend war mir nicht mehr nach Essen, daher bin ich nach dem Fitnessstudio sofort schlafen gegangen. Also war das Mittagessen mit Gottfried tatsächlich meine letzte warme Mahlzeit und das war am Samstag. Uff, Liebeskummer ist wirklich gut für die Figur, denke ich und arbeite alle Briefe von heute durch.

Dann gehe ich nach unten zum Kiosk und hole mir ein belegtes Brötchen. Es schmeckt wie Pappe, ist vielleicht auch welche und ich schmeiße die Hälfte weg. Danach bin ich angeekelt und satt. Als ich nach oben komme, sind alle mucksmäuschenstill.

„Was ist denn los?", frage ich neugierig.

„Psst!", kommt es sofort von allen Seiten.

Heike winkt mich schnell zu sich rüber.

„Ein ziemlich wütender Mann ist vor zehn Minuten in Christines Büro gestürmt. Und jetzt brennen wir alle darauf, dass sie sich anschreien, aber leider ist die Tür schalldicht."

Sie seufzt und ich muss schmunzeln, besonders, weil ich ja weiß, wer in Christines Büro ist. Aber ich schweige, ich habe schon genug angerichtet. Heike schaut mich misstrauisch an.

„Du weißt Bescheid, oder?"

„Worüber?", frage ich vorsichtig, um mir nichts anmerken zu lassen.

„Na, dass das der Vater von Christines Kind ist, der da reingestürmt ist." Jetzt schaue ich wirklich unintelligent drein, das wird langsam zur Gewohnheit, befürchte ich. Heike lacht.

„He, jeder weiß doch, dass der Maser der Vater ist. Schließlich hat doch jeder mitbekommen, dass die beiden damals gemeinsam von der Weihnachtsfeier weggegangen sind. Nur anscheinend wusste Herr Maser nichts von dem Kind. Hat ihm wohl niemand erzählt, zumindest bis jetzt."

Ich gucke immer noch wie die Kuh, wenn es donnert und jetzt kapiert Heike sofort.

„Das warst du?", flüstert sie aufgeregt. „Ach ja natürlich. Als du bei dem Vorstellungsgespräch bei Herrn Maser warst. Ach übrigens. Wie ist es denn gelaufen?" Ich bin sprachlos.

Offensichtlich eigne ich mich nicht zur Journalistin und Heike ist auf dem besten Wege, den Pulitzer Preis für ihre Enthüllungen abzustauben. Meine Beine zittern und ich setze mich auf Heikes Tisch.

„Du weißt davon?", flüstere ich fassungslos. „Wissen denn alle darüber Bescheid?"

„Das weiß ich nicht. Ich meine, das mit Christine und dem Maser schon. Aber das mit deinem Bewerbungsgespräch habe ich nur zufällig mitbekommen. Und ich habe es auch niemandem erzählt, Ehrenwort. Ich weiß doch, dass Christine dich ständig mit der Vertragsverlängerung erpresst und dir andauernd Blödsinn zum Schreiben gibt, damit du ihr nicht gefährlich werden kannst. Wie ist es eigentlich gelaufen?", fragt Heike wieder.

„Er hat zurzeit leider nichts frei, will sich aber melden", antworte ich wahrheitsgemäß. Lügen und Aufbauschen liegt mir einfach nicht, obwohl das für den Termin ganz gut geklappt hat.

„Ich drücke dir die Daumen", sagt sie herzlich. „Komm, wir holen uns einen Kuchen, ich gebe einen aus."

Mit Genuss futtere ich den Kuchen und endlich fühle ich mich besser und auch gleich viel weniger deprimiert. Als wir nach oben kommen, sind alle schon wieder bei ihrer Arbeit.

„Haben wir was verpasst?", fragt Heike laut.

„Nee, die beiden sind gerade weggegangen", sagt Laura enttäuscht.

„Und war Herr Maser noch vollständig oder fehlte ihm was von seinen Gliedmaßen?", schmunzelt Heike.

Die Leute lachen und dann sitzen wir alle wieder an unseren Rechnern. Ich wähle die besten Rezepte aus.

Danach lese ich das Magazin von Herrn Maser, natürlich die Wissenschaftskolumne, ich habe einen Online Account. Den dürfen wir haben, denn man muss ja schließlich seine Konkurrenz kennen, pflegt Christine zu sagen. Eines der wenigen Sachen in denen ich mit dieser Frau übereinstimme. Doch heute bin ich einfach nur angeödet von der Kolumne. Kurzentschlossen schreibe ich Herrn Maser eine E-Mail.

*Hallo Herr Dr. Maser* (natürlich mit vollständiger Anrede, weil es über meine berufliche Mailadresse geht).

*Ich bin eigentlich immer sehr angetan von Ihrem Magazin. Jedoch lässt die heutige Seite der Wissenschaftskolumne sehr zu wünschen übrig. Um ehrlich zu sein ist es sogar lausig recherchiert. Das Thema Wasser hat doch wohl mehr zu bieten als immer wieder der Goldfischteich mit seiner Wasseranomalie im Winter und dass deswegen die Fische nicht erfrieren. Was ist denn mit dem Löffel, der im Wasserglas immer größer aussieht oder dem Grotthuß-Mechanismus? Selbst das wäre mal anspruchsvoller als immer nur Biologie auf Sek 1 Niveau!*

Ich lese mir das Ganze nicht einmal durch, sondern schicke es sofort weg. Mensch und dafür hat der jetzt einen festen Vertrag bei diesem Magazin bekommen. Mit einem Abschluss in Politikwissenschaften! Ich kenne den Kollegen von einer Pressekonferenz. Wir haben uns ganz gut verstanden und ich weiß, dass er auch was ganz anderes machen möchte. Ich bin wirklich sauer auf Herrn Maser, pardon, Gottfried. Aber das hat wahrscheinlich eher mit mir zu tun als mit dem Artikel.

## 12. DIE KUMMERKASTENIDEE

Von Gottfried habe ich nach wie vor nichts mehr gehört, wieso sollte er sich auch bei mir melden. Ich spiele nicht in seiner Liga und ich habe ihm erzählt, dass er eine Tochter hat. Mehr Knock-out geht wahrscheinlich nicht als Beziehungskiller.

Am Mittwoch gehe ich zu Christine, um ihr meine Idee zu schildern, die ich mir bereits von Anfang an überlegt habe.

„Guten Morgen, Mila", sagt sie sauer, bevor ich auch nur richtig zur Tür rein bin, „was willst du?"

„Entschuldige, dass ich dich störe, Christine", sage ich mit meiner alten Schüchternheit und hasse mich gleich abgrundtief dafür. „Ich möchte das Thema meiner Diätspalte ausbauen: Zu einem Kummerkasten für Leute mit Figurproblemen oder generell Problemen." Ich hole Luft, bin aber nicht schnell genug.

„Ach ja? Wir sind hier keine Psychozeitschrift und du bist keine Scheiß Psychiaterin. Was willst du denn den Leuten erzählen? Dass sie nur ganz fest an sich glauben sollen und dann klappt das alles schon? Den Leuten fehlt die nötige Disziplin, das ist alles!" Jetzt reicht es mir!

Wieder hole ich tief Luft, versuche aber trotzdem ruhig zu bleiben:

„Ich habe nicht nur an die Leute gedacht, die übergewichtig sind", sage ich ruhig, aber mit fester Stimme. „Mir sind ganz viele Leute aufgefallen, die wirkliche Probleme haben und diese mit Essen oder eben Nicht-Essen kompensieren. Ich möchte einfach eine Plattform dafür schaffen. Die Leute sollen mir schreiben, ja, aber die Leute dürfen auch den anderen antworten und auch das möchte ich gerne abdrucken, wie wir das jetzt bereits machen. Ich möchte jedoch die Fragen mehr in Richtung Selbsthilfe stellen. Dadurch sehen die Leute, dass sie nicht allein sind und ein Ratschlag von jemandem, der kein Psychologe ist, hat doch viel mehr Gewicht."

Uff, wie ist die eigentlich an diesen Job gekommen, frage ich mich und dass nicht zum ersten Mal. Christine starrt mich giftig an.

„Also gut, von mir aus. Für die nächste Ausgabe nehmen wir es mit rein, bereite etwas vor. Und wenn es nicht läuft, wird dein Vertrag eben nicht verlängert. Also schreib schon mal Bewerbungen", schnauzt sie mich an und sieht wieder auf ihren Rechner.

Ich nicke und gehe aus dem Büro. Draußen atme ich erstmal tief ein und aus.

\*\*\*

Endlich ist Heiligabend und bewaffnet mit zwei kleinen Päckchen stehe ich vor Mayas Wohnungstür.

„Hallo Mila, Frohe Weihnachten!"

Das großzügige Loft im Dachgeschoss, das über die ganze Etage geht, sieht einladend und gemütlich aus. So gar nicht wie sonst. In der Mitte steht sogar ein Tannenbaum und es duftet nach Essen.

„Frohe Weihnachten! Ganz schön aufgeräumt hier", grinse ich und schaue mich um. Maya strahlt.

„Aleks räumt abends immer auf, er mag es nicht so unordentlich. Dafür mache ich seine Abrechnungen, das liegt ihm nicht so."

Argh, ich glaube ich muss kotzen bei so viel Harmonie!

„Ja, ja", sagt Maya grinsend, „er ist wirklich ganz anders als die anderen Männer, die ich so angeschleppt habe. Ich weiß."

Wir lachen beide und die Situation entspannt sich schlagartig.

Und der Abend wird einfach nur richtig nett!

Aleks, Aleksandr (seine Großeltern kamen aus Russland), ist groß, breitschultrig und sehr sympathisch. Nachdem wir gegessen haben (er hat Lasagne gemacht, wenn auch nicht gerade weihnachtlich, aber Gans oder so etwas mag niemand von uns. Ach ja und: Was für ein Kerl!), geht er ins Schlafzimmer, um uns bei unseren „Frauengesprächen" nicht zu stören.

Maya strahlt mich an: „Und, was sagst du?"

„Hat Aleks einen Bruder?", frage ich hoffnungsvoll.

„Leider nein, ich habe ihn sofort gefragt. Nur zwei Schwestern."

„Dann nehme ich eine von denen!"

„Die sind beide schon verheiratet. Die haben alle so früh geheiratet in seiner Familie."

„Dann heiratet ihr auch bald?" Komische Vorstellung.

„Oh Gott, nein, äh, vielleicht? Keine Ahnung. Die Situation ist so neu und unerwartet, jede Sekunde haut mich einfach um. Wir haben ein Haus gekauft." Gut, das war ja zumindest schon mal so etwas wie ein Gefühlsausbruch, zumindest für Mayas Verhältnisse.

„Was? Wo habt ihr so schnell ein Haus gefunden?", frage ich völlig perplex.

„Ach, Aleks kennt einen Immobilienmakler und der hat das ganz schnell abgewickelt. Wir haben für die Wohnung viel mehr bekommen, als ich damals bezahlt habe. Im Moment kauft ja jeder", sagt sie wie selbstverständlich, als ob ich so etwas wissen würde.

„Das geht alles so schnell, Maya", sage ich vorsichtig, „bist du sicher, dass du das alles auch wirklich willst?"

Maya lächelt mich glücklich an und ich fühle Übelkeit in mir aufsteigen.

„Schwanger bin ich ja nun mal, da lohnt es nicht, darüber zu diskutieren. Und das Loft hat kein Kinderzimmer. Das Haus ist übrigens ganz um die Ecke von dir. Das war auch ein Pluspunkt, wieso wir sofort zugeschlagen haben."

Bevor ich mich auch nur ansatzweise geschmeichelt fühlen kann, setzt sie hinzu: „Dann hast du es nicht so weit, wenn du zum Babysitten vorbeikommst." War ja klar. Typisch Maya.

Aber sie grinst mich dabei an und ich bin sofort versöhnt. Plötzlich schaut sie mich kritisch von der Seite an.

„Mila, du musst ein bisschen aufpassen." Erschrocken schaue ich sie an.

„Wieso? Habe ich wieder zugenommen?"

„Im Gegenteil", sagt Maya und mustert mich besorgt, „du nimmst viel zu schnell ab. Geht es dir gut?"

Ich schlucke und fange ohne Vorwarnung an, zu heulen. Und dann erzähle ich ihr von Christine, Nina und Gottfried. Vor allem natürlich von Gottfried und wie nett er ist und was für einen Schock ich ihm verpasst habe. Und ich erzähle von meiner Idee, einen Kummerkasten in die Zeitung zu integrieren. Maya lässt mich einfach reden und unterbricht mich nicht. Nachdem ich alles losgeworden bin, geht es mir tatsächlich etwas besser. Maya drückt mitfühlend meine Hand und reicht mir ein Taschentuch.

In der Zwischenzeit hat Aleks sogar ein paar gesunde Snacks hingestellt: Rohkost, Cracker und Quarkcreme mit Obst. Jetzt, wo es mir etwas besser geht, spüre ich plötzlich, was für einen großen Hunger ich habe. Von der Lasagne hatte ich kaum etwas angerührt. Schnell schnappe ich mir eine Karotte und tunke sie in einen weißen Dip.

„Göttlich! Kannst du mir Aleks mal ausleihen?"

„Nee, dazu wird er keine Zeit haben neben dem Baby, mir und seinen Aufträgen. Er will speziell abends und am Wochenende arbeiten, da haben die Leute eh mehr Zeit, etwas machen zu lassen. Und die Leute brauchen keine teuren Notfallhotlines anzurufen. Seine Kunden hat er schon informiert und die meisten finden es super."

„Ich finde das auch eine super Idee! Ich muss mir immer einen halben Tag frei nehmen, sobald etwas kaputt ist. Und so habt ihr euch also kennengelernt?" Maya wird auch sofort rot. Ja wirklich! Kaum zu glauben.

„Ich habe keine Ahnung", lacht sie leise. „Er ist völlig nass geworden, als er das Klo repariert hat, aber das habe ich dir ja bereits erzählt." Maya schluckt und wird wieder rot dabei.

„Mila, es war einfach so toll! Der Sex mit Aleks war nichts, was ich schon einmal erlebt hätte", schwärmt sie plötzlich. „Alles hat sich so richtig angefühlt und alles hat so gepasst. Wir haben uns seitdem jeden Tag getroffen und irgendwann muss es dann passiert sein. Wie gesagt, so vor ungefähr sechs Wochen"

Ich nicke. Maya hat nie die Pille nehmen wollen, damit sie nicht zunimmt und bei den Typen waren Kondome ohnehin immer Pflicht. Wer wusste schon, wen sie sonst noch trafen? Aber ein Risiko war es natürlich, klar. Ich habe sofort mit der Pille aufgehört, als Eno weg war. Wozu die Hormonbombe, wenn man keinen Sex hat!

Mmh, ob Christine wohl die Pille genommen hat oder einfach zu betrunken gewesen ist oder ob Nina vielleicht doch nicht so ungeplant gewesen ist? Allerdings hätte Christine dann doch etwas liebevoller sein können, aber es gibt natürlich Menschen, die einfach alles haben wollen, Kind, Karriere, ohne sich innerlich auf etwas einzustellen oder sich anzupassen.

Ob Gottfried ein guter Vater sein wird? Mit Christine als Standard bestimmt, Nina wird hoffentlich begeistert von ihm sein.

Oh Gott, Nina! Wie würde sie das Ganze aufnehmen? Ich hatte gar nicht an Nina gedacht! Weiß sie überhaupt, wer ihr Vater ist, ich meine aus Erzählungen? Hat sie ein Foto von Gottfried? Und jetzt fällt mir plötzlich auf, dass sie mir auf meinen Brief gar nicht geantwortet hat.

„Huhu, Mila! Was denkst du?"

„Entschuldige Maya, ich habe an Nina gedacht. Was wird sie wohl zu Gottfried sagen?"

„Alles wird für sie eine Verbesserung gegenüber Christine sein, würde ich sagen. Ich denke, er wird sich nicht viel anstrengen müssen."

Ich nicke und schnappe mir die letzte Paprika. Dann schaue ich auf die Uhr: Es ist bereits 1 Uhr morgens!

Ich bestelle mir ein Taxi, obwohl Maya mir anbietet, bei ihr zu übernachten. Aber ich will das junge Glück nicht stören.

Zuhause lege ich mich ins Bett. Seit dem Treffen mit Gottfried habe ich nicht mehr so viel gegessen, mein Magen tut weh und ich schlafe nur sehr schlecht ein.

## 13.   WIE GEWONNEN ...

Der Kummerkasten schlägt ein wie eine Bombe! Ja wirklich! Für die Februarausgabe stelle ich das Konzept des neuen Kummerkastens vor. Bis jetzt haben wir zwar auch sowohl Fragen als auch Antworten im monatlichen Wechsel veröffentlicht, doch jetzt ist die Aufmachung eine andere und die Fragen haben einen anderen Schwerpunkt. Diesmal frage ich die Leute gezielt:
*Haben Sie bereits Erfahrung mit Beratungsstellen in Bezug auf Ernährungsprobleme gemacht?*

Bewusst lasse ich das Wort „Essstörung" weg, denn es geht mir nur allgemein um Adressen, beispielsweise auch um Fitness- oder Ernährungsberater. Aber ich wollte es auch allgemein lassen und schauen, was die Leute antworten.

Eine Woche später erscheinen die Antworten der Leser. Natürlich ist es schwierig, die richtigen Antworten auszuwählen, denn natürlich dürfen sie nicht unter der Gürtellinie sein. So etwas in der Christine Richtung: Hab mal mehr Disziplin, dann wird das schon! Nein. Auf meine letzte Frage hin werden viele nützliche Adresse mit Telefonnummern angegeben, gute Erfahrungen mit Ärzten und auch Kurkliniken, die sich mit Ernährung auskennen. Auch Erfahrungsberichte noch und noch! Ich bin wirklich zufrieden mit diesem Ergebnis und selbst Christine hat noch nichts Negatives gesagt, Positives natürlich auch nicht.

Der Kummerkasten wird sich natürlich nicht nur mit Ernährung beschäftigen, habe ich mir überlegt, dann wäre das Thema doch recht schnell zu ende. Natürlich wollte ich erstmal abwarten, wie und ob diese Art von Fragen angenommen werden. In ein paar Monaten könnte man auch Themen wie Mobbing oder Ängste jeglicher Art verwenden. Es sollte einfach darum gehen, die Leute auf ein Thema aufmerksam zu machen und dadurch für einen allgemeinen Austausch zu sorgen, vielleicht sichert das ja die Auflage der Zeitschrift. Es wäre so schön, endlich einen unbefristeten Vertrag zu bekommen.

Herr Maser hat sich auf meine Mail hin nicht gemeldet, das habe ich auch nicht erwartet. Wahrscheinlich ist er immer noch sauer auf mich, weil ich ihm das mit Nina erzählt habe. Als ob das meine Schuld ist, dass Christine ihm seine Tochter vorenthalten hat. Aber die Leute sind ja meistens sauer auf den Boten.

Am Wochenende habe ich versucht, Nina im Internat anzurufen, aber das hat nicht funktioniert, denn mein englisch ist einfach zu schlecht. Also setze ich mich hin und schreibe ihr erneut einen Brief. Ich erwähne aber ihren Vater nicht, schließlich weiß ich nicht, ob Herr Maser sie bereits kennengelernt hat. Daher frage ich nur nach den üblichen Sachen wie Freunde, Hausaufgaben und lade sie ein, mal ein Wochenende bei mir zu verbringen, wenn es ihre Mutter erlaubt. Den Brief schreibe ich bis spät abends und werfe ihn direkt am nächsten Morgen ein.

\*\*\*

Jeden Abend arbeite ich noch nach dem Fitnessstudio weiter. Danach suche ich nach passenden Stellen und bewerbe mich. Später falle ich todmüde ins Bett, dadurch brauche ich wenigstens nicht an Gottfried zu denken und dass ich wahrscheinlich niemals toll genug für ihn sein werde, weil ich eben kein erfolgreicher Kühlschrank bin.

Man, selbst jemand wie Maya bekommt dieses Gesamtpaket, bestehend aus Mann und Kindern, welches sie doch eigentlich nie hat haben wollen. Das Leben ist einfach nicht fair!

Verdammt, ich versinke schon wieder in Selbstmitleid.

Am besten, ich gehe joggen. Joggen gefällt mir übrigens mittlerweile sogar recht gut! Ja wirklich, das ist kein Werbeslogan. Durch die frische Luft bekomme ich den Kopf frei und manchmal denke ich über die Briefe nach, die ich bekommen habe. Man könnte die ganze Zeitschrift nur mit Leserbriefen füllen, denn die Leute haben anscheinend ein riesiges Bedürfnis, sich auszutauschen. Es macht so viel Spaß, die Sachen zu lesen und auszuwählen!

Meistens denke ich jedoch beim Joggen oder beim Laufen im Fitnessstudio an gar nichts und das tut auch gut. Einfach abschalten und auspowern. Wahrscheinlich hat Maya deshalb so viel Sport gemacht, sie hat ja einen viel anstrengenderen Job als ich, bestimmt war das auch immer ihre Abschalttaktik. Sie joggt übrigens wieder mit, jeden zweiten Tag. Ihre Ärztin meinte, wenn sie es nicht übertreibt, könnte es auch gut für sie und das Baby sein. Kondition kann für so eine Geburt nicht schaden.

Oh je. Klar will ich Kinder haben, aber vor so einer Geburt graut es mir dann doch. Im Fernsehen wirkt das echt anstrengend! Aber ohne Mann will ich das bestimmt nicht. So etwas wie Christine gemacht hat, käme für mich gar nicht in Frage, ich verdiene auch gar nicht genug für so eine Betreuung. Christine hat ja nicht nur unser Büro unter sich. Sie ist die Chefredakteurin für dieses Magazin und noch für ein weiteres. Aber da brauche ich mich gar nicht zu bewerben, das hat sie mir direkt mitgeteilt, die brauchen mich nicht. Ich hätte nicht die Fähigkeiten, dort zu arbeiten, die Leute wären da sehr überdurchschnittlich, deshalb haben sie auch die höhere Auflage als unser Magazin, pflegt sie zu sagen. Statistisch kann das aber so eigentlich gar nicht belegt werden. Trotzdem zieht so etwas schon runter, klar. Bis jetzt habe ich auch nichts anderes gefunden. Viele Stellen sind eher auf selbstständiger Basis und da muss man natürlich Aufträge kriegen. Nur mit einem Auftrag kann man sich nicht über Wasser halten. Und mit meiner mangelnden Berufserfahrung ist es etwas schwierig, ich habe nicht das Netzwerk, um selbstständig zu sein.

Ach ja. Natürlich sagen die Leute immer: Aber das ist doch besser, wie wenn man nichts tut! Sagen aber auch nur die, die einen gut bezahlten Job haben, so ehrlich sollte man schon sein.

Ping.
Eine Mail von Christine.
*Komm in mein Büro. Es geht um deinen Vertrag!*

Also marschiere ich zu ihr.

# 14. ... SO ZERRONNEN

„Setz dich, Mila. Wie ich gehört habe, hast du dich bei der Konkurrenz beworben?", fragt Christine mit einem süffisanten Tonfall, der nichts Gutes verheißen lässt. Ich schaue sie etwas perplex an, sage aber nichts.

„Also ich denke, du konntest dir das bereits denken. Wir können deinen Vertrag nicht mehr verlängern. Wir schleppen dich schon viel zu lange mit. Ich habe ja gehofft, dass es besser wird, aber jetzt kann ich einfach nichts mehr für dich tun. Natürlich bekommst du das Ganze auch schriftlich zugeschickt, aber ich wollte es dir erstmal persönlich mitteilen, das ist höflicher, finde ich."

Ich sehe, dass sie Mühe hat, ein Grinsen zu unterdrücken. Diese Frau ist doch wirklich das Letzte. Ich schlucke und schlucke. Jetzt bloß nicht losheulen!

„Gut, dann möchte ich bitte ein Zeugnis für meine Bewerbungen haben. Und ich nehme ab sofort meinen Urlaub, der restliche Urlaub sollte dann ausbezahlt werden. Schließlich ist ja keine Zeit mehr, alles zu nehmen", sage ich stattdessen und bin sehr stolz auf mich.

Christine fällt erstmal alles aus dem Gesicht. Hatte sie tatsächlich mit einer Szene gerechnet? So etwas fällt doch in ihr Ressort! Man muss sich ja nicht auf jedes Niveau herablassen. Und was würde es schon bringen.

„Also, ich hätte jetzt schon eine andere Reaktion erwartet, Mila. Aber das zeigt nur, dass du einfach keinen Ehrgeiz hast. Und dementsprechend wird auch dein Zeugnis ausfallen!"

„Das kannst du gerne machen", sage ich immer noch sehr ruhig. „Aber du weißt ja, dass in so einem Arbeitszeugnis nichts Negatives stehen darf. Und natürlich werde ich das Zeugnis durch meine Anwältin prüfen lassen." Wieder starrt mich die Giftnudel an, als ob ich vom Mars käme.

„Einen Anwalt kannst du dir doch gar nicht leisten, damit kannst du mir nicht drohen", grinst sie hämisch.

„Das ist keine Drohung und wie ich mir das leisten kann, ist meine persönliche Angelegenheit. Ich denke, dann kann ich jetzt gehen oder ist noch etwas?" Christine schaut mich mit gefährlich glitzernden Augen an.

„Ich weiß, dass du dem Maser das mit meiner Tochter erzählt hast, bei deinem Vorstellungsgespräch. Du wolltest dich wichtigmachen vor ihm. Aber ich habe ihm gleich gesagt, was du für Eine bist. Da bekommst du bestimmt keine Stelle!"

Mir reicht es jetzt wirklich.

„Da kann ich dann wohl nichts machen, Christine. Auf Wiedersehen!"

Dann gehe ich mit hoch erhobenem Haupt aus der Tür. Doch so langsam kann ich meine Beherrschung doch nicht mehr im Zaum halten. Wie gesagt, Christine anzuschreien hätte nur ihre Wut befriedigt und mich noch schlechter dastehen lassen.

Und das nach dem Erfolg mit dem Kummerkasten. Natürlich habe ich nicht deswegen nachgefragt. Wieso auch? Wahrscheinlich darf das jetzt jemand nebenbei hermachen. Ist ja auch keine Arbeit, jeden Tag ca. 100 Briefe oder Mails zu lesen.

Aber das ist nicht mein Problem, nicht mehr.

Zum Glück habe ich mich schon arbeitslos gemeldet. Muss man ja drei Monate vorher, also kann ich gleich hin stiefeln und die Anträge ausfüllen.

Ich packe meine Sachen zusammen, viel ist es nicht und gehe. Sofort läuft mir Heike nach.

„Das tut mir so leid, Mila!", sagt sie aufrichtig und drückt mich. Ich frage mich schon gar nicht mehr, wieso sie Bescheid weiß.

„Ja, mir auch", sage ich mit zittriger Stimme. Meine Selbstbeherrschung ist völlig aufgebraucht.

„Ich schwöre dir, ich habe nichts gesagt!", versichert mir Heike.

„Das weiß ich doch, Heike. Selbst wenn, was macht das für einen Unterschied? Ich kann es ja eh nicht ändern. Und blöderweise hat sie mit dem Maser gesprochen, da kriege ich also auch keine Stelle."

„Was? Sie hat dich schlechtgemacht? Das ist Mobbing! Bossing, um genau zu sein!"

Heike regt sich auf und die anderen werden aufmerksam.

„Bossing? Was ist denn das?", fragt Stefan.

„Wenn Chefs einen Mitarbeiter von oben mobben, nennt man das Bossing", erklärt Heike.

„Na und? Dann muss man halt seinen Hut nehmen. Da ist der Ruf dann eh ruiniert", meint Thomas.

Heike schaut den Kollegen ärgerlich an. Ein Kollege, der meistens seine Deadlines nicht schafft und alles auf andere schiebt. Kein sehr beliebter Typ.

„Na, dann wünsche ich dir, Thomas, dass dir das nicht passiert. Schließlich gibt der Arbeitsmarkt nicht mehr die Flexibilität aus den Sechzigern her, wo man morgen gleich eine neue Stelle hatte", sagt Heike trocken.

„Wer sich anstrengt, der bekommt auch Arbeit. Und wer keine hat, hat sich eben nicht genug angestrengt", pflichtet ihm Stefan bei.

Mir reicht es. Ich schnappe mir meinen Kram und gehe nach Hause. Und zu Hause heule ich erstmal. Besser gehen tut es mir danach allerdings nicht. War auch nicht zu erwarten.

## 15. SCHLIESST SICH EINE TÜR ...

Nachdem ich joggen war, heiß und lange geduscht habe, rufe ich Maya an. Wegen ihrer Schwangerschaft ist sie jetzt schon immer um sechs Uhr zu Hause. Natürlich arbeitet sie zu Hause weiter, geht ja nicht anders, aber mit Kissen im Rücken und Kräutertee und Behuddelung von Aleks. Ach, was bin ich neidisch.

„Hey Mila. Was ist passiert?" Maya weiß sofort, dass etwas nicht stimmt, obwohl wir nur telefonieren. Deshalb ist sie auch so eine gute Anwältin. Man kann ihr einfach nichts vormachen.

„Mein Vertrag wurde nicht verlängert."

„Das war klar, besonders nachdem du das mit Nina gepetzt hast." Ok, es war wohl allen klar, trotzdem muss ich schlucken bei diesen deutlichen Worten.

„Ja, aber es war trotzdem überraschend für mich, auch wenn anscheinend jeder damit gerechnet hat. Der Kummerkasten ist ein solcher Erfolg und jetzt stehe ich trotzdem auf der Straße."

Ich versuche wirklich mit fester Stimme zu sprechen, doch mit den letzten Worten fangen wieder an, die Tränen zu fließen und ich schluchze richtig los.

„Ach Mila, das wird schon. Bring doch beim nächsten Mal deine Bewerbungsmappe mit und wir schauen sie durch. Hast du schon ein Zeugnis beantragt?"

„Habe ich sofort angefragt", sage ich nicht ohne Stolz und schon wesentlich gefasster. „Christine war natürlich sauer, weil ich keine Szene gemacht habe. Und sie hat mich vor dem Maser schlechtgemacht, das hat sie mir auch mitgeteilt. Deshalb kann ich einen neuen Job bei ihm schon mal vergessen." Jetzt heule ich schon wieder los, es ist wirklich furchtbar mit mir.

„Dass sie mich vor dem Maser runtergemacht hat, setzt mir besonders zu", schniefe ich, „nicht nur wegen des Jobs, sondern wegen meiner Gefühle für ihn. Er denkt jetzt, dass ich die totale Lusche bin!"

Ich kann Mayas Schmunzeln durch das Telefon spüren.

„Ich glaube, was den betrifft, brauchst du dir keine Sorgen zu machen. Wenn er sich durch den Kühlschrank beeindrucken lässt, kann er kein guter Chef sein. Und welcher Chef zieht denn bitte über seinen Mitarbeiter her? Das ist doch kein professionelles Verhalten. Ich denke, Christine hat sich damit eher selbst geschadet, wenn das Ganze so überhaupt stimmt. Vielleicht hat sie dir das auch nur erzählt, damit du dich aufregst."

„Ja, äh vielleicht."

„Sobald du das Zeugnis hast, überprüfe ich es natürlich sofort. Was meinst du? Du könntest jetzt sofort vorbeikommen, wenn du magst. Du kannst auch gerne länger bei uns bleiben. Du hast doch jetzt eh Urlaub, oder? Ich meine, den hattest du bis jetzt noch gar nicht genommen. Den Rest lässt du dir dann auszahlen, das sollte mit dem nächsten Gehalt verrechnet werden."

„Danke Maya, vielen lieben Dank für das Angebot, ich komme gerne zu euch. Ich habe Christine auch sofort wegen des Urlaubs angesprochen und dass der Rest ausbezahlt werden soll. Dann bin ich gegangen. Natürlich kam wieder das Ganze mit `ich habe keinen Ehrgeiz` und so, aber ich habe mich gar nicht darauf eingelassen."

„Sehr gut Mila!", lobt mich Maya, „nur nicht provozieren lassen. Bis gleich!"

Ich jogge mit meinen Klamotten zu Maya. Ist ja nicht weit, nur fünf Kilometer und jetzt bin ich auch sehr viel ruhiger. Maya macht mir auf und schaut mich verblüfft an.

„Bist du etwa gelaufen, Mila?"

„Ja."

„Ich bin beeindruckt!", grinst Maya. Das geht runter wie Öl!

Überhaupt ist Maya unheimlich lieb und zuvorkommend. Komisch, diese Hormone, sollen die sich nicht eigentlich ziemlich negativ auf den Gemütszustand auswirken? Aber ich glaube, es ist auch Aleks, der Maya einfach guttut. Ich kann wirklich nur staunen, wie ausgeglichen sie mittlerweile ist. Ich glaube, so ausgeglichen war Maya das letzte Mal, bei der Beerdigung ihrer Mutter.

Ich habe ja bereits erwähnt, dass Maya kein gutes Verhältnis zu ihren Eltern gehabt hat. Spätestens, als sie anfingen, sich damit zu brüsten, wie erfolgreich ihre Tochter als Anwältin ist und dass das nur ihr Verdienst als gute Eltern sei. Sie erzählten doch tatsächlich rum, dass Maya bald für ihre Eltern arbeiten würde, es sei schon alles abgesprochen. Weniger reiche oder wenigstens nettere, diskretere Eltern erzählen so etwas bei einem Kaffeeklatsch mit Freunden. Mayas Eltern dagegen haben das für eine Homestory in einem Glamour Blättchen erzählt, wo es die Frauen der anderen Anwälte lesen konnten und sofort ihren Männern erzählt haben. Das war wirklich ätzend! Maya hat lange gebraucht, bis die Chefs wieder Vertrauen in sie hatten, dass sie nicht morgen alles hinschmeißt, um für ihre Eltern zu arbeiten. Und zum Glück hat es dann doch für sie mit der Partnerschaft geklappt, was gar nicht selbstverständlich war als Tochter solcher Eltern. Denn in Rechtskreisen hatten ihre Eltern natürlich keinen guten Ruf. Die vielen dubiosen Projekte, die auch durch die Medien gegangen sind, bei denen es um Abschreibungen ging oder auch Zuschläge für Bauprojekte, bei denen man annehmen konnte, dass viel Geld in die Taschen anderer Leute geflossen ist.

Nach dieser Geschichte hat Maya kein Wort mehr mit ihren Eltern geredet. Wenig später starb ihr Vater an einem Herzinfarkt. Bei der Beerdigung wurde sie dann von ihrem Bruder beschimpft, dass sie ihn mit dem ganzen Krempel allein gelassen hat. Mit ihrem Studium könnte sie ihn doch prima unterstützen, damit alles legal erscheint. Das hat er wirklich gesagt, während ich danebenstand, er schien einfach keine Angst vor dem Gesetz und schon gar nicht vor mir zu haben. Auch ihre Mutter warf ihr vor, ihre Familie im Stich gelassen zu haben. Andere hätten vielleicht geheult, nicht so Maya. Sie hat sich die Machenschaften ihrer Familie weiterhin aus der Ferne angesehen und eines Tages wurde ihr Bruder tatsächlich verhaftet. Der Fall ging tagelang durch die Presse. Wahrscheinlich hatte er an einem seriösen Rechtsbeistand gespart. Er und ihre Mutter haben alles verloren, ihr Bruder sitzt seit drei Jahren im Gefängnis. Ihre Mutter ist nur kurze Zeit später gestorben, Maya und ich waren die einzigen Trauergäste. Maya hat keine Träne verdrückt.

Später hat sie alles verkauft, was noch übrig war, viel war es nicht mehr, was die Gläubiger übriggelassen hatten. Lediglich das Haus und ein paar Erbstücke waren noch da. Ich glaube, das war eine ganz schöne Genugtuung für Maya. Manchmal braucht man einfach einen langen Atem für Rache, denn die wird bekannterweise am besten kalt serviert.

Tatsächlich wird es wieder ein sehr netter Abend. Aleks erzählt ekelige Geschichten über das, was er bei Leuten so in ihren Abflüssen gefunden hat. Iiih!

Maya macht das allerdings gar nichts aus, sie futtert dabei mit Genuss Selleriestangen mit Mayonnaise und Pfeffer.

„Und was hast du jetzt vor?", fragt mich Aleks interessiert, während er Mayas Nacken leicht massiert. Bestimmt ist mein Gesicht bereits grün vor Neid.

Ich zucke mit den Schultern.

„Ich werde morgen den Stellenmarkt durchsehen. Immerhin habe ich jetzt drei Jahre Berufserfahrung seit dem Volontariat und vielleicht muss ich doch irgendetwas auf Honorarbasis machen."

„Ich überlege gerade, ob ich mal einen Kunden hatte, der etwas im Journalismus Bereich macht", sagt Aleks nachdenklich.

„Das ist nett von dir, Aleks." Mit diesen Worten fange ich schon wieder an, los zu schniefen und Aleks schaut peinlich berührt weg, so wie Männer eben auf schniefende Frauen reagieren. Dann räuspert er sich und steht auf.

„Ich gehe dann mal schlafen. Kommst du auch gleich, Schatz?" Ich kichere.

„Schatz?", frage ich Maya und sie wird prompt ein bisschen rot.

„Ja, ich weiß, aber bei Aleks macht mir das nichts aus. Ich bin schon richtig weich, das machen bestimmt die Hormone!", stöhnt sie.

Wir lachen beide und gehen dann schlafen.

Am nächsten Morgen frühstücken wir noch zusammen, dann verschwinden beide zu ihrer Arbeit und ich laufe mit schnellen Schritten nach Hause. Die viele Lauferei tut mir gut, ich fühle mich gleich besser als ich zu Hause ankomme.

Sofort studiere ich sämtliche Datenbanken im Internet, schaue mir die Onlinemagazine an und stoße plötzlich auf die Stellenanzeige in einem der Magazine von Herrn Maser! Sie suchen jemanden und ich habe mich erst vor kurzem beworben. Also habe ich keinen guten Eindruck gemacht oder Christines Bossing war doch erfolgreich. Ich fange an, mich richtig zu ärgern als plötzlich mein Handy bimmelt.

„Koslowski", melde ich mich kurz angebunden.

„Guten Tag, Frau Koslowski, Reuter mein Name. Ich bin der Chefredakteur des Onlinemagazins `All Wissend`. Sie waren vor Kurzem bei Herrn Dr. Maser für ein Interview. Wie Sie vielleicht gesehen haben, haben wir eine Stelle ausgeschrieben. Wir möchten Sie gerne kurzfristig für diese Stelle zu einem Vorstellungsgespräch einladen. Hätten Sie morgen um zehn Uhr Zeit?" In meinem Kopf rotiert es, ich muss jetzt ganz schnell schalten.

„Ja, die Stelle habe ich gerade auf Ihrer Homepage gesehen. Vielen Dank für die Einladung. Brauchen Sie noch weitere Unterlagen von mir?"

„Nein, vielen Dank, Frau Koslowski. Herr Dr. Maser hat uns bereits Ihre Mappe zukommen lassen. Bis morgen!"

Klick macht der Hörer und klick macht es in meinem Kopf. Das habe ich nicht kommen sehen. Hat Gottfried tatsächlich Wort gehalten und mich weiterempfohlen?

Ich studiere schnell die ausgeschriebene Stelle, aber da stehen nur ganz allgemeine Dinge wie Referenzen und Berufserfahrung und Spaß an Teamarbeit drin, eine ganz normale Stellenausschreibung eben. Also werden sich ewig viele Leute bewerben, denke ich frustriert. Aber wieso sollte ich nicht eine gleich große Chance wie die anderen haben? Vielleicht sogar noch ein bisschen größer, weil Gottfried mich empfohlen hat? Na, nicht gleich arrogant werden, ermahne ich mich und fange an, mich vorzubereiten.

## 16. ... ÖFFNET SICH MANCHMAL DIE NÄCHSTE

Um fünf Uhr nachmittags habe ich keine Konzentration mehr. Ich bin froh, dass das Vorstellungsgespräch gleich morgen früh ist. Dadurch habe ich keine Zeit, mir groß einen Kopf zu machen und nervös zu werden. Am liebsten hätte ich noch einen neuen Hosenanzug, aber das ist im Augenblick nicht drin. Ob mir wohl Mayas Anzüge passen? Genussvoll esse ich mein Müsli, es ist sehr viel besser geworden, nachdem ich mich etwas dran gewöhnt habe und vor allem, seitdem ich eine halbe Banane reinschneide und das Ganze mit fettarmem Joghurt esse, statt mit Milch. Danach ziehe ich mich an und jogge spontan zu Maya. Die Sonne scheint und ich freue mich darüber, dass es langsam wärmer wird. Mitte März, bald wird es Frühling, denke ich versonnen.

Aleks öffnet mir die Tür.

„Hallo Mila. Schön dich zu sehen! Maya! Mila ist da!", ruft er.

Was für ein sympathischer Typ, denke ich mal wieder, total unverstellt und natürlich. So einen will ich auch, denke ich sehnsüchtig.

Herr Maser ist auch so, wenn auch mit weniger Muskeln, aber mindestens genauso nett. Aber leider interessiert er sich mehr für Kühlschränke! Argh!

„Hallo Mila!", ruft Maya rüber. „Komm doch rein. Was möchtest du?"

„Na ja, also", druckse ich rum. Aleks lacht.

„Spuck es aus, Mila. Dann können wir immer noch nein sagen", grinst mich Maya an. Sie sagt tatsächlich `wir`, wann ist das bitte passiert.

„Ich weiß ja, dass ich viel fetter bin als du, aber nach dem ich ja ein bisschen abgenommen habe, wollte ich fragen ob, also…" Das ist alles oberpeinlich, aber Maya grinst mich nur an.

„Klar kannst du meine Anzüge anprobieren. Du hast also ein Vorstellunggespräch." Ich grinse erleichtert und drücke sie stürmisch.

„Danke Maya! Ja, ich habe morgen ein Gespräch bei der Onlineredaktion bei einem der Magazine von Herrn Maser."

„Wow! Er hat also Wort gehalten!", sagt Aleks anerkennend.

„Klingt sympathisch der Mensch", sagt Maya. Ich schlucke.

„Ja, sehr sympathisch, er ist sogar unglaublich nett."

Maya geht lieber schnell ins Schlafzimmer zu ihrem begehbaren(!) Kleiderschrank, bevor ich die Schleusen wieder öffne.

„Schau mal hier. Der rote Hosenanzug steht dir bestimmt super! Schlüpf mal rein. Und dazu die schwarze Bluse."

Die Sachen passen mir tatsächlich. Mir passen die Sachen der super schlanken Maya! Wohlwollend betrachte ich mich im Spiegel.

„Du siehst super aus, Mila. Aber ich glaube, die Farben sind etwas zu kräftig für dich. Probiere mal den grauen Anzug mit der orangefarbenen Bluse."

Wir schauen beide in den Spiegel und sagen quasi gleichzeitig: „Ja, ich glaube, der ist besser." Dann prusten wir beide los.

Aleks ruft: „Wer will Pizza?"

Wieder rufen wir völlig synchron: „Ich!", und lachen wieder völlig irre.

Während wir auf unsere bestellte Pizza warten, fragt mich Maya:

„Willst du dich bei Herrn Maser eigentlich mal melden?"

„Ich hatte eine Kritik wegen des Wissensthemas an ihn geschickt, aber er hat sich nie deswegen gemeldet."

„Ach, das muss nichts heißen", meint Maya gelassen. „Der bekommt doch sicherlich hunderte solche Mails jeden Tag." Stimmt, ok, das kann natürlich untergegangen sein.

„Vielleicht hat er dich aber auch deswegen weiterempfohlen", meint Aleks.

„Ja, vielleicht." Natürlich habe ich das auch bereits gedacht, aber ich weiß es natürlich nicht. Ich bin schon total gespannt auf diesen Herrn Reuter morgen.

Dann klingelt es an der Tür und Aleks flitzt hin. Zurück kommt er mit drei riesigen Pappschachteln. Der Geruch ist mörderisch.

„Diese Pizza ist so gut!", schwärme ich als ich in mein erstes Stück beiße. Pizza, ich habe keine Ahnung, wann ich das letzte Mal welche hatte.

„Sie schmeckt sensationell!" Maya lacht.

„Ein Kunde von Aleks, deshalb kriegen wir sie sogar für umsonst. Sein Haus hat ganz alte Rohre, deshalb ist er quasi ein Stammkunde bei Aleks." Ich nicke anerkennend.

„Solche Kunden sind super! Hast du noch mehr solche Leute an der Hand? Maler wäre gut, meine Wohnung müsste mal wieder gestrichen werden", frage ich kauend.

„Ich sage dir Bescheid, wenn ich mal wieder bei einem bin", verspricht Aleks.

Die beiden sind so nett. Wie gesagt: Wenn Maya nicht meine Freundin wäre, ich würde echt das Würgen kriegen. So viel Harmonie auf einmal kann doch auf die Dauer nicht gut für jemanden sein! Aber die Beiden wirken einfach komplett zusammen. So, als ob das so sein muss und eigentlich schon immer so war.

Maya packt mir gleich drei Anzüge in einen Kleidersack.

„Was soll`s", seufzt sie. „Bald passe ich in keinen von denen mehr rein und mal schauen, ob ich nach der Schwangerschaft jemals wieder reinpasse."

Es wird wieder spät und diesmal nehme ich mir ein Taxi nach Hause, obwohl mir Maya wieder anbietet, bei ihnen zu übernachten. Aber ich finde, ich darf das Ganze nicht überstrapazieren.

Soll ich mich eigentlich bei Herrn Maser melden? Beruflich? Privat? Nein, ich warte erstmal das Vorstellungsgespräch morgen ab. Wenn es was wird, kann ich mich ja bei ihm bedanken. Und wenn nicht, brauche ich mich nicht bei ihm zu melden.

Privat würde ich mich doch nur lächerlich machen. Ich spiele nicht in seiner Liga, nicht mal im Entferntesten! Und sollte ich eine Stelle dort bekommen, wäre ein Date mit dem obersten Boss keine gute Idee.

Aber seine grünen Augen. Und seine Ausstrahlung. Mila Maser klingt so viel besser als Koslowski! Ich träume die Nacht über von pummeligen Kindern mit grünen Augen.

\*\*\*

In Mayas grauem Hosenanzug mache ich mich auf den Weg zum Magazin. Der Hauptsitz des Verlags in Deutschland liegt eigentlich in Hamburg, keine Ahnung, wieso Herr Maser überhaupt hier im Ruhrgebiet sitzt, aber wahrscheinlich sitzt der Big Boss, also sein Chef, in Hamburg. Darüber kommt der internationale Verlag, der sich in Chicago befindet.

Eine leicht pummelige Brünette nimmt mich in Empfang. Sehr sympathisch, hier passe ich gleich viel besser rein, denke ich überrascht. Sie trägt ein flottes Kostüm mit einem kurzen, schwarzen Rock und einer bunten Jacke. Überhaupt wirkt alles viel weniger steif hier.

„Guten Tag, Frau Koslowski. Herr Reuter erwartet Sie bereits. Möchten Sie eine Tasse Kaffee?"

Sie führt mich in die zweite Etage, wo ein nett aussehender Mittvierziger mit graumelierten Löckchen auf mich zukommt.

„Hallo Frau Koslowski. Haben Sie gut hergefunden?"

Ich schüttele seine Hand und natürlich drückt er sie etwas länger als notwendig. Klar, erste Stufe Vorstellungsgespräch: Haben Sie Berührungsängste. Das hätten wir dann schon mal erledigt.

„Danke Herr Reuter, das habe ich. Ja, sehr gerne eine Tasse Kaffee", antworte ich.

Wir gehen zu seinem Platz. Es ist ein Großraumbüro. So wie bei meiner alten Stelle. Angenehm denke ich. Ich finde Großraumbüros nicht so schlimm, ich kann mit Geräuschen um mich herum sogar besser arbeiten. Er nimmt meine Mappe von seinem Schreibtisch und geht in einen kleinen angrenzenden Raum, damit wir etwas Privatsphäre haben. Schnell folge ich ihm und schließe die Tür. Er setzt sich an den ovalen Tisch und bietet mir gegenüber von sich einen Platz an. Mein Kaffee steht sogar schon dort!

„Milch, Zucker?", fragt er und zeigt auf zwei Schälchen.

„Nein, Danke", sage ich höflich und setze mich. Er kommt ohne Umschweife zum Thema.

„Da Sie ja mit Herrn Dr. Maser bereits ein ausführliches Vorstellungsgespräch hatten, brauchen wir eigentlich nur noch die Formalitäten zu besprechen. Ich habe hier Ihren Vertrag, natürlich brauchen Sie ihn nicht gleich zu unterschreiben. Nehmen Sie ihn mit nach Hause und schicken Sie uns die Sachen in den nächsten Tagen zu."

Ich bin völlig überrumpelt.

„Ich habe die Stelle?"

„Wenn Sie sie wollen, ja", schmunzelt er. „Wie gesagt, Herrn Dr. Maser haben Sie ja bereits überzeugt. Wir suchen genau jemanden mit Ihrem Background für unsere Wissensrubrik und natürlich auch für andere Themen. Ihr Kummerkasten gefällt mir übrigens sehr gut, die Idee haben Sie gut umgesetzt. Schade, dass Sie nicht schon vorher für uns gearbeitet haben, jetzt gehört es der Konkurrenz. Mit wenig Dank anscheinend." Er zwinkert mir zu.

„Wie meinen Sie das?"

„Ich möchte nicht indiskret sein, aber ich weiß bereits, dass Ihr Vertrag bei der Konkurrenz nicht verlängert wurde, über den Flurfunk hört man immer so einiges, aber machen Sie sich nichts draus. Undank ist der Menschen Lohn. Aber gut für uns, denn Sie haben keine Kündigungsfristen einzuhalten und können sofort starten. Wenn Sie möchten, können Sie zum nächsten Ersten anfangen, dann können Sie jetzt noch Ihren Resturlaub genießen."

Er schaut mich erwartungsfroh an und ich soll jetzt bestimmt intelligente Fragen stellen. Natürlich hatte ich welche vorbereitet, aber nach diesem Angebot klingen die alle hohl.

„Vielen Dank für das Angebot", sage ich vorsichtig. „Ich werde mir den Vertrag in Ruhe durchlesen und mich dann bei Ihnen melden."

„Wunderbar!", sagt Herr Reuter erfreut. „Wenn Sie keine Fragen haben, dann verbleiben wir doch einfach so. Dann eventuell bis in zwei Wochen."

Er begleitet mich noch raus und hilft mir in den Mantel. Was für ein netter Laden! Zufrieden laufe ich die gesamte Strecke nach Hause.

Zu Hause lese ich mir den Vertrag gründlich durch. Zwei Tage mehr Urlaub und eine Vollzeitstelle. Das Gehalt ist in etwa vergleichbar, aber nach einer sechsmonatigen Probezeit wird der Vertrag entfristet!

Ich kann es kaum erwarten, dass es sechs Uhr wird. Dann renne ich mit meinem Vertrag zu Maya und Aleks.

\*\*\*

Maya staunt nicht schlecht.

„Donnerwetter! Da hast du aber Eindruck gemacht!", sagt sie anerkennend und drückt mich dabei liebevoll. Dann studiert sie aufmerksam den Vertrag.

„Das ist ein Standardvertrag, der ist schon ok so. Und zwei Tage mehr Urlaub. Ein wirklich gutes Angebot, Mila! Herzlichen Glückwunsch!"

Ich werde ganz verlegen, denn ich freue mich nicht nur über den Vertrag, sondern ganz besonders auch über Mayas Lob.

Aleks bestellt uns wieder Pizza und heute bleibe ich auch über Nacht. Maya und ich lümmeln uns gemütlich auf der Couch. Natürlich hat uns Aleks wieder Snacks hingestellt. Der ist zu gut, um wahr zu sein! Zwischendurch flitzt Aleks zu einem Kunden, der einen Wasserrohrbruch hat.

„Wann zieht ihr eigentlich um?", frage ich kauend.

Irgendwie sehe ich immer noch keine Kartons rumstehen.

„In vier Wochen", erwidert Maya entspannt.

„Braucht ihr Hilfe?"

„Nein danke Mila. Aleks Freunde machen das schon, alles Handwerker mit vielen Muskeln."

So langsam sieht man, dass ihre Hüften runder werden. Ich seufze. Maya schaut mich heiter an.

„Keine Bange, wenn einer dabei ist, der in Frage kommt, gebe ich ihm gleich deine Nummer."

Mittlerweile ist Aleks wieder da und stöhnt sofort: „Oh nein. Bitte keine Kupplungsaktionen. Meine Freunde sind auch alle verheiratet, hoffe ich zumindest."

„Wie?", fragt Maya erstaunt, „weißt du das etwa nicht? Ich hoffe nicht, dass da lauter fremde Leute kommen! Sonst bestelle ich doch lieber ein Umzugsunternehmen!" Aleks lacht und küsst sie sanft auf die Nasenspitze. Ich bekomme eine Gänsehaut vor Rührung.

„Das wären doch auch lauter fremde Leute, Schatz. Und ich kenne drei von den Kollegen und die sind definitiv verheiratet. Mit Frauen, mit denen man sich lieber nicht anlegen sollte. Die eine macht Kickboxen und die andere ist Stadträtin. Aber Bo wollte noch ein paar Leute mitbringen und über die weiß ich natürlich nichts."

„Na ja, aber wenn Bo die Leute anschleppt, wird das schon gehen", meint Maya wieder etwas ruhiger.

Maya kennt also auch Aleks Freunde, denke ich bei mir. Tja bei den anderen Beziehungen war das ja nicht möglich, denn das war immer ein Freundeskreis, zu der seine Frau gehörte, da konnte niemand mit seiner Geliebten anspaziert kommen (obwohl die Männer bestimmt alle eine hatten).

Uff, es ist schon eins! Wir drücken uns kurz, also Maya und ich.

„Danke, dass ich hier ständig rumhängen darf", sage ich kleinlaut.

„Das ist schon ok, Mila! Überleg mal, wie oft ich bei dir zu Hause war und deine Eltern nichts dagegen hatten und du auch nicht."

„Nein, hatte ich nicht, dadurch hatte ich ja so etwas wie eine Schwester. Nur das mit dem Rumschupsen hat nicht so geklappt", meine ich grinsend.

„Wieso Rumschupsen?"

„Weil du immer die Tolle für meine Eltern warst. Sei doch wie Maya, so schlank, so klug so blah, blah, blah", äffe ich.

„Dann hattest du mich gar nicht gerne bei dir zu Hause?", fragt mich Maya leicht entsetzt.

„Doch natürlich. Wie gesagt, es war gleich viel weniger öde zu hause. Aber diese Litaneien über dich, wenn du wieder weg warst. Also auf die hätte ich gut verzichten können", sage ich, ohne mir etwas dabei zu denken.

Dann fällt mir auf, dass ich das so genau Maya noch nie erzählt habe. Maya schaut auch etwas komisch, fängt sich aber gleich wieder.

„Immerhin bist du trotzdem mit mir befreundet geblieben. Auch wenn ich gar nicht weiß, wieso." Erstaunt schaue ich sie an.

„Das hat Eno auch immer gesagt."

„Was?"

„Eno hat mich auch immer gefragt, wieso wir befreundet sind. Aber ich habe mich eher gefragt, wieso du mit mir befreundet bist."

„Weil du super bist! Komisch, dieser Egon", sagt Maya abfällig.

Maya hat Eno immer nur Egon genannt. Sie findet, das passt besser zu ihm. Recht hat sie.

„Danke, gleichfalls. Ja komisch, eigentlich habe ich ihn nur ganz kurz vermisst. Vielleicht war die Beziehung schon lange vorbei, ich habe es nur nicht gemerkt."

„Vielleicht. Oder du hast jetzt einen Ersatz gefunden", sagt sie und zwinkert mir zu, natürlich werde ich sofort knallrot.

„Ach, der steht doch auf erfolgreiche Kühlschränke. Und jetzt arbeite ich auch noch in derselben Firma wie er, da wird es erst recht nichts mit einem Date."

„Na ja, das stimmt. Mit dem Chef auszugehen ist nicht die allerbeste Idee, aber irgendwie haben sich Paare, die in derselben Firma arbeiten, ja auch mal kennengelernt. Man sollte es vielleicht nur nicht an die große Glocke hängen."

„Na ja, aber es ist ja nicht so, dass da ein großes Interesse von seiner Seite wäre."

„Vielleicht. Aber vielleicht hat er da einfach noch gar nicht drüber nachgedacht und eigentlich wäre er doch gar nicht abgeneigt. Was du so erzählt hast klingt nicht danach, als ob er einen großen Fankreis hätte."

„Keine Ahnung. Vielleicht hat er ja eine Freundin. Wenn ich dort anfange zu arbeiten, bekomme ich ja mehr mit. Aber mit ihm auszugehen sähe blöd aus, denn dann denkt doch jeder, dass ich den Job nur wegen ihm bekommen habe."

„Na und", sagt Maya unverblümt, „was soll`s! Du musst doch trotzdem vernünftig arbeiten und wirst dann hoffentlich nach deiner Arbeit bewertet. Was spielt das für eine Rolle, wieso du den Job irgendwann mal bekommen hast? Denk dran, wer den Job vorher hatte! Ein Mann, der Politikwissenschaften studiert hat. Da würde ich mich viel eher fragen, wieso er den Job bekommen hat und nicht bei einer Biologin. Und anscheinend hast du den Maser doch überzeugt und dass ganz ohne Augenklimpern."

„Ja, aber das weiß doch dann niemand. Und die Leute lieben Klatsch!"

„Ja natürlich. Neider gibt es immer. Was meinst du, was die Sekretärinnen, pardon Anwaltsassistentinnen, über mich hergezogen sind. Von den Anwälten wurde ich milde belächelt. Ganz nach dem Motto `Bald ist sie schwanger und dann ist die Partnerstelle wieder frei`, aber von den Frauen wurde ich richtig angefeindet. Meine erste Assistentin habe ich gefeuert, nachdem sie Mails verschickt hat, in denen sie sich über mein Sexualleben ausgelassen hat." Ich schaue sie verblüfft an.

„Das hast du mir gar nicht erzählt! Wann war das denn?"

„Och, das war letztes Jahr, als ich zur Partnerin ernannt wurde. Sie hatte wohl beobachtet, dass ich mich mit jemandem abends getroffen habe. Ein Kunde der Kanzlei, aber selbstverständlich nicht mein Mandant. Und da hat sie versucht rumzustreuen, dass ich mich hochschlafe. Zum Glück habe ich die Mail im „gesendet" Ordner gefunden, sehr schlau war die Dame anscheinend nicht. Da mich niemand darauf angesprochen hat, habe ich das Thema abgetan. Und wie gesagt, meine Leistung wurde glücklicherweise auch so anerkannt. Aber da hatte ich vielleicht auch einfach Glück."

„Nö, hattest du nicht. Du bist doch super in deinem Job", sage ich treuherzig und Maya lacht.

„Als ob das eine Rolle spielen würde. Es gibt ganz andere Kanzleien, die hätten mich als Frau einfach prinzipiell gar nicht eingestellt. Aber das ist schon ok. Als Frau dort zu arbeiten, wo ich nicht erwünscht bin, macht ja keinen Sinn. Das spricht übrigens gegen eine allgemeine Frauenquote, wie ich finde."

Ach, Mayas Lieblingsthema. Wie sind wir da bloß wieder hingekommen? Man kann mit Maya shoppen gehen und plötzlich fängt sie mit dem Thema an, wenn auf den Schildern steht: „Nette Verkäuferin gesucht."

„Das ist Diskriminierung Männern gegenüber. Genau wie die Frauenquote", legt sie dann sofort los.

Uff, ich habe zu dem Thema eigentlich gar nichts zu sagen, denn ich möchte bestimmt nicht wegen einer Quote einen Job bekommen. Und der Job in der Bäckerei wird doch eh an eine Frau vergeben werden, das spart doch dann auch Zeit. Sowohl für die Leute dort als auch für die Bewerber. Denn wenn ein Mann dort hinginge, würden sie wahrscheinlich sofort sagen, dass sie eine Frau suchen. Also ist es doch gut zu schreiben was man will. Nein, sagt Maya, so eine Ausschreibung ist diskriminierend. Ich verstehe das nicht, aber ich habe ja auch nicht Jura studiert. Jetzt ist Maya in ihrem Element und es ist schon drei Uhr morgens.

„Musst du nicht gleich arbeiten?", frage ich argwöhnisch.

„Nein, ich habe morgen um zehn Uhr einen Termin bei der Ärztin. Danach gehe ich dann in die Kanzlei."

„Also ich muss jetzt schlafen, tut mir leid, Maya", sage ich und erhebe mich von der Couch.

„Schlaf gut, Milalein."

„Du auch, Mayalein."

Wir lachen beide und gehen endlich schlafen.

# 17. ALTE BEKANNTE

Ich entspanne so richtig in diesen beiden Wochen Urlaub. Mit der Aussicht auf den neuen Job kann ich sie jetzt auch richtig genießen. Mein Joggen verlege ich jetzt einfach auf die Aufstehzeit, Maya hat da totales Verständnis für.

Und überhaupt: Diese neue Maya 2.0! So sanftmütig und verständnisvoll, dass es, wie gesagt, teilweise echt zum Kotzen wäre, wenn ich Maya nicht so gerne hätte. Ich hoffe, dass sie zumindest noch im Job etwas von der Eiskönigin hat, wie sie es vor ihrer Schwangerschaft war, aber ich glaube, es läuft ganz gut für sie.

\*\*\*

Ganz plötzlich ist es warm geworden, obwohl im Kalender gerade mal Anfang April steht. Ich laufe durch den Stadtpark und die Bäume sind schon grün und die ersten Blüten sind zu sehen. Ein frischer Duft liegt in der Luft und ich atme tief ein.

„Hallo Mila! Wie schön, dich hier zu treffen!"

Ich schaue mich um und mein Herz setzt einen Schlag aus. Herr Maser, pardon Gottfried, steht vor mir.

„Hallo Herr Maser, äh Gottfried!"

Sofort spüre ich, wie meine Wangen warm werden. So ein Mist, dass er mich so sieht. In Trainingsklamotten. Und so rot. Er lacht mich mit diesem herzlichen Blick an und meine Beine werden ganz weich.

„Hoppla!", ruft er und fängt mich auf. Peinlich! Da liege ich in seinem Arm.

Na, vielleicht doch nicht so peinlich, sondern eher angenehm? Er hält mich ganz fest und schaut mich an.

„Alles ok bei dir? Hast du schon etwas gegessen?", fragt er besorgt.

Ich rappele mich auf und verlasse nur ungern seinen starken Arm.

„Noch nicht, das mache ich immer erst hinterher. Sonst kann ich mich danach nicht mehr aufraffen."

„Verstehe. Kann ich dich dann vielleicht zum Frühstück einladen?"

Ich schaue an mir runter.

„So?"

„Wieso nicht?", grinst er und schaut mich an.

„Ich müsste mich erstmal frisch machen." Doch sofort ärgere ich mich über diese Antwort, denn bestimmt wird er sein Angebot wieder zurückziehen.

„Kein Problem. Dann lass uns doch einfach in zwei Stunden treffen. Aber dann vielleicht doch eher zum Mittagessen?", lacht er und die Schmetterlinge in meinem Bauch flattern heftig.

„Ja, sehr gerne", sage ich, etwas zu atemlos für meinen Geschmack.

Ich flitze nach Hause und rufe sofort Maya an. Natürlich quietschen wir sofort los, dass es wahrscheinlich sämtliche Fledermäuse gehört haben.

„Wo hast du ihn getroffen?"

„Im Park. Ich war joggen. Und ich war in seinen Armen!"

„Du gehst aber ran!"

„Meine Beine wurden etwas weich, das passiert mir immer, wenn ich ihn sehe. Und kein Frühstück plus Gottfried verkraftet mein Kreislauf einfach nicht."

„Wo trefft ihr euch denn gleich?"

„Bei dem Italiener, wo wir das letzte Mal essen waren. Es ist keine gute Idee, aber ich freue mich so!"

„Ach was. Genieß es! Küsschen links!" Ich lache.

„Küsschen rechts!"

Frisch geduscht und in einem neuen Sommerkleid, allerdings mit Winterjacke, laufe ich zum Restaurant. Komisch, dass er mich sofort eingeladen hat und mich gar nicht auf Nina angesprochen hat.

Herr Maser erwartet mich sogar bereits! Er trägt eine Jeans, die wir zusammen ausgesucht haben, kombiniert mit einem weißen Hemd. Die Haare sind etwas kürzer, aber ansonsten sieht er immer noch so aus wie beim letzten Mal.

Der Ober bringt uns zu einem kleinen Tisch. Es ist nicht viel los, wir sind die ersten Gäste. Es ist früher Nachmittag und das Restaurant hat gerade erst aufgemacht.

„Möchtest du Wein trinken?"

Ich schaue etwas verlegen. Das ist mein Chef Chef Chef, mit dem kann ich doch keinen Wein trinken, durchfährt es mich. Obwohl wir das beim letzten Mal auch getan haben. Da war er allerdings noch nicht mein Chef.

„Nein Danke", sage ich höflich, „lieber nicht."

„Lieber nicht, weil es zu früh ist oder lieber nicht, weil ich dein zukünftiger Chef bin?", fragt er mich mit dem typischen inquisitorischen Unterton, der mich schon bei Heike so angenervt hat.

„Beides, denke ich", sage ich und strecke selbstbewusst mein Kinn nach vorne, ich versuche es zumindest.

Gottfried lacht sein sympathisches Lächeln. „Natürlich, das ist schon ok. Ich hätte nur Lust auf ein schönes Glas Wein. Mein letztes Glas war das Glas mit dir, als wir hier essen waren. Du weißt ja, die Kalorien", seufzt er.

Und dann bestellen wir uns eine Flasche Wein und er schmeckt toll. Besonders zu den Nudeln, die ich mir bestellt habe. Ich habe ihn immer noch nicht wegen Nina gefragt, fällt mir plötzlich ein.

„Wie geht es eigentlich Nina?" Ich räuspere mich und frage mich, ob er jetzt aufsteht und geht. Stattdessen sieht er mich an und runzelt die Stirn.

„Es geht ihr gut, wieso fragst du?"

„Bist du noch sauer?"

„Wieso sollte ich denn sauer auf dich sein?" Verständnislos sieht er mich an.

„Na ja, ich habe dir das doch mit Nina erzählt und du bist einfach gegangen und hast dich nicht mehr gemeldet. Da dachte ich, dass du vielleicht sauer auf mich bist."

„Es tut mir leid, dass ich mich nicht gemeldet habe, das war wirklich nicht in Ordnung", seufzt er. „Ich habe Christine sofort zur Rede gestellt, gleich am nächsten Tag. Von ihr habe ich dann Ninas Kontaktdaten bekommen. Wir haben viel telefoniert." Er zuckt mit den Schultern. „Ich danke dir, dass du mir von Nina erzählst hast, Mila."

Ich nicke, keine Ahnung, was ich noch sagen soll und dann widmen wir uns anderen Themen. Nina scheint noch in England zu sein, wieso erreiche ich sie dann nicht und wieso hat sie mir nicht wieder geschrieben?

Aber das sind wahrscheinlich keine Fragen, die mir Gottfried beantworten kann. Überhaupt genieße ich ehrlich gestanden den ganzen Nachmittag mit Gottfried so ungemein, dass ich alles beiseiteschiebe und ehe ich mich versehe, lade ich Gottfried zu mir ein. Und er sagt zu, nicht, dass ich damit gerechnet habe.

Gemeinsam schlendern wir zu meiner Wohnung. Habe ich überhaupt aufgeräumt, durchfährt es mich plötzlich. Nervös mache ich die Haustür auf und schaue mich hektisch um. Aber es geht einigermaßen.

„Möchtest du einen Kaffee?"

„Oh ja, sehr gerne", sagt er und dann küsst er mich.

Sein Mund ist weich und schmeckt nach Speck und Rotwein. Irgendwie fällt die Tür zu, wahrscheinlich steckt mein Schlüssel noch drin, aber das erscheint mir im Moment recht unwichtig. Der Kuss wird immer heftiger und Gottfried drängt mich ins Wohnzimmer und auf die Couch.

„Äh, hallo Mila!"

## 18. EGOMANIE

Gottfried und ich erstarren gleichzeitig in unserer Bewegung und schauen auf den Eindringling.

„Was machst du hier, Egon?", frage ich verblüfft, sobald ich meine Stimme wiedergefunden habe.

Ich bin so perplex, dass ich noch nicht mal rumschreie, sondern einfach nur verdattert in sein Gesicht starre. Als Erstes findet Gottfried seine Sprache wieder.

„Du kennst den Einbrecher?"

„Ich bin kein Einbrecher. Ich bin Milas Verlobter und Sie nehmen bitte die Hände von ihr!", verlangt Egon, woraufhin Gottfried mich loslässt, als ob ich 100 Grad heiß wäre.

Wie bitte. Verlobte? In welchem Paralleluniversum bin ich denn hier gelandet!

„Verlobte?! Egon! Was machst du hier?", frage ich dann doch etwas lauter, denn ich werde immer wütender.

„Verlobte? Mila, ich glaube, ich sollte wohl besser gehen", sagt Gottfried schnell.

„Ich bin nicht seine Verlobte! Keine Ahnung, wie mein *Ex*-Freund darauf kommt", sage ich zornig mit Betonung auf Ex.

Gottfried schaut beschwichtigend zwischen uns hin und her. Aha, er hat das wahrscheinlich sofort geschnallt.

„Völlig egal. Ich denke, ihr habt etwas zu bereden. Auf Wiedersehen, Mila!"

Und schon ist er weg und ich mit Egon allein. So hatte ich mir das nicht vorgestellt.

„So, noch einmal. Was machst du hier?"

In mir kocht es. Womöglich habe ich Gottfried erneut verloren und das nur wegen Des Egos!

Egon steht etwas verloren da, er hatte sich das wahrscheinlich doch anders vorgestellt. Willkommen im Club.

„Also äh", stottert er, „ich vermisse dich, Mila."

„Das ist ja ein merkwürdiger Heiratsantrag gewesen, so ohne Worte", sage ich kühl. „Und die Antwort hast du dann mal gleich vorweggenommen?"

„Na ja, da sind wohl die Pferde mit mir durchgegangen. Du hast also schon wen Neues?", fragt Egon enttäuscht. Also bitte!

„Schon?", frage ich sauer. „Es ist bereits ein Dreivierteljahr vergangen, Egon! Von schon kann doch gar nicht die Rede sein! Und wieso jetzt auf einmal? Fünf Minuten später hättest du wiederkommen sollen! Aber über neun Monate später hat so gar nichts Spontanes für mich!"

Egon ringt immer noch nach Worten. Miese Vorbereitung, typisch für ihn.

„Ich musste das Projekt plötzlich sofort starten, sonst wäre ich vielleicht wiedergekommen. Aber ich habe immerzu an dich gedacht, Mila."

„Komisch, davon habe ich bis jetzt nichts mitbekommen, Egon!" Maya hat Recht. Der Name Egon passt zu ihm. „Oder habe ich die 100 Mails und Anrufe von dir verpasst?"

Jetzt wird Egon dann doch verlegen. Das wurde auch Zeit.

„Es tut mir leid, Mila, ehrlich. Ich war so beschäftigt, aber jetzt bin ich doch wieder da. Wir machen uns ein paar schöne Tage, vielleicht könnten wir auch verreisen, wenn du willst."

Ich schlucke. Ja, noch vor ein paar Monaten hätte ich sicherlich alles stehen und liegen gelassen für Egon, aber das ist längst Vergangenheit. Die letzten Monate habe ich keinen einzigen Gedanken mehr an ihn verschwendet. Auch jetzt erscheint mir das Ganze völlig unwirklich. Als etwas, was schon lange nicht mehr zu meinem Leben gehört.

„Raus!", schnauze ich ihn an und zeige mit dem Finger in Richtung Tür. Egon schaut mich entsetzt an.

„Was? Mila, das kannst du doch nicht ernst meinen. Nach der langen gemeinsamen Zeit!"

„Doch, das meine ich. Raus! Ich sage das kein drittes Mal, Egon! Wenn du nicht gleich verschwindest, rufe ich die Polizei."

Egon lacht. „Was willst du denen denn erzählen? Ich habe doch einen Schlüssel und bin nicht eingebrochen. Wer war das überhaupt gerade?"

„Das geht dich gar nichts an", zische ich und fange an, mein Telefon herauszuholen.

„Nein, nein, nein! Ich gehe ja schon! Auch wenn ich gar nicht weiß, wohin, meine Wohnung ist doch noch untervermietet."

„Das ist doch nicht mein Problem!" Also wollte er sich mal wieder einnisten, wahrscheinlich, um das Hotel zu sparen. Was für ein Egomanier. „Geh endlich, Egon. Das mit uns ist vorbei, und zwar schon sehr lange!"

Endlich geht er. Bevor er zur Tür raus ist, greife ich nach dem Schlüssel.

„Ich denke, der gehört mir." Damit entreiße ich Egon den Schlüssel.

Als die Tür ins Schloss fällt, rufe ich sofort Maya an.

„Was! Egon ist zurück und hat dich als seine Verlobte bezeichnet? Als du mit dem Maser rumgemacht hast?", ruft sie ein bisschen zu begeistert für meinen Geschmack.

„Ich weiß gar nicht, was daran so toll sein soll. Das mit Gottfried kann ich jetzt wohl vergessen. Dabei war der Kuss so unbeschreiblich gut!", seufze ich wehmütig.

„Ach was, der hat das sofort kapiert, aber er wollte dir Zeit lassen, deine Sachen zu klären. Ruf ihn sofort an."

„Ich habe seine Nummer gar nicht."

„Dann geh vorbei. Ist schließlich eine spezielle Situation."

„Meinst du? Ich kann doch nicht einfach bei ihm auftauchen. Mache ich mich dann nicht lächerlich?"

Maya lacht herzhaft los. „Was hast du denn schon zu verlieren, Mila? Entweder, er will dich nicht sehen, dann weißt du es. Oder ihr macht einfach da weiter, wo ihr unterbrochen wurdet." Mmh ja, das wäre schön!

„Danke, Maya. Ich schau mal, was ich mache."

„Natürlich das Richtige! Küsschen links!"

„Küsschen rechts!"

Nachdem ich aufgelegt habe, springe ich auf und flitze sofort los. Es ist zum Glück nicht weit und ich bin so gut im Training, dass ich hin jogge. Dann stehe ich ziemlich blöd vor der Tür rum und traue mich nicht. Was, wenn er mich nicht sehen will?

„Hallo Mila!" Ich drehe mich um und schaue genau in Gottfrieds grüne Augen.

„Hallo Gottfried!" Etwas Schlaueres fällt mir natürlich nicht ein, habe ich aber auch gar nicht von mir erwartet.

„Willst du zu mir?" Ich kann nicht einordnen, ob es schüchtern oder desinteressiert klingt. Ich hoffe auf Ersteres.

„Ja? Das mit eben tut mir wahnsinnig leid."

„Wieso? Da kannst du doch nichts dafür, wenn dein Ex sich nicht trennen kann. Konntet ihr die Dinge denn jetzt klären?"

„Na ja, ich habe es geklärt und ihn rausgeworfen."

Er schaut mich ernst an. „Und dann bist du sofort zu mir gekommen?" Ich nicke.

Gottfried strahlt bis über beide Ohren. Wie schön er dabei aussieht.

„Ja, das bin ich", wiederhole ich, „und ich hatte die kleine Hoffnung, dass wir einfach da weiter machen könnten, wo wir unterbrochen worden sind."

Gottfried nimmt mich in die Arme, er hält mich einfach nur fest.

„Vielleicht sollten wir dafür lieber reingehen."

## 19.  EIN DATE ZU VIERT

„Mmh, bleib doch noch ein bisschen liegen."

Habe ich da eben ein Déjà-vu gehabt? Nein, zum Glück nicht, denn die letzte Nacht war überhaupt kein Vergleich zu irgendetwas, was ich bis jetzt erlebt habe.

Ich schaue mich in Gottfrieds Schlafzimmer um. Ikea Stil, nichts Besonderes, die Nacht dagegen schon. Gottfried war so zärtlich und zuvorkommend. Als wir in seiner Wohnung angekommen waren, haben wir uns erstmal ganz lange geküsst. Eigentlich war die Unterbrechung nicht so schlecht, denke ich, auch wenn ich dabei auf Egon hätte verzichten können. Aber dadurch waren wir beide ruhiger und auch viel weniger schüchtern.

„Ich komme gleich wieder", sage ich plötzlich und stehe auf. Er sieht mich etwas entsetzt an.

„Versprochen", sage ich schnell. Ob er an Christine gedacht hat?

Ich schiebe diesen Gedanken beiseite, husche ins Bad und mache mich etwas frisch. Ein Klecks Zahnpasta, einmal durchs Gesicht mit kaltem Wasser und ich fühle mich etwas sauberer. Ich drehe mich um und sehe Gottfried in der Tür stehen.

„Du bist ja tatsächlich noch da", sagt er zärtlich.

„Natürlich. Ich wollte mich nur etwas auffrischen.

„Gute Idee. Wie wäre es mit Duschen?" Das lasse ich mir kein zweites Mal sagen.

Die Dusche ist angenehm und dabei werde ich von Gottfried eingeseift, und zwar überall. Natürlich revanchiere ich mich dafür. Wir rubbeln uns ab, danach hüllt er mich in seinen viel zu großen Morgenmantel.

„Nicht, dass dir kalt wird und du deinen neuen Job mit einem Krankenschein anfangen musst. Das würde mir der Reuter übelnehmen", grinst er. Seine Worte versetzen mir einen richtigen Schlag.

„Du bist ja ganz blass", sagt er besorgt.

„Na ja, jetzt geht mir erst richtig auf, was wir da gemacht haben."

„Wie? Erst jetzt? Dann habe ich meinen Job aber nicht gut gemacht."

„Das meine ich nicht", sage ich schnell und muss fast ein bisschen lächeln. „Ich meine. Was machen wir auf der Arbeit? Was werden die Leute sagen?" Gottfried sieht mich verwundert an.

„Wir müssen ja nicht gleich händchenhaltend dort rumrennen. Lass uns doch erstmal schauen, wie es weiterläuft."

„Also willst du es geheim halten?" Sofort bin ich enttäuscht. So hatte ich mir das dann doch nicht vorgestellt.

Gottfried sieht mich genervt an. „Natürlich nicht, aber ich wollte es auch nicht sofort jedem auf die Nase binden. Schließlich habe ich einen Ruf zu verlieren!"

„Und ich passe da wohl nicht gut rein!" Enttäuschung macht sich in mir breit. Ich wusste es doch. Jemand in seiner Position will nicht jemanden wie mich.

Gottfried sieht mich völlig bestürzt an. „So meinte ich das doch gar nicht, Mila! Aber was sollen die Leute denken, wenn ich mit einer Mitarbeiterin etwas anfange? Wenn es etwas Ernsthaftes zwischen uns beiden ist, dann ist das kein Problem, aber wir sind doch noch ganz am Anfang!"

„Tut mir leid, Gottfried, aber das klingt nicht danach, als ob du dir etwas Ernsthaftes mit mir vorstellen könntest", heule ich und bin gleichzeitig von mir selbst peinlich berührt.

Gottfried seufzt. „Mila. Denkst du vielleicht bereits über die Farbe deines Hochzeitskleides nach oder was soll das Ganze jetzt?"

Die letzten Worte kommen dann doch etwas aufgebrachter aus ihm heraus. Und plötzlich werde ich nachdenklich.

„Nein, natürlich nicht."

„Na also. Lass uns doch das Ganze etwas lockerer angehen. Schließlich sind wir erwachsen. Und nein, ich habe ganz bestimmt nichts gegen etwas Festes mit dir", sagt er zärtlich und küsst mich. Mir wird ganz warm im Bauch. „Ich suche nicht nach einer Affäre, das habe ich dir doch gesagt. Aber wir müssen auch nicht sofort das Aufgebot bestellen, das ginge mir dann doch etwas zu schnell."

Ich kuschele mich in seinen Arm.

„Es tut mir leid. Ich bin einfach eine Dramaqueen."

Er lacht und zieht mich in die Küche. Dort frühstücken wir gemütlich zusammen und sind uns einig, dass wir die letzte Nacht für das Joggen substituieren können.

„Also, was machen wir?"

„Na ja, etwas frische Luft könnte ich schon gebrauchen. Hättest du was dagegen, Maya kennenzulernen?" Dann erstarre ich und könnte mir direkt auf die Zunge beißen. Bestimmt war ich wieder zu schnell. Gottfried grinst mich an. „Schon klar. Du willst mich abchecken lassen, kein Problem. Aber sag mir am besten, was ich anziehen soll, nicht dass ich da gleich Minuspunkte bekomme."

\*\*\*

Ich kann es einfach nicht fassen! Maya und ich haben einen Freund, und zwar gleichzeitig, was eine absolute Seltenheit darstellt. Oder zumindest, was die Ernsthaftigkeit der Beziehung bei Maya betrifft.

Maya ist sofort von Gottfried begeistert. Es wird ein angenehmer Abend und die Stunden fliegen nur so dahin. Ich gähne mit vorgehaltener Hand.

„Uff, ich brauche Schlaf", stöhne ich. Maya sieht mich sofort anzüglich an.

„War wohl eine kurze Nacht."

„Na ja." Vielsagend grinsen wir uns an, die Männer schauen sich nur genervt an.

„Frauen", stöhnt Gottfried und verdreht die Augen.

„Könnt ihr uns nicht einfach schweigend genießen?", fragt Aleks genervt.

„Ja. Müsst ihr da sofort drüber quatschen und ein Frauengespräch draus machen?", fragt Gottfried, aber er schmunzelt dabei.

Ja, so könnte es bleiben, denke ich bei mir, als ich wieder zu Hause bin. Gottfried schläft schon tief und fest neben mir, er ist tatsächlich mitgekommen.

Anfangs wollte er mich allerdings nur nach Hause bringen.

„Du brauchst deinen Schlaf. Schließlich geht es am Montag los." Man, war ich vielleicht genervt!

„Dürfte ich das vielleicht selbst entscheiden? Und meinst du nicht, dass ich, wenn du mit reinkommst, am Montag wesentlich entspannter wäre? Oder hast du heute noch ein Stelldichein?"

„Nein, habe ich nicht. Aber ich muss doch darauf achten, dass meine Mitarbeiter ausgeruht sind." Argh!

„So kann das nicht funktionieren, Gottfried. Ich brauche keinen Papa, der auf mich aufpasst. Ich kann das sehr gut allein!"

Daraufhin hatte ich mich umgedreht und versucht, die Haustür zu öffnen, was natürlich nicht funktionierte. Sanft hatte mich Gottfried an sich gezogen, so dass mir die Beine mal wieder wegknickten und ich mich auf ihn stützen musste, statt wegzurennen, was ich eigentlich wollte.

„Entschuldige, das war wieder bevormundend, tut mir leid." Dabei schaute er mich so zerknirscht an, dass ich mir sofort unheimlich blöd vorkam. Man, war das wieder peinlich!

„Mir tut es leid, ich bin echt unmöglich", hatte ich betreten erwidert und direkt gedacht, dass wir ganz schön Gefahr liefen, zu kitschig zu werden.

Gottfried hatte gelacht: „Klingt ganz schön kitschig, wir beiden. Wie wäre es, wenn wir unsere Entschuldigungen abkürzen und einfach zu dir nach oben gehen."

Damit nahm er mir die Schlüssel aus der Hand und schloss in Seelenruhe auf, so, als ob er schon immer hier wohnen würde. Kein schlechter Gedanke, dachte ich und stiefelte hinterher.

Uff, denke ich bei mir, während ich den schlafenden Gottfried betrachte. Ich hätte das bald schon wieder vermasselt! Wieso bin ich doch gleich eine solche Dramaqueen? Muss wohl an zu vielen pinken

Romanen liegen, die ich gelesen habe. Vielleicht sollte ich mal etwas über Technik lesen. Oh nein, wie öde!

Oben hat Gottfried übrigens gar nicht lange rumgefackelt, sondern sofort begonnen, sich auszuziehen.

„Schatz, kommst du? Ich bin wirklich müde!"

Er bewegt sich in meiner Wohnung, als ob er schon immer hier wohnen würde, denke ich versonnen. Er hat beinah auf Anhieb das Bad gefunden und kurze Zeit später war er auch schon im Schlafzimmer.

Na ja, meine Wohnung ist auch nicht sehr groß, aber trotzdem: Ist er nicht toll?

## 20. ERSTE EINDRÜCKE

Es fühlt sich komisch an, am Montag wieder zur Arbeit zu gehen, aber nicht in das alte Büro zur Montagsmobberin zu müssen. Gottfried ist vor einer Stunde nach Hause gegangen, um sich etwas „manierlicher" zu machen, wie er es ausdrückt. Manchmal klingt er älter als er ist, das liegt aber wahrscheinlich daran, dass seine Großmutter ihn mehr oder weniger allein aufgezogen hat.

Deshalb auch das Übergewicht, hat er erzählt. Viel ungesundes Essen und zu viele Süßigkeiten, auch von seinen Eltern, wenn er sie mal gesehen hat. Sein Vater war auf Montage und seine Mutter Journalistin. Was für eine Kombination! Seine Mutter sah gar nicht ein, wieso sie zurückstecken sollte, obwohl finanziell gar nicht so viel dabei rumkam, zumindest soweit Gottfried das weiß. Er hat eine sehr gespaltene Meinung über seine Mutter. Sein Vater ist bereits vor etlichen Jahren gestorben. Auch zur Beerdigung ist seine Mutter nicht gekommen, sondern war in irgendeinem afrikanischen Land unterwegs, um irgendetwas zu berichten oder zu recherchieren. Seitdem hat er den Kontakt zu ihr abgebrochen.

Es ist eigenartig, wieder in einer Beziehung zu sein und bereits so schnell so persönliche Dinge über jemanden zu wissen. Egon hat nie über solche Dinge gesprochen. Seine Eltern habe ich gar nicht kennengelernt. Er hat, glaube ich, eine Schwester oder vielleicht auch mehrere, keine Ahnung. Was sagt das über eine fünfjährige Beziehung aus von der ich dachte, sie würde ewig halten.

Grübelnd komme ich im Büro an und stoße natürlich prompt mit jemandem zusammen.

„Oh, Entschuldigung", sagen wir beide synchron und lachen sofort los. Denn natürlich bin ich mit Gottfried zusammengestoßen.

„Was machen wir denn jetzt?", frage ich schüchtern.

„Wieso?", meint er locker, „wir gehen da jetzt gemeinsam rein und dann jeder in sein Büro."

Wenn ich etwas an Gottfried mag, dann sein Talent, die Dinge pragmatisch auszudrücken. Meine innerliche Dramaqueen war sofort aufgewühlt und hat sich zig Szenarien ausgedacht. Angefangen von ich verstecke mich auf dem Klo oder klettere durch ein Fenster ins Büro, was irgendwie auch sehr auffällig geworden wäre. Nein, wir gehen einfach ganz normal nebeneinander her, sagen aber nichts und dann bin ich da. Ich atme ganz tief durch und trete durch die Glastür, wo sofort Herr Reuter auf mich zugelaufen kommt.

„Hallo Frau Koslowski. Wollen wir uns nicht duzen, das tun wir alle hier. Ist irgendwie angenehmer. Ich heiße übrigens Eberhard", sagt Herr Reuter und schüttelt mir die Hand.

„Sehr gerne", lächele ich ihn an und erwidere seinen Händedruck. Die Hand ist etwas glipschig, aber es ist auch recht kühl hier.

„Hier ist dein Schreibtisch, dein Laptop steht schon bereit. Ich hatte zum Glück lange genug Zeit, dir einen zu bestellen. Er ist ganz pünktlich heute früh gekommen", sagt er trocken, aber mit einem Grinsen zu mir.

Ich bedanke mich und setze mich hin. Er wird mich gleich im Teammeeting vorstellen, deshalb sitze ich jetzt erstmal recht passiv rum. Ich starte den Computer und tatsächlich ist meine Mailadresse bereits eingerichtet.

Ich habe auch schon einen Termin in meinem Postkasten:

*Guten Morgen! Viel Erfolg in deinem neuen Job! Am Donnerstag gehen wir zusammen Mittagessen, ich habe dir einen Termin eingestellt. Übrigens, ich arbeite jetzt auch hier!*

Ich muss ein Quietschen unterdrücken. Die Mail ist von Heike! Anscheinend arbeitet sie auch hier, allerdings, laut Signatur, für einen anderen Bereich. Ich sage sofort den Termin zu und freue mich einfach nur.

Ich bin so gespannt, was Heike erzählen wird! Wann sie sich wohl hier beworben hat? Mmh, Christine wird wohl neue Mitarbeiter brauchen, irgendwie scheinen alle zur Konkurrenz abzuwandern. Na ja. Wen wunderts!

Dann ist es endlich so weit. Überall stehen die Kollegen auf und gemeinsam gehen wir in den kleinen Raum, in dem auch mein Vorstellungsgespräch stattgefunden hat.

„Guten Morgen zusammen. Das ist Mila Koslowski. Sie wird ab sofort die Rubrik von Marco übernehmen, der sich ja leider für jemand anderes entschieden hat."

Ich schüttele gefühlte 100 Hände und jeder sagt mir seinen Namen, den ich sofort wieder vergesse. Und dann geht es auch schon mit dem Meeting los.

Christine hat nie Meetings gemacht. Schließlich wissen doch alle, was zu tun ist. Wieso sollte man dann seine Zeit damit verschwenden, darüber sprechen? Ich bin froh und höre gespannt meinen neuen Kollegen zu. Die Zeitung ist völlig anders strukturiert, eben viel wissenschaftlicher und auch ohne Fernsehprogramm. Sie erscheint ebenfalls monatlich, hat aber viel umfangreichere Artikel. Die meisten im Team scheinen auch echt Ahnung zu haben und sofort schleichen sich meine alten Komplexe ein.

„Die Wissensrubrik ist super", sagt mein Kollege, „aber ich denke, da bleibt auch noch Zeit für die Recherche meiner Themen." Na, das fängt ja großartig an.

Fragend schaue ich ihn. „Und was für Themen wären das so?"

„Och, dies und das." Mir wird mulmig zumute und ich weiß gar nicht, was ich erwidern soll.

„Ist das hier üblich, dass wir uns mit Recherchen unterstützen?"

Obwohl Diplomatie nicht meine Stärke ist, versuche ich, sachlich zu bleiben.

„Wenn man nicht so viel zu tun hat, kann man das doch ruhig tun", sagt sofort eine Kollegin schnippisch.

„Ok. Wenn Sie das alle so machen, ist das kein Problem für mich. Das können wir dann im Teammeeting absprechen. Und dann kann ich auch gleich sagen, ob ich eine Recherche brauche."

Zuerst schauen mich alle ernst an, aber der Kollegin gelingt es als Erste nicht, ihr Lachen zu unterdrücken. Und dann lachen alle, einschließlich Herrn Reuter. Auf meine Kosten! Oder war das ein Scherz?

„Das war nur die Feuertaufe", sagt der Kollege und schaut mich jetzt freundlich an. „Übrigens, ich heiße Daniel."

Erleichtert atme ich auf, aber irgendwie steckt mir der Schreck noch in den Knochen. Die ernsten Gesichter haben mich ziemlich geschockt. Einer nach dem anderen reicht mir die Hand, stellt sich jetzt mit Vornamen vor und entschuldigt sich bei mir.

„Da mussten wir alle durch", sagt Daniel, „nur natürlich mit anderen Themen. Bei mir hieß es, dass die Putzfrau ausgefallen sei und jeder mal das Klo putzen müsste. Heute wäre zufällig mein Tag." Ich lache befreit.

„Da habe ich ja noch Glück gehabt! Übrigens, wie haltet ihr das mit eurer Mittagpause?"

„Hier bringt sich meistens jeder etwas mit und dann gehen wir hierhin, leider haben wir keinen anderen Raum oder eine Küche. Aber ganz zwanglos und ohne Termin. Wie es halt für dich passt. Viele sind auch häufig unterwegs für ihre Reportagen. Du hast Glück, heute sind beinah alle da."

Nach dem Teammeeting setze ich mich an meinen Schreibtisch und fange an, mir Gedanken über meinen nächsten Artikel zu machen. Natürlich sollten es mehrere Themen sein. Eigentlich sollten die Themen auch zu den wissenschaftlichen Artikeln passen oder nein, lieber nicht, sonst klingt es noch so, als ob ich mir keine Arbeit machen will. Ich lese und lese und mache mir Notizen. Irgendwann blicke ich auf meine Uhr. Es ist bereits Mittag! Ich schnappe mir mein Brot und setze mich in den Pausenraum, Schrägstrich Konferenzzimmer, Schrägstrich Vorstellungszimmer, Schrägstrich was auch immer. Es sitzen noch vier andere Leute da und machen mir sofort Platz, so dass ich mich an den Tisch setzen kann.

„Erzähl mal", fragt eine Rothaarige, Diana heißt sie glaube ich. „Von welcher Zeitung kommst du?"

„Ich komme quasi von der Konkurrenz, die Themen waren eher Glamour mit Fernsehprogramm und so."

„Oh, dann kennst du bestimmt die Heike Kaufmann, die auch gerade hier angefangen hat."

„Ja, die kenne ich. Ich wusste gar nicht, dass sie sich auch hier beworben hat."

„Ach, die kennt ja jeden hier. War nur eine Frage der Zeit, bis sie hier ein Team übernimmt."

Oh, Heike hat sogar ein Team, wow. Aber nicht überraschend, denke ich so.

„Das überrascht mich nicht", sage ich freundlich.

Die Leute schauen mich erstaunt an. Wahrscheinlich dachten sie, dass ich irgendetwas über Heike lästern würde, aber so etwas mache ich nicht.

## 21.   EINE BÖSE VORAHNUNG

Und schon ist es Donnerstag! Kaum zu glauben, wie schnell die Tage vorbeigegangen sind.

Pling! Ich habe eine Mail von Heike in Outlook.

*Wollen wir rausgehen oder hierbleiben?*

Ich habe ein Brot dabei, schreibe ich ihr und sofort ploppt ihre Antwort auf.

*Lass uns Pommes essen gehen! Ich warte am Eingang!*

Na gut, denke ich, Pommes sind immer eine gute Idee und das Brot kann ich auch noch heute Abend essen. Ich melde mich bei Eberhard ab, mein Chef sieht mich etwas fragend an.

„Danke Mila, aber du musst dich hier nicht abmelden. Die meisten sind ständig unterwegs, das kann ich mir eh nicht merken. Viel Spaß beim Essen mit Heike!" Wahrscheinlich habe ich mal wieder sehr blöd ausgesehen, denn er lacht sofort los.

„Tja, hier bleibt nichts verborgen. Ich habe mir das einfach gedacht, als du gehört hast, dass Heike hier arbeitet. Und die letzten Tage hast du immer hier gegessen."

Ich fühle sein Schmunzeln immer noch im Rücken, als ich die Treppen runtergehe. Heike steht schon unten und schaut mich verblüfft an.

„Mila! Ich habe dich kaum wiedererkannt! Du siehst ganz verändert aus!" Ich strahle über beide Backen, obwohl eigentlich nicht klar ist, ob das ein Kompliment war.

Wir holen uns eine Pommes beim Imbiss direkt um die Ecke und stellen uns an einen kleinen Stehtisch. Dann bombardiere ich Heike mit Fragen.

„Seit wann bist du hier? Wann hast du die Zusage bekommen? Wann hast du dich beworben? Ich war ganz überrascht, als ich gehört habe, dass du jetzt auch hier arbeitest!"

Es ist komisch, Heike weiß einfach alles über mich durch die Mails, die ich ihr geschrieben habe. Auf die sie auch immer geantwortet hat, aber ohne die Erwähnung einer neuen Stelle oder überhaupt einer Bewerbung!

Sie lacht. „Oh bitte, ich wollte dich natürlich überraschen! Gönn mir doch den Spaß! Die Christine hat Bauklötze gestaunt, so richtig gefreut hat sie sich nicht."

„Vielleicht kommt ja jetzt in der Geschäftsführung endlich mal an, dass sie ein Drache ist", sage ich kauend. Die Pommes schmecken so gut!

„Ach, das kannst du vergessen. Was meinst du denn, wie sie an diesen Job rangekommen ist? Sie hat dafür gesorgt, dass Leute gekündigt haben in der letzten Abteilung und dafür hat sie dann beide Abteilungen bekommen."

„Wie hat sie denn dafür gesorgt?"

„Och, das Übliche halt. Vor allem Leute runterputzen, schlechte Beurteilungen schreiben und alles in Frage stellen, was von ihnen kam. Bei ein paar Leuten hat sie mit der Konkurrenz verhandelt und die Leute haben dann eine neue Stelle dort angeboten bekommen."

„Aber das ist doch eigentlich sehr nett von ihr."

„Nö, denn diese Leute haben freiwillig gekündigt und sind zur anderen Firma gegangen. Und da wurden sie noch in der Probezeit gekündigt und waren raus."

Ich bin einfach zu nett, denke ich bestürzt. Ich würde nie an so etwas denken. Beunruhigt schaue ich Heike an.

„Kanntest du die Leute, weißt du, was aus denen geworden ist?" Heike schaut mich ruhig an.

„Ja, ich kannte einige davon und auch welche, die ein Angebot bekommen haben." Ich höre, dass sie mehr sagen will, sich aber selbst unterbricht.

„Und was ist heute mit den Leuten?"

„Weg sind alle, ob Mobbing oder neue Stelle. Keiner von denen ist heute noch da."

„Geht es ihnen gut?", frage ich alarmiert.

Das ganze Gespräch fühlt sich plötzlich sehr ernst an. Habe ich deshalb das Angebot bekommen? Werde ich noch in der Probezeit gekündigt? Und was weiß Gottfried darüber? Heike schaut mich nachdenklich an.

„Nein, ich glaube nicht, dass du deshalb ein Angebot bekommen hast, denn Christine und der Maser haben zwar eine gemeinsame Vergangenheit, aber keine gute. Ich bin sowieso mal gespannt, wie das bei denen weitergeht."

„Wie was weitergeht?"

„Na ja, der Maser weiß doch jetzt von dem Kind. Ich bin gespannt, ob er jetzt mit Christine anbandelt, um eine Familie aufzumachen. Karrieretechnisch wäre das bestimmt besser, als ein uneheliches Kind zu haben. Familienqualitäten kann man damit jedenfalls nicht beweisen."

Ich kann wieder mal nur über Heike staunen. Wie klar sie die Situationen erfasst hat und damit genau meine größte Angst zu Tage geführt hat! Ich versuche unauffällig zu schlucken und sage leicht hin:

„Vielleicht, aber er hat ja diesen Job auch schon ohne Familie bekommen." Mir wird schlecht bei Heikes Worten, ob Gottfried es doch nicht ernst mit mir meint?

„Ja, das hat er, aber der nächste Job, z. B. Geschäftsführer auf internationaler Ebene, wird noch mal schwieriger zu bekommen sein. Guck dir die Leute doch an: alles verstaubte Schlipsträger, deren Sekretärinnen sie an die Geburtstage ihrer Kinder erinnern müssen. Und dann wahrscheinlich auch noch losziehen und die Geschenke für die Chefs besorgen müssen, weil die keine Zeit dazu haben."

Ich kann mir wirklich nicht vorstellen, dass Gottfried so wird, aber was weiß ich denn schon von ihm, doch eigentlich so gut wie nichts. Und gesehen haben wir uns seit Sonntag auch nicht mehr, stelle ich gerade verblüfft fest. Ich hatte so viel zu tun, aber, na ja, er hat sich auch nicht gemeldet. Kann ja nicht so weit her sein, das mit uns, denke ich so bei mir und folge Heike schweigend zum Büro.

„Also ich glaube nicht, dass das bei dir der Fall ist, Mila", sagt Heike plötzlich unvermittelt. „Du hattest doch einen befristeten Vertrag, den sie einfach nicht verlängert haben. Das wäre doch zu viel Aufwand."

„Stimmt eigentlich, aber ich habe plötzlich so ein komisches Gefühl."

Heike nickt, fast unmerklich.

Man weiß halt nie.

## 22. LETZTE EINDRÜCKE

Abends versuche ich, Gottfried anzurufen, aber er ist nicht da. Auch am nächsten Tag und am übernächsten Tag versuche ich ihn zu erreichen, aber er geht einfach nicht ran. Tja denke ich, da will wohl jemand nicht mit mir reden, auch gut, aber doch ziemlich feige. „Mmh", nickt Maya mit vollem Mund. „Der ist ganz schön feige. Vielleicht wusste die Montagsmobberin das auch und hat ihn deswegen nicht involviert."

„Meinst du? Ich habe diese ganze Geschichte nicht kapiert, um ehrlich zu sein. Christine hatte doch nie Lust auf ihre Tochter und jetzt hat sie sie sogar nach England abgeschoben. Ich habe versucht, Nina anzurufen, aber das hat irgendwie nicht geklappt. Wir haben uns zwei Briefe geschrieben, aber auf meinen letzten Brief hat sie nicht mehr geantwortet."

„Merkwürdig", schmatzt Maya. Seit einiger Zeit futtert sie permanent, obwohl das Baby erst in vier Monaten kommt. Maya meinte schon, dass sie demnächst einen Käfig im Zoo anmieten wird, da ist mehr Platz zum Schlafen.

Ich bin wirklich froh, dass ich zu Maya und Aleks gehen kann. Mittlerweile sind sie sogar schon umgezogen. Das Haus ist tatsächlich nur 5 Minuten von meiner Wohnung entfernt!

Zur Zeitung laufe ich meistens die komplette Strecke hin und zurück zur Arbeit, dadurch schaffe ich es ganz gut, mein Gewicht zu halten, auch ohne viermal ins Fitnessstudio rennen zu müssen. Arbeitstechnisch kann ich irgendwie nichts sagen, weil mein Chef mir nichts sagt.

Ich habe verschiedene Vorschläge für die Wissenschaftskolumne eingereicht und auch angeboten, in Zusammenarbeit mit den Kollegen spezielle Themen aus ihren Artikeln auszuarbeiten, aber, außer einem höflichen Nicken, kam keine Reaktion.

„Uff, Maya, ich habe ganz schön Muffensausen! Morgen habe ich einen Termin mit meinem Chef. Ich glaube nicht, dass ich da noch länger arbeiten werde."

Maya schaut mich erstaunt an. „Wieso? Dann müssen sie doch schon wieder jemand Neues dafür finden", meint sie und schnappt sich ein Stück Paprika.

„Glaube ich nicht. In den letzten Ausgaben wurde schon darauf verzichtet. Ich habe nur keine Ahnung, wieso. Jede Woche habe ich Ideen vorbereitet, aber keine hat es in die nächste Ausgabe geschafft. Seit vier Wochen bin ich jetzt dabei und keine meiner Ideen war gut genug."

„Oh, das wusste ich nicht. Das tut mir leid, Mila! Hast du mal mit Gottfried darüber gesprochen? Oder weiß Heike Näheres? Die ist doch immer so gut informiert."

„Mit Heike habe ich mich bis jetzt zweimal getroffen und wir haben eigentlich nur Belangloses ausgetauscht. Was schon dafür spricht, dass sie etwas weiß", dämmert es mir plötzlich.

Langsam laufe ich zurück in meine kleine, einsame Wohnung. Ich kann nicht einschlafen, weil ich ständig an das Gespräch morgen denken muss.

\*\*\*

Da ich lange vor meinem Wecker wach bin, stehe ich irgendwann auf und gehe joggen, dafür habe ich dann noch viel Zeit für eine heiße Dusche. Frühstück lasse ich ausfallen, weil ich einfach zu aufgeregt bin. Seit ich dieses ungute Gefühl habe und auch noch mit Gottfried Funkstille herrscht, kann ich kaum noch essen, mein Magen fühlt sich wie zugeschnürt an.

Um sieben Uhr beginne ich, zum Büro zu laufen. Ich fange meistens gegen acht Uhr an.

Mein Termin ist um halb zehn. Ich überprüfe meine Mails und versuche irgendwie, die Zeit bis dahin rumzukriegen, weil ich mich auf rein gar nichts konzentrieren kann.

Endlich ist es halb zehn und ich setze mich in das Zimmer, in dem ich mit Herrn Reuter das erste Mal gesprochen habe. Kurze Zeit später kommt Eberhard rein.

„Guten Tag, Mila." Er lächelt nicht, versucht aber freundlich zu wirken.

„Hör zu: Es tut mir leid, aber leider können wir dich nicht weiter beschäftigen. Hier ist dein Zeugnis. Du warst zwar nur kurz da, aber ich fand es trotzdem fairer, dir ein Zeugnis auszustellen."

Ich schlucke. Jetzt bloß nicht losheulen, wiederhole ich und kneife mich, damit ich mich auf den Schmerz konzentrieren kann.

„Kannst du mir wenigstens sagen, was ich an meiner Arbeit verbessern soll? Das wäre mir wichtig für meine nächste Stelle."

„Na gut, wenn du schon selbst damit anfängst, Mila. Du bist zu unselbstständig. Ich konnte nichts davon gebrauchen, was du mir abgeliefert hast. Und Themen in den Artikeln deiner Kollegen recherchieren? Denk dir doch selbst etwas aus, sei kreativ! Und warte nicht, bis man dir etwas zuteilt, mach selbst Vorschläge, wie du dich einbringen kannst. Das sind nur nett gemeinte Ratschläge, Mila. Vielleicht ist der Journalismus auch einfach nichts für dich. Du bist noch jung, vielleicht probierst du etwas Neues aus, das dir besser liegt."

Abrupt stehe ich auf, denn es reicht mir jetzt einfach.

„Gut, vielen Dank für das ehrliche Feedback, Eberhard. Ich denke, dann kann ich ja jetzt gehen." Er schaut mich erstaunt an.

„Wieso? Du hast einen Vertrag! Die Kündigungsfrist beträgt vier Wochen und die musst du auch noch arbeiten, sonst riskierst du eine Konventionalstrafe."

Empört schaue ich Eberhard an. „Nun, ich dachte, das sei kein Problem, da ich doch sowieso nichts Produktives hier einbringen kann. Und Urlaub habe ich ja auch noch, nicht wahr?" Eberhard schaut mich verblüfft an.

„Aber wenn wir den Vertrag aufheben, bekommst du eine dreimonatige Sperre vom Arbeitsamt. Das kannst du dir doch bestimmt nicht leisten, Mila."

„Wer redet denn von Aufhebungsvertrag?", zische ich ihn an. „Ich sagte lediglich, dass ich erstmal meinen Urlaub nehme. Und dann komme ich gerne rein und sitze hier rum. Schönen Tag auch."

Er schaut jetzt doch etwas irritiert, vielleicht hätte ich etwas höflicher reagieren sollen. Schließlich sieht man sich immer mindestens zweimal im Leben. Aber man, was bin ich sauer!

Ich gehe möglichst ruhig zu meinem Schreibtisch und nehme meinen Kugelschreiber. Der ist das Einzige, was mir gehört. Er war ein Geschenk meiner Eltern zu meinem bestanden Master. Es war auch ihr letztes Geschenk an mich, denn nur kurze Zeit später sind sie bei einem Autounfall gestorben. Die Ärmsten. Eine solche Versagertochter wollten sie bestimmt nicht haben.

Ich schlurfe hinaus, ohne Tschüss zu sagen. Das war`s dann wohl, mal wieder. Ich stolpere und falle beinah hin.

„Hoppla!", ruft Heike. „Was ist denn mit dir passiert?"

Als sie mein tränenverschmiertes Gesicht sieht, zieht sie mich schnell zu den Damentoiletten.

„So, jetzt erzähl mal."

Ich muss so schluchzen, dass ich erstmal gar nichts sagen kann.

„Ich, ich…bin gefeuert", stammele ich raus.

Heike schaut mich fragend an. „Wieso denn auf einmal?"

„Ich habe keine Ahnung. Na ja, weil ich unselbstständig bin. Weil ich zu wenig eigene Ideen habe", stammele ich.

Heike schnauft. „Na klar, deine Kolumne, die im Grunde von den Lesern selbst geschrieben wird, war ja auch ein totales Desaster! Die Zeitung wird seitdem um ca. 10% mehr verkauft! Alle haben sich gefragt, wieso man so jemanden nicht behalten hat. Ich habe mich das natürlich nicht gefragt. Ich weiß, dass das ein persönlicher Rachefeldzug von Christine war. Und das ist es wohl immer noch!", ruft sie plötzlich und haut sich die Hand vor die Stirn. Verblüfft schaue ich Heike an.

„Was meinst du damit?" Denn leider verstehe ich nur Bahnhof.

„Das ist doch offensichtlich! Christine steckt dahinter. Sie hat deinen Chef oder vielleicht sogar die Chefetage im Rücken. Die kennt doch den

Maser, den Big Boss hier und eine gemeinsame Tochter haben sie auch. Die stecken doch bestimmt unter einer Decke!"

Bei diesen Worten muss ich schlucken. Ja, bestimmt sind sie unter einer Decke, einer warmen kuscheligen Decke. Die große Wiedervereinigung einer glücklichen Familie. Aber was hat das bitte mit mir zu tun?

„Was hat das mit dir zu tun, Mila?", fragt mich Heike mit ihrer typischen inquisitorischen Stimme.

„Das weiß ich noch nicht, Heike, aber das finde ich heraus!", sage ich und spüre, wie es in mir brodelt. Bevor ich rausstürmen kann, hält mich Heike fest.

„Vielleicht solltest du dir erstmal dein Gesicht waschen, Mila."

Sie hat Recht, mein Spiegelbild zeigt ein völliges Wrack. Ein bisschen Wasser kann das Wrack zwar nicht wegzaubern, aber wenigstens sieht mein Gesicht nicht mehr so verschmiert aus. Heike leiht mir sogar ihren Lipgloss.

„Dann sieht man nicht sofort in deine traurigen Augen", meint sie und drückt mich fest.

Wie Recht sie hat. Die Traurigkeit in meinen Augen hat das Wasser ebenfalls nicht abwaschen können. Jetzt bin ich bereit und stürme in das Büro von Herrn Maser.

## 23.  GOTTFRIEDLOS

„Hey!", ruft die Sekretärin mir hinterher. „Sie können doch nicht einfach bei Herrn Dr. Maser reinplatzen!"

Das letzte Wort höre ich gar nicht mehr, denn ich bin bereits in Gottfrieds Büro und sehe, dass er keinen Besuch hat. Ich knalle die Tür hinter mir zu.

„Was willst du denn hier?" Er ist so perplex von meinem Auftritt, dass er mich sogar duzt, also hier in der Firma.

„Was ich hier will? Das kannst du dir doch denken!", brülle ich ihn an. Dann schraube ich meine Stimme schnell auf etwas leiser runter.

„Wieso bin ich auf einmal nicht mehr gut genug für dein Käseblatt?"

Gottfried schaut mich ruhig an.

„Das hat dir doch dein Chef gesagt. Du musst das halt akzeptieren und daran arbeiten. Da kann dir niemand bei helfen. Wir brauchen hier absolut zuverlässige Mitarbeiter und keine, denen man das Händchen halten muss."

„Ach was, Händchenhalten!" Ich bin so wütend, ich wusste gar nicht, dass ich das noch steigern kann.

„Meine Vorschläge sind doch gar nicht beachtet worden. Eberhard hätte mir bei meinem ersten Vorschlag bereits sagen können, dass es nicht das ist, was ihr braucht."

„Wieso? Er ist doch nicht da, um deine Arbeit zu machen. Und wieso duzt ihr euch?" Irritiert schaue ich Gottfried an.

„Was?"

„Wieso duzt du deinen Chef?", wiederholt Gottfried die Frage.

So, so.

„Was stört dich bitte daran? Bist du etwa eifersüchtig?"

„Natürlich nicht, aber ich finde es einfach unprofessionell!"

„Das ist ja interessant. Dann findest du also das komplette Team unprofessionell?"

„Ach ihr duzt euch alle? Das wusste ich nicht. Dann ist es ja ok", sagt er erleichtert.

„Selbst, wenn wir uns nur allein duzen würden, würde es dich gar nichts angehen." Dann hole ich tief Luft und schaue ihn direkt an.

„Wieso gehst du nicht mehr an dein Handy, Gottfried? Hast du ein schlechtes Gewissen?"

„Ich hatte viel zu tun." Doch er schaut mich nicht an. Feigling!

„So ein Blödsinn. Letzte Woche hattest du doch Urlaub, da hättest du doch mit mir sprechen können. Zumindest um vernünftig Schluss zu machen." Gottfried wird ganz bleich.

„Du willst Schluss machen?"

Jetzt bin ich echt verblüfft und werde plötzlich ganz ruhig.

„Ich wollte gar nicht Schluss machen, aber du ignorierst seit einer Woche meine Anrufe. Wenn du mich hier nicht brauchen kannst, weil ich zu schlecht für den Job bin, dann ist das eine Sache. Das sollte aber nichts mit uns zu tun haben. Also wieso hast du meine Anrufe nicht angenommen?"

Ich glaube, jetzt ist Gottfried fertig. Solche Situationen liegen ihm einfach nicht. Zumindest verändert sich sein Gesicht, er sieht auf einmal so traurig aus, dass ich fast Mitleid mit ihm habe.

„Setz dich, Mila", seufzt er.

Er ruft schnell seine Sekretärin an und sagt sämtliche Termine ab. Déjà-vu, denke ich traurig.

„Das Ganze hat eigentlich nur indirekt mit dir zu tun."

Er macht eine kurze Pause, wahrscheinlich weil er glaubt, dass ich ihn unterbrechen will. Nein, ich höre ihm schweigend zu, auch etwas Neues für mich.

„Du hast mir von meiner Tochter erzählt", beginnt er.

Und dann macht es Ping. Plötzlich weiß ich, was kommen wird und ich werde wütend und traurig zu gleich.

„Christine hat dich erpresst, stimmt's?", frage ich leise.

Gottfried sieht mich verblüfft an.

„Ja", sagt er kleinlaut. Ich muss fast ein bisschen grinsen.

„Tja, nicht schlecht für jemanden, der nicht selbst nachdenken kann."

„Es tut mir leid. Ich musste mir etwas überlegen und habe mit deinem Chef gesprochen. Ich habe ihm einfach gesagt, dass deine Stelle doch nicht ins Budget passt."

„Das hättet ihr doch einfach so sagen können."

„Ach weißt du, das ist einfacher so. Besser dem Mitarbeiter die Schuld zuschieben, sonst könnte die Firma schlecht wegkommen."

Mit diesen Worten sieht er mich an und es tut weh, seine Traurigkeit zu sehen. Die ehrlichen Worte klingen wieder nach dem Gottfried, den ich kennengelernt habe. In den ich mich, nein, ich will gar nicht weiterdenken, denn das ist zu schmerzhaft. Schließlich gibt es offensichtlich keine gemeinsame Zukunft für uns.

„Ich habe viel mit Nina geschrieben, letzte Woche war ich bei ihr. Sie fühlt sich überhaupt nicht wohl in dem Internat und hat mich angefleht, sie mitzunehmen."

Ich schlucke. Nina ist unglücklich, deshalb hat sie mir nicht mehr zurückgeschrieben. Was bin ich für eine schlechte Freundin, aber hätte ich wirklich etwas tun können?

„Ich habe ihr versprochen, mit Christine zu sprechen. Und das habe ich dann auch getan. Aber sie wollte nicht, dass Nina zu mir kommt."

Halt, was? Nina wollte bei Gottfried bleiben? Sie kennt ihn doch gar nicht? Wie unglücklich muss sie dort sein, wenn sie lieber zu jemand Wildfremdes geht? Gottfried nickt, er weiß genau, was ich gedacht habe.

„Ja, ich habe mich auch gewundert. Besonders schön kann es für Nina auch bei ihr zu Hause nicht gewesen sein. Wir haben uns viel unterhalten und sie vermisst einfach ihre Freunde. Ich möchte für Nina da sein, deshalb habe ich mit Christine einen Deal ausgehandelt."

Ich atme hörbar aus.

„Ja, jetzt kommst du ins Spiel, Mila. Irgendwie ist wohl rausgekommen, dass *du* mir das mit Nina erzählt hast. Ich hatte angenommen, dass sie deshalb dafür gesorgt hatte, dass dein Vertrag nicht verlängert wird. Aber ich glaube, das hatte nur mit deinem Vorstellungsgespräch bei mir zu tun. Aber dass du mir von Nina erzählt hast, hat sie erst richtig auf die Barrikaden gebracht. Ich hatte keine Ahnung, was sie für ein Miststück ist."

Bei dem Wort zucke ich zusammen. Ich hätte nie erwartet, dass Gottfried jemanden so bezeichnen würde!

„Ja, sie ist furchtbar", fährt er fort, „aber als ich ihr versprochen habe, dich zu feuern, hat sie mir das Sorgerecht für Nina übertragen. Ein Sorgerecht, das sie gar nicht haben will, das weiß ich natürlich. Aber das hat sie zur Bedingung gemacht. Und ich habe mich darauf eingelassen. Für Nina, meine Tochter. Es tut mir leid."

Die letzten Worte sind nur noch ein Flüstern. Ich muss mich hinsetzten.

„Und wo ist Nina jetzt?"

„Sie wohnt bei mir und geht wieder auf ihre alte Schule. Allerdings ist meine Wohnung viel zu klein, ich bin auf der Suche nach einem Haus für uns. Bitte versteh mich doch!", fleht er mich an und meine Wut verraucht wie kalter Rauch.

Natürlich verstehe ich das. Ich bin ein Bauernopfer und Christine hat ihre Rache bekommen und Nina ist sie auch los. Ich frage mich immer noch, wieso sie Gottfried nie von ihr erzählt hat, wenn sie jetzt so einfach bereit war, das Sorgerecht an ihn abzutreten.

„Ich frage mich, wieso sie das Sorgerecht so schnell abgegeben hat. Das hätte sie doch schon vor Jahren haben können, wenn sie mich nur kontaktiert hätte! Ich habe mir immer eine Familie gewünscht."

Als ob Gottfried meine Gedanken hat hören können, ich glaube, ich heule gleich wieder los. Ich muss schnellstens hier weg.

„Willst du schon gehen?"

Unser Lautstärkepegel ist in den letzten Minuten um einige Dezibel gesunken. Plötzlich wirkt Gottfried sehr verloren in diesem großen Büro und den vielen Büchern. Ich räuspere mich.

„Ich denke, es gibt nichts mehr zu sagen, Gottfried."

Und dann gehe ich zur Tür hinaus. Ich drehe mich nicht um, sondern gehen erhobenen Hauptes aus diesem Büro. Ich schaffe es sogar, mir die Tränen für zuhause aufzusparen. Man, was bin ich stark!

## 24. NEUSTART, SCHON WIEDER

Zuhause angekommen, heule ich erstmal richtig los. Und, wen wundert`s: Es geht mir nicht besser, nein, überhaupt nicht. Und nein, eine Nacht drüber schlafen wird auch nichts bringen, denn das haben sich Leute ausgedacht, die keine Probleme haben oder sie anderen Leuten in die Schuhe schieben können.

Ich dusche mich heiß und ziehe mich um. Mein Gesicht sieht jetzt nicht mehr so angeschwollen aus, finde ich zumindest. Vielleicht gehe ich eine Runde laufen und sehe dann bei Maya vorbei, überlege ich.

Sie ist jetzt ganz zu Hause. Ziemlich ungewohnt für sie, aber die Ärztin hat empfohlen, dass sie sich schont, obwohl es bis zum Mutterschutz noch zwei Monate sind. Und Aleks hat auch nicht mit sich reden lassen, also hatte sie keine andere Wahl. Und jetzt liegt sie zwischen Kissen gebettet und einer stets gefüllten Obstschale zu Hause und kann Soaps schauen. Ich seufze und mache die Wohnungstür auf. Vor mir steht Gottfried und ich renne direkt in ihn rein.

„Hoppla", sagt er und hält mich fest. Wir stehen einfach nur da und schauen uns an.

„Was machst du…", setze ich an, aber da habe ich bereits seine Lippen auf meinen Lippen.

\*\*\*

Völlig entspannt wache ich am nächsten Morgen auf, Gottfried liegt neben mir und schläft noch ganz ruhig.

Ich weiß gar nicht, wie lange wir dagestanden haben und uns einfach nur geküsst haben. Irgendwann hat Gottfried mich hochgehoben (er muss ganz schön im Training sein) und in die Wohnung getragen. Ohne übrigens aufzuhören, mich zu küssen. Und dann hat er angefangen, mich zu streicheln, überall. Ich habe immer noch eine Gänsehaut.

Ich schaue auf sein schlafendes Gesicht und fange schon wieder an, zu grübeln. Wie soll es jetzt weitergehen?

„Mach dir doch nicht solche Gedanken, Mila", murmelt Gottfried im Schlaf. Wie macht er das nur? Hört er etwa meine Gedanken?

„Nein, ich weiß nicht, was du denkst, Mila. Ich habe nur gespürt, dass du dir Sorgen machst. Übrigens habe ich gestern Abend, als du schon geschlafen hast, noch alle meine Termine für heute Vormittag abgesagt und arbeite später von zu Hause. Vielleicht reden wir jetzt erstmal."

Er setzt sich auf und schaut mich liebevoll an. Meine Schmetterlinge trauen sich wieder loszufliegen, aber nur ganz vorsichtig.

„Na ja, müsste ich eigentlich nicht furchtbar sauer auf dich sein?" Nervös reibe ich mir über meine Nasenspitze, auch so eine lästige Angewohnheit. Gottfried lacht, schubst meine Hand von meiner Nase und küsst sie sanft.

„Na ja, bist du es denn?"

„Nein, eigentlich nicht. Darüber bin ich selbst erstaunt."

„Hat dich die letzte Nach vielleicht umgestimmt?", fragt er schelmisch und fängt an, an meinem Ohr zu knabbern.

„Hey! Ok, es war atemberaubend und wundervoll, aber das ändert rein gar nichts!" Dabei versuche ich streng auszusehen, aber natürlich schaffe ich das nicht. Gottfried schaut mich belustigt an. Der Anblick dieser Grübchen lässt mich sofort dahinschmelzen.

„Schade, ich dachte schon, es hätte etwas mit meiner Kondition zu tun." Ich lache über sein enttäuschtes Gesicht, werde aber schnell wieder ernst.

„Ich bin froh, dass Nina jetzt bei dir wohnt. Diese ewig wechselnden Au-pairs sind doch nichts für ein Kind. Ein Wunder, dass Nina trotzdem so gut erzogen ist." Gottfried sieht mich erstaunt an.

„Du kennst Nina persönlich?"

„Natürlich kenne ich Nina. Sie ist einfach wundervoll! Eines der nettesten siebenjährigen Mädchen, die ich kennengelernt habe!"

„So so, wie viele kennst du denn?"

„Keine außer Nina, aber ich kann das auch so beurteilen."

„Aber wieso kennt ihr euch?", fragt Gottfried stirnrunzelnd.

„Hey, wieso findet du das so komisch? Kannst du dich mir mit Kindern etwa nicht vorstellen?!" Entrüstet blicke ich ihn an.

„So habe ich das doch nicht gemeint. Ich meinte nicht, dass ich dich mir nicht mit Kindern vorstellen kann. Aber wieso kennst du Nina so gut?"

„Ich habe mal einen Abend auf Nina aufgepasst. Es war Wochenende und da hatte die Nanny ihren freien Tag und Christine wollte zu irgendeinem Workshop. Nina und ich mochten uns auf Anhieb. Wir sind auch danach noch ein paar Mal zusammen spazieren gegangen. Doch wie sehr sie mich mag, weiß ich erst, seitdem sie mich plötzlich angerufen hat und mich gebeten hat, bei mir zu wohnen, damit sie nicht aufs Internat muss."

„Was, sie hat dich zuerst gefragt?" Was denn? Er klingt fast beleidigt.

„Aber Nina kannte dich doch da noch gar nicht. Und ich musste natürlich ablehnen. Das hätte Christine doch nie erlaubt. Ich habe sie an dem Abend beruhigt und dann ist sie im September letzten Jahres mit Christine nach England geflogen. Das war das letzte Mal, dass ich sie gesehen habe. Apropos. Wo ist sie jetzt eigentlich?"

Gottfried lacht zufrieden.

„Auf jeden Fall nicht bei einem Au-Pair Mädchen. Diese Nacht schläft sie bei ihrer Freundin. Ausnahmsweise unter der Woche, aber ich habe den Eltern erklärt, dass es sich um einen familiären Notfall handelt. Ist ja auch irgendwie so. Und dass du Nina kennst und gernhast, macht die ganze Sache noch einfacher."

„Moment mal! Soll das etwa ein Antrag sein?", frage ich verblüfft. Gottfried sieht mich skeptisch an.

„Weiber. Da versuche ich dir eine Liebeserklärung zu machen und schon denkst du an Hochzeitsglocken! Wie wäre es denn erstmal mit Zusammensein." Ich muss wirklich lachen, wie er mich so entrüstet anschaut.

„Entschuldige, aber waren wir nicht eigentlich dabei, zu überlegen, wieso ich nicht mehr sauer auf dich sein soll?"

„Ach, das Thema hatten wir doch schon durch. Jetzt sind wir gerade dabei, zu erörtern, wieso ich dich so wunderbar finde."

Hach, das ist ja so schön!

Verliebt sein ist einfach toll. Und Gottfried scheint es auch so zu gehen.

Wieso sollte ich mich doch gleich schlecht fühlen? Ach ja, ich bin arbeitslos und muss möglichst schnell einen neuen Job finden. Aber trotzdem dominieren jetzt gerade die wild umherflatternden Schmetterlinge in meinem Bauch!

## 25. HARMONIEÜBERFLUSS

Seit dem ganzen Debakel sind bereits drei Monate vergangen und irgendwie ist der Sommer schon wieder bald vorbei, unglaublich wie das Jahr dahinrennt.

Nina ist ganz aus dem Häuschen gewesen, als sie mitbekommen hat, dass ihr Papa und ich so etwas wie ein Paar sind.

`So etwas wie` habe wohl ich gesagt, als Nina gefragt hat. Nina wollte sofort wissen, ob wir denn schon geknutscht haben. Gottfried und ich mussten beide lachen. Daraufhin hat mich Gottfried in die Arme genommen, nach hinten gekippt und mir einen filmreifen Kuss gegeben. Nina hat sofort angeekelt gebrüllt:

„Doch nicht hier!"

Daraufhin haben wir Nina gepackt und ihr beide links und rechts einen Kuss auf ihre Wangen verpasst.

„Bäh!", hat sie gesagt, sich die Backen abgewischt und dabei gestrahlt. Das war ein toller Abend. Es hatte sich angefühlt, als ob es diese Konstellation schon immer gegeben hätte. Natürlich übernachte ich nicht dort, wenn Nina da ist. Wenn, dann schläft sie bei einer Freundin.

„Dann könnt ihr in Ruhe knutschen", sagt sie dann immer. Und nimmt schnell Reißaus, bevor man sie knuffen kann. Ich glaube, Nina ist so froh, weg von Christine und dem Internat zu sein, sie würde wohl auch in einer Nudistenkommune hausen. Gottfried sieht sich auch

Häuser an und was soll ich sagen: Natürlich hat er ein Haus in der neugebauten Siedlung bei mir um die Ecke gekauft. Ja genau. Dort wo Maya, Aleks und Baby MA auch wohnen.

Diese Stadt hat über 300.000 Einwohner und anscheinend nur eine Siedlung, die Häuser zum Verkauf anbietet.

Natürlich freue ich mich, dass die beiden ihre Familien in schönen Häusern großziehen können, aber ich fühle mich völlig außen vor. Für alle geht es irgendwie weiter, aber bei mir stagniert es schon seit Jahren, nicht nur beruflich, sondern auch im Privatleben.

Zugegeben, mit Gottfried läuft es wunderbar, aber ich will mich auch nicht zu sehr aufdrängen. Er und Nina müssen sich erstmal besser kennenlernen. Und ich muss einen neuen Job finden. Zum Glück durfte ich tatsächlich zu Hause die Kündigungsfrist absitzen, das fand Gottfried irgendwie das Mindeste nach der ganzen Geschichte.

Seitdem Nina bei ihm wohnt, ist er richtig aufgeblüht. Sie ist aber auch ein Schatz! Selbständig sein musste sie ja eh bei Christine und sie hat ganz direkt abgelehnt, ein Kindermädchen zu haben. Nö, sie läuft einfach von der Schule aus zu mir, was kein Problem ist, denn im Moment habe ich doch Zeit, meinte sie. Freche Göre. Aber ich genieße es, dass Nina da ist. Ich frage mich immer noch, wie jemand wie Christine zu so einer Tochter kommt. Gottfried fragt sich das natürlich nicht, behauptet er zumindest.

„Schließlich hat Nina ja auch 50% meiner Gene abbekommen. Das müsstest du als Biologin doch wissen!"

Ich stupse ihn dabei immer sanft in die Rippen und sage:

„Hoffen wir, dass sie deine Art der Bescheidenheit nicht auch noch geerbt hat!"

Wir lachen zusammen und ja, es fühlt sich leicht an. Da ist kein ständiges Drama wie mit Egon, der sich übrigens nicht mehr wieder gemeldet hat.

\*\*\*

Ich habe mich gerade in Ruhe aufs Sofa gesetzt, als das plötzliche Klingeln meines Telefons mich aus meinen Gedanken reißt.

„Hallo?"

„Mila! Wir haben einen Jungen. Und ein Mädchen!", ruft Aleks ganz atemlos in den Hörer.

Huch? Ist das nicht ein Kind zu viel?

„Wieso zwei?", frage ich blöd in die Muschel.

„Ich muss auflegen. Komm ins Krankenhaus!", ruft Aleks und dann höre ich nur noch klick.

Ich schaue auf die Uhr. Es ist zwölf Uhr mittags. Wenn ich nicht arbeite, verliere ich immer jegliches Zeitgefühl. Und obwohl ich heute bereits joggen war, habe ich nur Schlabbersachen an. Schnell ziehe ich mich um und hetze zum Krankenhause. Mit der Bahn. Einmal joggen muss reichen!

\*\*\*

„Hallo Mila", rufen Maya und Aleks synchron.

Oh nein! Hoffentlich gewöhnen die sich dieses Unisono bald wieder ab. Das ist einfach zu viel Harmonie!

„Hallo ihr beiden! Äh, war das für euch auch so eine Überraschung?", frage ich entgeistert und schaue mich suchend nach den beiden Kindern um.

Die beiden prusten los. War ja klar!

„Natürlich nicht", sagt Maya trocken. „Aber ich wollte dich überraschen."

„Das ist dir gelungen", sage ich genau so trocken und auch ein bisschen beleidigt.

Aber nur ein bisschen. Vielleicht hätte ich mir den Spaß auch gemacht. Ach was. Ganz sicher!

„Wann sind die beiden denn gekommen? Ging das so schnell?"

„Es war dann doch ein Kaiserschnitt, das CTG war auffällig, deshalb wurden die Zwillinge gestern Abend noch geholt", berichtet Maya.

„Ist das nicht zu früh, wie geht es ihnen?", frage ich besorgt.

„Die beiden liegen jetzt noch auf der Frühchenstation, sind aber kerngesund", bringt sich Aleks ein, „beide wiegen 2000 g."

„Wir hoffen, dass sie schnell zunehmen", strahlt Maya und ich muss schlucken bei so viel Glück, das von den beiden ausgestrahlt wird.

„Haben die beiden schon einen Namen?"

Mit dem Namen ist Maya die ganze Zeit nicht rausgerückt. Jetzt weiß ich auch wieso. Weil es ja zwei Namen gewesen wären. Solche Schlawiner!

„Das Mädchen heißt Janne und der Junge Damian", antwortet Aleks stolz.

„Nach irgendeinem Verwandten?", frage ich neugierig.

Eigentlich kommen mir diese Namen gar nicht bekannt vor.

„Nein", sagt Maya trocken. „Das wollten wir auf gar keinen Fall! Aleks hat so viel Verwandtschaft, das hätte nur nach hinten losgehen können. Und meine Verwandtschaft war gar keine Option."

Nun ja, das hätte ich auch nicht angenommen. Die Namen sind ja auch ganz ok.

Ich verabschiede mich recht schnell wieder. Schließlich möchte ich nicht stören. Im Augenblick habe ich, wie gesagt, andauernd das Gefühl, überflüssig zu sein.

Vielleicht sollte ich mal woanders hingehen, ganz weit weg von hier, durchfährt es mich.

## 26.  ARBEITSABSEITS

Zuhause angekommen, setze ich mich sofort an meinen Computer. Ich sehe sämtliche Job-Datenbanken durch und mache mir Notizen. Dann versuche ich, meine Wünsche zu googlen, vielleicht finde ich ja so irgendetwas. Aber Fehlanzeige. Ich habe einfach viel zu wenig Erfahrung, aber für einen Trainee bin ich zu alt und irgendwie will ich das auch nicht. Befristet ist halb so wild, ich bin ja alleinstehend. Aber rumgeschubst werden will nicht mehr, sondern meinen eigenen Aufgabenbereich haben.

Komisch, dass ich von mir als alleinstehend rede, wundere ich mich plötzlich. Ich wäre furchtbar gerne mit Gottfried zusammen, aber störe ich die beiden nicht? Und mal ehrlich. Er hat mir doch sofort gekündigt, als es um seine Tochter ging! Nicht, dass ich das nicht nachvollziehen könnte. Aber trotzdem!

Irgendwie hatte ich auch gehofft, dass er vielleicht jemanden für mich anspricht oder mir vielleicht ein Interview besorgt. Schließlich weiß er, dass ich von irgendetwas meine Miete zahlen muss. Und schließlich bin ich ja wegen ihm rausgeflogen. Oder vielleicht auch nicht. Vielleicht waren ja alle meine Vorschläge miserabel und deshalb kann er mich auch nicht empfehlen.

Ich seufze und tue mir ein bisschen selbst leid. Gottfried und Nina gehen heute ins Kino. Ich finde es schön, dass sie sich so gut verstehen. Ich denke, ich brauche eine Veränderung. Und vielleicht brauche ich einfach den Abstand zu Gottfried, um endlich weiterzukommen. Mit diesem Gedanken schlafe ich ein.

Jeden Tag besuche ich Maya im Krankenhaus und nach vier Wochen bekomme ich endlich die Zwillinge zu sehen. Sie sind winzig und unglaublich süß.

\*\*\*

Eines Morgens werde ich vom Telefon geweckt
„Hallo Maya!"
„Hallo Mila! Wir sind zu Hause, alle drei. Möchtest du vorbeikommen? Ich wollte dir einen Vorschlag machen."
Das ist typisch Maya, kurz und präzise, ohne rum zu schwafeln. Ich grinse und sage:
„Na klar komme ich. Bis gleich."
Schön, dass sie endlich zuhause sind, fünf Wochen Googlen waren sie im Krankenhaus.
In weniger als drei Minuten stehe ich vor Mayas Haus. Ich hatte ja schon erwähnt, dass es ganz um die Ecke von mir ist.
„Hallo Mila! Komm rein", begrüßt mich Aleks mit einem Kind auf dem Arm. Da es ganz in rosa gekleidet ist, wird es wohl Janne sein.
„Hallo Aleks! Schön, dass ihr zuhause seid!"
„Hallo Mila. Schön, dich zu sehen!", ruft Maya aus dem Wohnzimmer rüber.
Ich laufe ins Wohnzimmer und sehe sofort Maya bequem auf der Couch liegen, ein ungewohnter Anblick. Ringsherum ist alles ordentlich aufgeräumt, bestimmt Aleks Verdienst.
„Setz dich. Ich will dir ein Angebot machen." Ok, setze ich mich halt.
Maya ist ganz in ihrem Element, wahrscheinlich fehlen ihr die Verhandlungen.
„Die Verhandlungen fehlen mir", sagt sie kleinlaut.
Wir müssen beide laut lachen, doch sofort protestiert Damian. Er hat wohl noch keinen Humor. Aleks legt Janne hin und schnappt sich Damian.
Oh je, wahrscheinlich macht er das den ganzen Tag. Natürlich kommt Maya ohne Umschweife auf den Punkt.

„Ich möchte dir einen Job anbieten, Mila. Es ist so, ich werde in zwei Monaten wieder arbeiten und Aleks hat so viele Aufträge wie nie. Wir haben gerade das Haus gekauft und können das Geld gut gebrauchen. Also dachten wir, da du ja gerade Zeit hast, könntest du doch auf die beiden aufpassen, natürlich gegen Bezahlung und Krankenversicherung. Ich möchte die beiden erstmal nicht bei jemand Fremdes lassen und ich denke, du bekommst das hin. Was sagst du dazu?"

Uff, was soll ich dazu sagen. Kinderbetreuung ist irgendwie nicht mein Ding, das war schon immer so, allerdings bin ich mit Nina ja sehr gut zu Recht gekommen.

Na ja, aber Babys? Und dann gleich zwei? Maya lacht.

„Erstmal bin ich ja noch da. Der Probelauf startet sozusagen heute, wenn du willst. Und wenn es nicht klappt, dann muss Aleks halt auf Aufträge verzichten, was aber nicht dein Problem ist, also bloß kein Stress."

„Na ja", sage ich zögerlich, „es wäre nicht so ganz das, was ich mir vorgestellt habe."

„Das weiß ich doch, Mila. Aber so lange, wie du gar nicht weißt, was du machen willst, wäre das ein gesicherter Job, der dir die Miete und die Krankenversicherung zahlt. Klar wird es nicht viel sein, aber das wird schon gehen. Wir brauchen dich immer ab 8 Uhr früh. Ich werde so ab neun Uhr in der Kanzlei sein und gegen 18 Uhr wiederkommen. Also sozusagen Vollzeit mit Mindestlohn."

„Ok, ich versuche es. Aber wenn es gar nicht funktioniert, sei bitte nicht enttäuscht von mir!"

„So ein Blödsinn. Ich könnte nie enttäuscht von dir sein, Mila. Es ist doch nur zur Überbrückung. Ich melde sie auch für nächstes Jahr im Kindergarten an. Aber du weißt ja, wie das ist. Es gibt keine Garantie, dass sie einen Platz bekommen."

Nö, ich weiß nicht, wie das ist, denke ich frustriert. Ich habe keine Kinder und mein Traumjob ist es nicht, auf welche aufzupassen, auch wenn es die Kinder meiner besten Freundin sind.

„Ok, was steht jetzt an", frage ich und versuche irgendwie, enthusiastisch zu klingen. „Soll ich etwas einkaufen gehen?"

Maya schaut mich verblüfft an.

„Du sollst uns doch nicht den Haushalt schmeißen, Mila. Aleks oder ich werden morgens einkaufen gehen. Kochen brauchst du erst in einem Jahr, je nach dem, wann sie Zähne kriegen. Die Beikost werde ich einfrieren, die brauchst du dann nur aufzuwärmen, aber das auch erst in frühestens sechs Monaten. Nein, du bist einfach für die Zwillinge da. Du spielst mit ihnen, machst ihnen Fläschchen. Wenn sie schlafen, kannst du ja ein Buch lesen. Oder du machst einen Master in irgendetwas."

„Was für einen Master?"

„Die Idee hatte Aleks. Er meinte, heutzutage gibt es doch für alles Mögliche einen Master. Vielleicht kannst du so ja deinen Lebenslauf aufpeppen."

Mmh, Aleks Idee. Keine schlechte Idee, das muss ich wirklich zugeben.

Abends wieder zu Hause muss ich ehrlich zugeben, dass es ganz ok war. Maya hat mich zum Glück alles selbst machen lassen, ohne viel dazwischen zu gehen. Wenn sie wieder arbeitet, muss ich das ja schließlich auch alles allein können. Als die Zwillinge geschlafen haben, haben wir uns Masterstudiengänge angeschaut. Allerdings sind wir fast umgefallen, als wir gesehen haben, wie teuer so ein Studium ist! So viel kann Maya mir gar nicht bezahlen, dass ich das neben meiner Wohnung noch finanzieren könnte! Und bei Maya einziehen will ich auch nicht, auch wenn sie das angeboten hat.

Jetzt sitze ich, wie gesagt, wieder zu Hause und frage mich, ob es das war: Das alles hier. Ich passe ein Jahr oder auch zwei auf die Zwillinge auf, bis sie einen Kitaplatz haben und bin dann wieder arbeitslos.

Was genau will ich eigentlich? Eigentlich wollte ich schon immer mal ins Ausland. Wenn Eno mich gefragt hätte, ob ich mit nach Australien komme, hätte ich wahrscheinlich nicht lange gezögert und wäre mitgekommen. Aber er hat eben nicht gefragt. Das war wahrscheinlich auch der viel verletzendere Punkt als die Frage, ob er seine Sachen bei mir unterstellen kann. Ich frage mich immer noch, wieso er eigentlich da war, ich meine neulich. Australien sollte doch ein Jahr gehen, oder? Na ja. Das Ego ist Geschichte.

Also. Wie komme ich jetzt nach Australien? Oder sonst wo hin? Vielleicht innerhalb eines Masters, als Studiensemester. Aber leisten kann ich mir das immer noch nicht!

Ich bin hundemüde. Zwillinge zu hüten ist doch recht anstrengend und das jetzt ein Jahr lang. Mindestens! Müde falle ich ins Bett.

## 27.   LICHTBLICKE

Die nächsten Wochen sehen eigentlich recht gleich aus. Nach der Schule kommt noch Nina vorbei, zum Glück stört Maya das nicht. Wir essen dann alle zusammen, die Zwillinge schlafen meistens.

Mir graut jetzt schon davor, wenn sie das nicht mehr tun. Mal ehrlich, sie sind winzig! Und riechen tun sie eigentlich nicht besonders gut. Was soll eigentlich dieser vielgepriesene Babyduft? Also Mayas Kinder haben den auf gar keinen Fall! Ich brauche dringend einen neuen Job, unbedingt und ziemlich bald, egal wo!

Abends schreibe ich Bewerbungen und gehe dann joggen, schon, um den Kopf frei zu bekommen. Zum Glück hatte ich im Fitnessstudio nur eine halbjährige Probemitgliedschaft abgeschlossen, also eine Geldausgabe weniger. Und mein Job bei Maya zahlt zumindest die Miete. Vielleicht suche ich mir noch einen Minijob fürs Wochenende, etwas ganz früh oder spät, doch irgendwie habe ich es noch nicht geschafft, mir einen zu suchen.

Ich bemühe mich, jeden Tag eine Bewerbung zu schreiben, aber nach ein paar Wochen habe ich die aktuellen Sachen alle abgeklappert und nur wenig Neue sind hingekommen. Bei jeder Bewerbung versuche, meine Anschreiben leicht abzuändern, damit sie nicht immer gleich klingen und auf die Stellenbeschreibung passen, was schwierig ist, denn meistens sind die Stellenanzeigen genauso allgemein ausgeschrieben wie die Stelle bei dem letzten Magazin. Teilweise rufe ich auch an und frage, ab wann sie jemanden suchen oder ob es spezielle Kenntnisse gibt, die man mitbringen muss. Mittlerweile bewerbe ich mich auch auf Freelancer Stellen, zumindest für den Übergang ist es eine Möglichkeit und über meinen Babysitter Job wäre ich weiterhin krankenversichert. Schon am nächsten Tag wird mir ein Thema zugeschickt, zu dem ich etwas zur Probe schreiben soll. Ich überlege mir etwas und schicke es noch am selben Tag raus. Ich höre nie wieder etwas davon.

Vielleicht wird es nach Weihnachten besser, hoffe ich mit Blick auf den Kalender. Es ist tatsächlich bereits November, denke ich kopfschüttelnd.

\*\*\*

„Hallo Mila!"

„Hallo Maya!"

Wir küssen uns links und rechts auf die Wangen. Dann frühstücken wir erstmal die Brötchen, die ich mitgebracht habe. Aleks ist meistens schon weg. So gut die Leute die Idee mit dem Abendservice finden, rufen doch gerade ältere Leute für die Morgenstunden an. Und da ich ja da bin, kann er diese Termine auch wahrnehmen. Besser für mich, irgendwoher muss mein Geld ja herkommen.

Dann schnappe ich mir eines der Zwillinge, ich denke es ist Damian, aber ich schließe das nur aus den blauen Klamotten, die es anhat, denn für mich sehen Babys einfach alle gleich aus: Eine Glatze und ein kleines Gesicht mit viel zu großen blauen Augen. Schon irgendwie süß, aber ich bin noch nie in Entzückung ausgebrochen beim Anblick von Babys und dieser Job verstärkt das auch nicht gerade.

„Wie läuft denn die Jobsuche, Mila?" Ich seufze resigniert.

„Schleppend. Ich habe jetzt Probetexte für freie Mitarbeiterstellen eingereicht und ca. 10 Bewerbungen abgeschickt. Aber bis jetzt habe ich noch nichts gehört."

„Ach, das wird schon. Du suchst doch gerade mal seit ein paar Monaten. Bestimmt findest du bald etwas." Plötzlich geht mein Handy.

„Guten Tag, Marciniak. Spreche ich mit Frau Mila Koslowski?"

Ich räuspere mich und laufe schnell in Mayas Schlafzimmer, um sie und die Zwillinge nicht zu stören.

„Ja, die bin ich. Guten Tag. Um was handelt es sich?"

„Ach wunderbar, dass ich Sie direkt erreiche, Frau Koslowski. Wir möchten Sie gerne zu einem Bewerbungsgespräch einladen. Da wir kurzfristig jemanden suchen, müssten Sie noch diese Woche kommen. Ginge das?"

„Das ist kein Problem für mich", sage ich schnell.

Wir besprechen kurz die Formalitäten und schon ist das Gespräch beendet. Ich muss erstmal nach Luft schnappen.

„Und? Wo hast du dein Vorstellungsgespräch!", ruft Maya aus dem Wohnzimmer.

Ich grinse in mich rein. Nur Maya ist im Stande, so etwas sofort zu wissen.

„In Berlin! Ich war das letzte Mal auf Klassenfahrt dort." Maya grinst.

„Ich kann mich kaum noch daran erinnern. Mir war so übel, als wir bei Madam Tussauds waren!" Ich nicke.

„Und mir erst!"

Tja, wir sind ganz abgestürzt und das gleich mehrere Abende hintereinander. Ich kann also nicht behaupten, viel von Berlin mitbekommen zu haben.

„Wann fährst du? Ich wünschte, ich könnte mitkommen."

Maya hat gut reden. Mit mindestens drei Männern, also die von denen ich weiß, hat sie sich in Berlin getroffen. Und dabei in Hotels wie dem Walldorf Astoria residiert.

„Morgen früh. Ich muss mir gleich einen Zug buchen. Darf ich dein Internet benutzen? Oder muss ich bis nach meinem Arbeitstag warten?" Maya schaut mich entrüstet an.

„So ein Quatsch! Der Laptop steht im Schlafzimmer. Und buch dir die erste Klasse, das Upgrade bezahle ich dir. Schließlich musst du dich in Ruhe vorbereiten können. Um wieviel Uhr ist dein Gespräch?"

Ich strahle Maya an.

„Danke Maya! Das ist so lieb! Das Gespräch ist um 14 Uhr bei einem Wissenschaftsverlag. Ich habe mich erst vor zwei Tagen dort beworben und mir eigentlich gar keine Chancen ausgemalt."

„Vielleicht haben deine Arbeitsproben überzeugt", sagt Maya herzlich. „Gut, dass das Gespräch nicht so früh ist. Am besten, du fährst du so gegen 8 Uhr los, dann bist du gegen Mittag da. Dann kannst du in Ruhe dort auch noch etwas essen. Ich bin ja so gespannt!"

„Ich auch!", quietsche ich los und wir quietschen beide um die Wette, bis die Zwillinge anfangen zu protestieren. Eine Stunde später habe ich ein Zugticket und auch das Tagesticket für die U-Bahn.

„Dann bist du flexibler und kannst gleich losfahren", rät mir Maya.

Gut, dass mich Maya so antreibt! Der Termin hat mich so überrumpelt, dass mein Kopf schwirrt.

## 28.   BITTE OHNE DR.

Ich sitze im Zug nach Hause und bin komplett durchgeschwitzt. Wie es war? Merkwürdig, in einem Wort. Sehr merkwürdig, in mehreren Worten.

Es fing schon mit der Begrüßung an:

„Guten Tag, Frau Dr. Koslowski! Ich hoffe, Sie hatten eine gute Anreise." Ich musste mich erstmal räuspern.

„Guten Tag. Bitte ohne Dr., nur Koslowski."

Der Mann, er stellte sich mit Brückner vor, auch ohne Dr., übrigens, sah mich sofort genervt an.

„Nicht schon wieder jemand ohne Promotion! Wir haben das ausdrücklich reingeschrieben und andauernd kommen Leute ohne einen Doktortitel!"

Ich wurde sofort ärgerlich und hatte eigentlich keine Lust mehr auf das Interview. Was für ein Unsinn soll denn das sein? Trotzdem hatte ich versucht, höflich zu bleiben, obwohl ich wusste, dass das Ganze reine Zeitverschwendung war.

„Möchten Sie, dass wir uns setzen oder ist hiermit das Interview bereits beendet?", fragte ich höflich, da ich davon ausging, dass der Job eh gelaufen war.

Stattdessen führte er mich in einen hellen kleinen Raum, Wasser und Kaffee standen bereits dort. Es wirkte alles sehr einladend, sogar Plätzchen waren da.

„So, dann setzen Sie sich bitte, Frau nur Koslowski. Bitte erzählen Sie doch etwas über sich. Was und wo haben Sie in den letzten Jahren gearbeitet?"

Ich erzählte. Meinen Lebenslauf hatte ich parat bei so vielen Bewerbungen, die ich in letzter Zeit geschrieben hatte. Er hörte zu, ab und zu fragte er etwas.

„Wieso waren Sie denn nur einen Monat bei Ihrem letzten Arbeitgeber? Das spricht ja nicht gerade für Sie!"

Ich musste einfach grinsen, denn die Frage war gar nicht mehr ganz so frostig gestellt worden.

„Umstrukturierungen. Sie kennen das ja wahrscheinlich auch. Die eine Abteilung hat einen Plan und die andere auch und dann muss plötzlich alles andersherum gedreht werden."

Da ich mit dieser Frage gerechnet hatte, hatte ich mir glücklicherweise etwas dazu überlegt. Tatsächlich schmunzelte Herr Brückner über meine schnelle Antwort.

„Haben Sie noch Fragen?"

Ich ging einfach in die Offensive. Plötzlich war mir alles egal. Ich wusste, dass ich die Stelle nicht bekommen würde, da konnte ich ja dann wenigstens einen bleibenden Eindruck hinterlassen.

„Ein paar Fragen hätte ich. Allerdings wüsste ich zuerst gerne, wieso eine Promotion Voraussetzung für die Stelle ist." Er wurde tatsächlich etwas verlegen.

„Nun ja. Wir sind ein Wissenschaftsverlag. Die Leute erwarten bei uns einfach promovierte Leute, weil sie denen ein fundiertes Wissen und selbständige Projektarbeit unterstellen. In Deutschland ist man einfach sehr titelgläubig."

Noch jetzt im Zug spüre ich wieder die Wut und die Enttäuschung über das Gespräch in mir hochkommen. Ich frage mich immer noch, wieso ich überhaupt eingeladen wurde, aber das fragen sich die anderen Kandidaten wahrscheinlich auch alle. Wahrscheinlich eine enorm schlechte Kommunikation. Vielleicht doch ganz gut, dass ich den Job nicht bekommen habe.

Ein bisschen fies war ich dann aber doch und ich lache leise in mich rein, als ich meine Frage Revue passieren lasse.

„Bitte entschuldigen Sie die Frage, Herr Dr. Brückner? In was haben Sie denn promoviert? Aus welchem Bereich kommen Sie?" Da er sich ja ohne Titel vorgestellt hatte, hatte ich einfach nur geraten, aber völlig ins Schwarze getroffen.

„Ich habe auch nicht promoviert, mein Publizistik Studium liegt schon ein paar Jahre zurück. Ich hatte Glück und bin so reingerutscht, aber heute legt die Führungsetage einfach Wert auf so etwas."

Ich nickte, allerdings nicht, weil ich derselben Ansicht war, sondern weil ich gemerkt hatte, dass er doch nicht ganz derselben Auffassung war, wie es am Anfang schien.

Ich schließe die Augen und atme ganz tief durch. Ich bin froh, dass es vorbei ist. Der Laden ist seltsam, aber Herr Brückner war wirklich ganz in Ordnung auf den ersten Blick, was aber egal ist. Denn, wie nett ist Gottfried in meinem Vorstellungsgespräch gewesen, aber das Ende ist ja hinreichend bekannt!

Weder Nina noch Gottfried habe ich seit Tagen gesehen. Ich habe mich zurückgezogen und lasse beiden ihren Freiraum. Anfangs ist Nina zu mir gekommen, mittlerweile geht sie lieber zu einer Freundin. Natürlich macht das mehr Spaß und ich hüte ja auch die Zwillinge tagsüber, wahrscheinlich, bis ihre Kinder einen Babysitter brauchen.

Ich tue mir mal wieder selbst leid, zum Glück muss ich aussteigen. Ich wandere den ganzen Weg zu Fuß nach Hause, das macht den Kopf frei und trainiert die gebrannten Mandeln wieder ab, die ich mir in Berlin auf dem Weihnachtsmarkt gekauft habe.

Es ist nach elf Uhr abends als ich im Bett liege, allein, in meiner kleinen Wohnung. Ich seufze und schlafe ein.

\*\*\*

Am nächsten Tag kaufe ich wieder Brötchen und klingele bei Maya. Sie macht mir auf und bestürmt mich sofort mich Fragen.

„Wie war es? Oh, du brauchst doch nichts mitzubringen, spar dein Geld lieber!"

Ich lache. Bei Mayas fürstlichem Gehalt kann ich mir die Brötchen leisten. Zumal ich auch jeden Tag hier essen darf. Und leider ist das Interview auch sehr schnell erzählt.

„Ich verstehe deine Enttäuschung", sagt Maya herzlich. „Ist halt nicht zu ändern. Ich habe diesen blöden Titel auch nur aus Prestigegründen gemacht. Ganz sicher hat er keine bessere Anwältin aus mir werden lassen, glaub mir."

Ich seufze. Ja, Maya hat ihre Doktorarbeit abends nach der Arbeit geschrieben und war nach einem halben Jahr damit fertig. Bei Biologen geht das nicht so schnell. Im Durchschnitt promoviert man drei Jahre, viele noch länger, je nach Thema und natürlich auch abhängig von seinen finanziellen Mitteln. Zumindest den experimentellen Teil muss man in Vollzeit machen und sich über Stipendien oder über die Universität bezahlen lassen. Ich weiß eigentlich gar nicht, wieso ich damals nicht promoviert habe. Ich habe noch nicht einmal darüber nachgedacht. Und jetzt komme ich mir dumm vor. Natürlich bedeutet wissenschaftlicher Journalismus, dass man auch mal wissenschaftlich gearbeitet haben sollte.

Schweigend nehme ich Janne, heute in einem lavendelfarbigen Strampelanzug, auf den Arm, Damian trägt heute grün. Ich könnte natürlich versuchen, eine Promotionsstelle zu bekommen, aber die Frage wäre, wo. Allerdings gibt es ja genügend Universtäten im Ruhrgebiet.

Ich nehme mir vor, abends die akademischen Jobportale zu durchforsten. Und ich frage mich mal wieder, ob ich das will. Zurück an die Uni? Ich bin da total raus und die Leute alle im Schnitt 5 Jahre jünger als ich, mindestens. Vielleicht doch einen Master, die Frage wäre in was und wovon.

„So", sagt Maya und stellt uns Kuchen hin, „jetzt mach mal Schluss mit den trüben Gedanken. Du wirst bestimmt eine neue Stelle finden und bis dahin bist du bei uns. Wir haben dich sehr gerne hier." Komisch, das klingt schon wieder nicht nach Maya.

„Komisch, das klingt so gar nicht nach dir", sage ich stirnrunzelnd und zeige zusätzlich auf den Kuchen, der übrigens frisch gebacken ist.

„Ach der Kuchen, der ist von Aleks, keine Sorge", lacht Maya. „Ich finde nur, dass wir jetzt mal über etwas Heiteres sprechen sollten."

Hat Maya gerade `Heiteres` gesagt? Sie erntet wieder ein Stirnrunzeln von mir, das sie aber lächelnd ignoriert. Also wenn das das Kinderkriegen aus einem macht, dann hatte Christine eine Leihmutter!

## 29. NEUSTART 3.0

Ich mache es mir mit den Zwillingen gemütlich. Maya ist schnell etwas einkaufen gegangen, Aleks hat einen Auftrag und ich hänge so meinen Gedanken hinterher.

Gestern haben Gottfried und ich uns getrennt. Nein, es war kein tränenreicher Abschied, keine Sorge. Nina war nicht zuhause und Gottfried hat es irgendwie aufgenommen, nur dass ich nicht sehen konnte, ob es ihm tatsächlich etwas ausgemacht hat. Er hat mich nur schweigend angesehen, mir zugehört und genickt, als ich gesagt habe, dass ich einen Neuanfang brauche und dass ich mich bereits Deutschlandweit bewerbe. Ich hatte tatsächlich mit mehr Emotionen gerechnet, aber hätte ich mich dann anders entschieden? Wahrscheinlich nicht und dann ist es besser, dass Gottfried nicht weiter nachgehakt hat.

Aber bald ist Weihnachten und ein wenig habe ich doch Angst davor, ganz allein zu feiern. Die letzten Jahre haben Maya und ich immer Weihnachten zusammen verbracht. Mit viel Sekt und noch mehr Sekt, letztes Jahr natürlich nicht, da war Maya schwanger, aber die Lasagne von Aleks war spitze. Ja, ganz bestimmt kann ich mit ihr und ihrer neuen Familie wieder Weihnachten feiern, aber wieso sollte ich das traute Glück stören? Es wird das erste Weihnachten zu viert für die beiden sein. Und ich würde mich dabei noch einsamer fühlen.

Nein, ich werde mir eine große Flasche Schampus gönnen und früh schlafen gehen.

Plötzlich klingelt mein Handy. Ich lege schnell die schlafende Janne zu ihrem Bruder in den Laufstall.

„Guten Tag, Frau Koslowski. Hier ist Herr Brückner. Sie waren ja vor drei Wochen bei uns und haben sich vorgestellt. Und nach nur kurzer Überlegung haben wir uns für Sie entschieden, wenn Sie möchten", sagt er herzlich und ich habe Mühe, meine Tränen zurück zu halten, so froh bin ich.

Es geht weiter, es geht endlich weiter! Und ich komme aus dieser Stadt raus, endlich!

„Guten Tag, Herr Brückner, vielen herzlichen Dank für Ihr Angebot, das ich mit großer Freude hiermit zusagen möchte. Ab wann brauchen Sie mich denn?"

„Wunderbar, dass Sie fragen! Wenn es Ihnen nichts ausmacht, quasi sofort, also zum 2. Januar. Ich schicke Ihnen den Vertrag per Mail zu, dann haben Sie ihn gleich und dann wäre es gut, wenn Sie ihn ebenfalls per Mail zusenden könnten, damit er rechtzeitig ankommt."

„Das ist kein Problem für mich, Herr Brückner, nur dass ich keine Bleibe in Berlin habe und so lange kann ich mir kein Hotel leisten."

„Ach, das hatte ich ja fast vergessen. Wir haben ein paar möblierte Wohnungen, die für Mitarbeiter von anderen Standorten gedacht sind. Ich frage gerne nach, ob Sie eine bekommen können. Natürlich nicht für länger, aber für den Übergang wird das schon gehen. Und der Verlag wird auch die Maklergebühr und die Umzugskosten für Sie übernehmen. Am 20. Dezember machen wir übrigens eine Weihnachtsfeier, zu der ich Sie gerne hiermit einladen möchte. Sie könnten dann schon mal alle Kollegen kennenlernen!"

„Das ist sehr freundlich von Ihnen, sehr gerne."

„Fein. Dann sehen wir uns ja in zwei Tagen. Und wegen der Wohnung melde ich mich noch bei Ihnen. Jetzt schicke ich Ihnen erstmal den Vertrag zu. Vielen Dank und bis übermorgen."

Ich drücke mein Handy aus und strahle. Juchu!

„Was ist denn mit dir passiert? Ich war doch nur zehn Minuten weg und schon strahlst du wie ein Honigkuchenpferd", grinst mich Maya an. Ich habe sie gar nicht reinkommen gehört.

„Ich habe die Stelle", platze ich heraus. Maya fängt auch an zu strahlen.

„Die in Berlin? Wahnsinn! Ich will auch nach Berlin!", ruft sie und wir hüpfen gemeinsam, natürlich leise, damit die Zwillinge nicht aufwachen, durchs Haus.

„Hast du schon den Vertrag?", flüstert Maya aufgeregt

„Herr Brückner schickt ihn mir zu. Darf ich ihn hier ausdrucken?"

„Natürlich, dann kann ich ihn gleich lesen. Wenn er in Ordnung ist, scannen wir ihn morgen ein. Heute ist zu früh. Die sollen ja nicht denken, dass du auf sie gewartet hast!"

„Danke, danke Maya!", rufe ich und umarme sie stürmisch.

„Wo wirst du denn wohnen? Oder haben die Appartements?", fragt Maya besorgt.

„Herr Brückner wollte mal nachfragen. Und er hat mich gleich zur Weihnachtsfeier eingeladen. Sie ist bereits in zwei Tagen."

„Das ist ja nett", sagt Maya trocken. „Dann können dich alle schon mal beschnuppern."

„Ja, das dachte ich auch, aber ich lerne schon mal alle in einer weniger ernsthaften Umgebung kennen. Ist ja vielleicht ein Vorteil."

„Stimmt", sagt Maya und grinst. „Ich will auch nach Berlin. Ich träume schon lange davon, dort zu leben. Also falls London oder Paris nicht klappen."

Ich lache laut. Maya liebt Paris und war schon ganz oft dort. Ich war noch nie im Ausland, aber jetzt werde ich plötzlich in einer Metropole leben. In meinem Bauch hopsen Schmetterlinge auf und ab.

\*\*\*

Zwei Tage später steige ich gerade aus dem Zug in Berlin und will zur U-Bahn gehen, als plötzlich jemand meinen Namen ruft. Was eigentlich gar nicht sein kann, denn schließlich kenne ich niemanden in Berlin.

„Ja, hallo Mila! Was machst du denn hier?"

Ich bleibe wie angewurzelt stehen.

„Ich gehe zu einer Weihnachtsfeier", sage ich ziemlich dumm.

„Zu welcher Weihnachtsfeier?", fragt Egon.

Ich bin völlig perplex. Schließlich ist Berlin eine Millionenstadt und da muss ausgerechnet der größte Arsch auf der ganzen Welt sich hier aufhalten? Die Welt ist doch ein Dorf.

„Was machst du denn hier, Egon?", frage ich perplex.

„Das Projekt ist geplatzt und ich wurde gefeuert. Seit zwei Monaten habe ich einen neuen Job in Berlin. Und was machst du hier?"

„Ich muss jetzt wirklich los", sage ich kurz angebunden.

„Natürlich", sagt er und wirkt plötzlich sehr schüchtern. „Mein Verhalten tut mir leid", sagt er zerknirscht.

„Schön", sage ich nur und lasse ihn stehen.

„Wie lange geht die Feier? Wirst du länger in Berlin sein? Vielleicht hast du ja Lust, etwas Trinken zu gehen", ruft er mir hinterher, aber die letzten Worte ignoriere ich einfach und versuche mich zu orientieren, wo die U-Bahn ist, die ich brauche. Egon lasse ich einfach stehen.

Und schon bald finde ich mich in Charlottenburg in einem angesagten Szenerestaurant wieder.

„Hallo Frau Koslowski. Schön, dass Sie es einrichten konnten!"

„Hallo Herr Brückner", sage ich freundlich und schüttele die ausgestreckte Hand. „Vielen Dank für die Einladung. Haben Sie meinen unterschriebenen Vertrag erhalten?"

„Danke, den habe ich schon weitergeleitet. Und ich habe eine Wohnung für Sie. Wenn Sie möchten, können Sie sie ab dem 27. Dezember haben. Dann können Sie schon ein paar Sachen mitbringen. Und hier ist eine Karte von einem Makler, vielleicht sagt er Ihnen zu. Ansonsten hilft Ihnen das Internet bestimmt weiter."

Er schmunzelt bei diesen Worten und ich schmunzele zurück. Die Wortwahl von Herrn Brückner gefällt mir. Er scheint ein Talent dafür zu haben, seinen Sätzen eine gewisse Komik zu verleihen, ohne dabei dick auftragen zu müssen.

Es wird sogar ein netter Nachmittag, ich lerne bereits etliche Kollegen kennen, vergesse aber gleich wieder sämtliche Namen. Um sieben gibt es noch ein paar Häppchen und dann gehen auch schon die Ersten. Dank meines flexiblen Tickets kann ich zum Glück jederzeit nach Hause fahren.

Auf dem Weg zum Bahnhof geht plötzlich mein Handy.

„Hallo Mila", sagt Egon.

„Hallo Egon", sage ich relativ gelassen. Was bestimmt auch an dem Apfelpunsch liegt, den ich getrunken habe.

„Ja also. Ich wollte fragen, ob du vielleicht noch Zeit hast oder bist du noch auf der Weihnachtsfeier?"

Ach, irgendwie schaffe ich es heute einfach nicht, böse auf Egon zu sein.

„Na gut. Wo sollen wir uns treffen?", frage ich seufzend.

# 30. MEIN BERLINWILLKOMMENS-GESCHENK

„Mmh, bleib doch noch ein bisschen."

Uff, euch Kerlen könnte auch mal etwas Neues einfallen!

„Ich muss zurück. Ich komme schon viel zu spät zu Maya", sage ich kurz und stehe auf.

„Wieso bist du denn mit Maya verabredet? Ist sie auch in Berlin? Hat sie auch einen neuen Job?" Egon sieht mich stirnrunzelnd an. Dabei fallen ihm seine blonden Haare ins Gesicht.

Ich lache. Ich bin so entspannt wie schon seit Langem nicht mehr.

„Nein, aber eigentlich hüte ich ihre Zwillinge jeden Tag ab acht Uhr und jetzt ist es schon fünf Uhr und der Zug fährt gute drei Stunden."

Enos Gesicht ist ein komplettes Fragezeichen.

„Zwillinge? So lange war ich doch gar nicht weg. Wann hat Maya denn Zwillinge bekommen und von wem? Hoffentlich nicht von Mr. `Ich bin unglücklich verheiratet und brauche etwas Abwechslung`."

„Zum Glück nicht. Ich muss jetzt wirklich gehen. Auf Wiedersehen, Eno."

„Es tut so gut, dich Eno sagen zu hören."

Er steht auf und nimmt mich zärtlich in die Arme. Man, fühlt sich das gut an. Ich bekomme ein warmes Gefühl im Bauch. Meine Knie werden weich und ich schaffe es nur mit Müh und Not, mich zum Bahnhof aufzumachen. Zum Glück wohnt Eno nicht weit von der nächsten U-Bahn Haltestelle. Er begleitet mich sogar bis zum Zug und winkt mir lange nach. Ich seufze und lehne mich zurück. Was für ein Tag und was für eine Nacht. Wir waren in irgendeinem Café und dann sind wir einfach spazieren gegangen, bis wir bei Eno waren. Da war es schon elf Uhr und ich habe gerne die Einladung von Eno angenommen, bei ihm zu bleiben. Na ja, und der Rest kam dann einfach so. Und es war schön! Die Vertrautheit zwischen uns ist immer noch da und obwohl ich nur wenige Stunden geschlafen habe, bin ich hellwach.

\*\*\*

Um elf Uhr morgens bin ich endlich bei Maya.

„Na, das war ja eine Feier. Wo hast du denn geschlafen, wenn ich fragen darf?", begrüßt mich Maya an der Tür.

Ich werde sofort knallrot, das kann ich an der Hitze meiner Wangen spüren. Maya lacht und drückt mir Damian in die Hand.

„Die Zwillinge werden schwerer, beide auf einmal sind ein echtes Hanteltraining", stöhnt sie. „So und jetzt erzähl mir von deinem One-Night-Stand. Ist es ein zukünftiger Kollege oder ein Kellner oder war ein Stripper da? Ich will sämtliche Details!"

„Du kennst ihn. Es war sicherlich ein One-Night-Stand, aber er war mit Egon." Maya setzt sich und schaut mich an. Es hat ihr wohl die Sprache verschlagen. Eine echte Sensation!

Ich setze mich zu ihr auf die Couch.

„Ich habe ihn gestern am Bahnhof getroffen, bevor ich zur Weihnachtsfeier gegangen bin. Er arbeitet jetzt übrigens auch in Berlin." Maya sagt immer noch nichts.

„Und dann war es spät und ich bin noch rauf in seine Wohnung", sage ich und werde plötzlich unsicher.

Ich weiß gar nicht, wieso ich so verschämt rüberkomme. Wir sind doch erwachsene Menschen und ich bin ungebunden.

„Ihr seid erwachsene Menschen und er ist hoffentlich auch ungebunden. Ehrlich gestanden bin ich nur etwas überrascht. Da fährst du mehrere hundert Kilometer nur, um diesem Arsch zu begegnen!" Ich nicke wieder unsicher und ärgere mich gleich darüber.

„Ja äh, ich war auch völlig überrascht. Aber es hat sich alles so gut angefühlt. Nicht, dass ich wieder an eine Beziehung mit Egon denke, aber ich habe doch niemanden dort. Und jetzt habe ich schon mal zumindest einen Bekannten. Auch wenn es nur Eno ist."

„Du nennst ihn wieder Eno, Mila", schimpft Maya. Ich zucke mit den Schultern.

„Er war irgendwie anders. Vielleicht hat das vermasselte Projekt ihn ein bisschen geerdet."

„Ach, er hat Australien in den Sand gesetzt! Was macht er denn jetzt so?"

„Er hat einen neuen Job bei einer Firma, die Brücken baut. Überall auf der Welt. Er wird nächstes Jahr daher viel auf Reisen sein. Die haben ihn trotz seines schlechten Lebenslaufs genommen, weil er keine Familie hat. Ist halt schwierig so jemanden zu finden, der andauernd Aufträge im Ausland hat." Maya nickt.

„Wollte Egon denn nie eine Familie haben?" Ich überlege.

„Ich glaube, wir haben da nie so drüber gesprochen. Als ich mit Gottfried zusammen war, ist mir erstmal klargeworden, wie oberflächlich die Beziehung mit Egon war. Ich weiß im Grunde genommen gar nichts über ihn. Und nein, über Familie haben wir nie geredet, weder seine noch über eine zukünftige gemeinsame Familie. Aber das Thema war für mich irgendwie auch nicht so wichtig", sage ich nachdenklich.

„Willst du denn keine Kinder haben?", fragt mich Maya erstaunt.

Also das ist ja jetzt doch etwas seltsam so aus Mayas Mund.

„Aber du wolltest doch auch nie welche haben."

„Ja ich. Aber du bist doch viel bodenständiger als ich, Mila. Zumindest dachte ich das immer und ich habe dich und Egon längst vor dem Traualtar gesehen. Also zumindest bis zu dieser Australien Sache."

Die Australien Sache, ja, da habe ich auch mit Egon drüber geredet, aber er ist wenig darauf eingegangen. So ist er nun mal. Und irgendwie ist das alles auch schon sehr lange her.

„Wir haben nur eine Nacht zusammen verbracht", sage ich schnell. „Ich denke nicht, dass wir das wiederholen werden."

Am 24. Dezember geht plötzlich mein Handy.

„Hallo Eno. Fröhliche Weihnachten!", sage ich überrascht.

„Frohe Weihnachten, Mila! Ich wollte fragen, ob du vielleicht schon in Berlin bist. Du kennst ja niemanden hier und ich ehrlich gestanden auch nicht. Wir könnten doch vielleicht… zusammen feiern?"

Letzteres kommt doch sehr schüchtern rüber. Ich muss grinsen und überlege. Wieso eigentlich nicht, frage ich mich.

„Danke Eno. Das ist eine schöne Idee! Nein, ich bin noch zu Hause, aber ich schaue, wann ein Zug fährt und melde mich, sobald ich in Berlin bin."

„Wunderbar Mila. Ich hole dich dann ab. Bis gleich", sagt er herzlich, aber mit einem warmen Unterton.

Während ich ein paar Sachen in einen Koffer schmeiße, den mir Maya geliehen hat, kribbelt es doch ein wenig in meiner Magengegend. Ob das vielleicht doch wieder etwas Ernsthaftes zwischen uns wird? Allerdings war die Beziehung früher ganz offensichtlich nichts Ernsthaftes. Die Beziehung mit Gottfried ist, so kurz sie auch gewesen sein mag, wesentlich tiefer gewesen, doch den Gedanken schiebe ich sofort wieder weg. Die Beziehung kam zur falschen Zeit, doch es tut weh, daran zu denken.

Ich werfe und werfe Klamotten in den Koffer, weil ich dann vor dem 27. Dezember nicht wieder nach Hause zu fahren brauche. Es wird immer mehr und schon kriege ich ihn kaum noch zu. Online kaufe ich ein flexibles Ticket und sehe, dass der nächste Zug in einer Stunde kommt. Mit der U-Bahn fahre ich zum Bahnhof und nur wenige Minuten später, fährt der Zug ein. Ich setze mich hin und atme erstmal tief ein und aus.

Ich wäre Weihnachten natürlich nicht allein gewesen, zumindest nicht, wenn ich es nicht gewollt hätte. Denn sowohl Nina als auch Maya haben mich eingeladen, mit ihnen Weihnachten zu verbringen. Aber mal ehrlich: Das waren doch nur Höflichkeitsbekundungen!

Ich habe daher beide Einladungen jeweils damit abgelehnt, dass ich angeblich die andere angenommen habe. Maya hat ein wenig komisch geschaut, als ich meinte, dass ich mit Gottfried feiern werde. Aber schließlich hat mich ja Nina eingeladen und nicht er. Tja, also brauchte ich mich von niemandem zu verabschieden. Ich würde Maya am 26. Dezember einfach anrufen und ihr alles erzählen.

## 31. EIN WEIHNACHTSENO

Obwohl es kalt ist und recht viel Schnee liegt, hat der Zug beinah kaum Verspätung, ein absolutes Weihnachtswunder. Eno holt mich sogar vom Bahnhof ab, ich hatte ihm mit meinem Handy geschrieben, wann ich komme. Und er hat sogar eingekauft! Würstchen, Kartoffelsalat und Brot. Spätestens das sieht dem alten Eno so gar nicht ähnlich.

„Ja, das war eine echte Heldentat", stöhnt er. „Ich hatte das Gefühl, dass ich das nicht überleben werde."

„Wieso hast du denn nicht vorher eingekauft?" Er zuckt mit den Schultern.

„Ach, du kennst mich doch. Organisieren ist nicht so mein Ding. Deshalb war ich als Projektmanager auch total unfähig. Jetzt rechne ich die Pläne für die Brücken, das liegt mir mehr als Budgetierung."

So viel Selbstreflexion bin ich gar nicht gewohnt von Eno, aber vielleicht ist das auch nur eine Masche von ihm.

„Sag mal. Was macht denn eigentlich deine Familie heute? Wieso bist du nicht dort?" Er schaut mich etwas verwundert an.

„Ja ich dachte, dass wir deshalb nie zusammen Weihnachten gefeiert haben. Weil du dort warst."

„Ich habe mit meiner Familie seit Jahren keinen Kontakt mehr. Du hast doch immer mit Maya gefeiert. Das ganze Weihnachtsding ist halt nicht mein Ding."

„Und wieso hast du mich diesmal gefragt?"

„Na ja, als du erzählt hast, dass Maya jetzt plötzlich eine Familie hat, dachte ich mir, dass du da nicht sonderlich scharf drauf sein wirst."

„Du hattest also Mitleid mir."

„Quatsch. Ich hatte Mitleid mit mir. Ich wollte nicht allein sein."

„Und ich wollte dich sehen", fügt er nach einer kurzen Pause hinzu.

Ich kämpfe gegen das wieder aufkeimende warme Gefühl im Bauch, aber ich kann einfach nichts dagegen tun.

Ok, ich bin schwach. Ich lasse mich von ihm küssen, wieder und wieder, überall. Überall wo seine Hände waren, spüre ich ein sanftes Kribbeln auf der Haut.

\*\*\*

„Sag mal, Eno", frage ich und setze mich im Bett auf. „Kann ich eigentlich bis zum 27. Dezember bleiben oder soll ich morgen wieder verschwinden?" Eno schaut mich erstaunt an.

„Du kannst gerne bleiben, für immer, wenn du willst", sagt er sanft und schaut mich lächelnd an.

Was? Wo ist denn das jetzt hergekommen?

„Wie, für immer?"

„Mila. Ich wollte mit dir zusammenziehen, auch wenn ich das reichlich blöde rübergebracht habe. Das Ganze hier fühlt sich wie eine zweite Chance für uns an. Natürlich will ich dich nicht damit überfallen. Aber ich will dir einfach damit sagen, dass ich froh bin, dass du da bist und dass ich nicht will, dass du wieder gehst."

Uff, so viel Gefühlsduselei ist schon merkwürdig für ihn.

„Ja so viel Gefühlsduselei ist ganz schön merkwürdig für mich", lacht er. Dabei hat er allerdings keine so süßen Grübchen wie…, aber ich schiebe den Gedanken ganz schnell beiseite.

Hallo, kann jetzt jeder plötzlich meine Gedanken lesen? Oder stehen sie vielleicht auf meiner Stirn? Ich stehe auf.

„Bleib doch bitte. Habe ich dich überrumpelt?", fragt Eno bestürzt.

„Nein überhaupt nicht, ich muss nur mal", lüge ich und marschiere ins Bad.

Ich brauche jetzt Abstand. Irgendwie habe ich diese Richtung gar nicht für mich geplant, geschweige denn kommen sehen. Aber du bist auch ohne zu zögern gleich zu ihm gefahren, sagt meine innere Stimme ziemlich vorlaut.

Ich seufze. Ich will mich auf meinen neuen Job konzentrieren, da kann ich solche Sachen nicht gebrauchen. Aber ich will auch nicht allein sein in dieser großen anonymen Stadt. Langsam gehe ich zurück zu Eno ins Schlafzimmer.

„Wie hast du eigentlich die Wohnung gefunden, Eno? Kannst du mir einen Makler empfehlen?", frage ich und kuschele mich wieder zu ihm ins Bett.

„Natürlich Mila." Ich höre die Enttäuschung, aber ich ignoriere sie. „Ich suche dir seine Nummer raus."

Und dann ist irgendwie die Luft raus aus dem Abend. Wir stehen auf und machen uns die Würstchen heiß. Dann sitzen wir schweigend am Tisch, aber ich kann nichts essen. Auch Eno stochert nur in seinem Kartoffelsalat rum.

„Es tut mir leid", sagt Eno schließlich und schaut mich traurig an.

Fast tut er mir ein bisschen leid, aber nur fast.

„Was hast du denn erwartet", sage ich kühler als beabsichtigt. „Du warst einfach weg. Du hast mich ja noch nicht einmal gefragt, ob ich mitkommen möchte!"

„Ich wusste gar nicht, dass du das wolltest", sagt Eno erstaunt.

„Weil du mich nicht gefragt hast", sage ich zornig und plötzlich kullern Tränen über mein Gesicht.

Ich werde noch wütender und versuche sie wegzuwischen. Eno räuspert sich und weiß natürlich nicht, was er sagen soll. War ja klar. Das ist so typisch für ihn.

„Es tut mir leid", sagt er hilflos. „Ich habe da gar nicht drüber nachgedacht. Schließlich wollte ich nicht dortbleiben. Ich wollte zu dir zurückkommen können. Du warst mein fester Punkt in Deutschland."

Dabei reibt er sich die Nasenspitze, wie immer, wenn er nervös ist und genau wie ich es auch immer mache.

„Und was sollte der Mist mit `warte nicht auf mich?", frage ich so zornig wie ich mit verheultem Gesicht eben sein kann.

Wortlos reicht mir Eno ein Taschentuch.

„Ach das. Ich habe gesehen, dass ich es verbockt hatte. Ich hatte gehofft, dass du dich meldest."

„Habe ich doch. Dein Telefon war aber schon abgemeldet und bei deinem Handy ging nur die Mailbox ran!", sage ich und werde wieder wütend, als ich daran denke.

„Ich habe gar keinen Anruf auf meinem Handy gehabt", sagt er erstaunt.

„Was genau hätte das eigentlich geändert, wenn ich dich erreicht hätte? Wärst du dann nicht nach Australien gegangen?"

„Doch." Dann grinst er mich an. Plötzlich ist die vertraute Stimmung wieder da. Eno steht auf und nimmt mich zärtlich in die Arme.

„Ich habe da so ein fantastisches Schaumbad. Möchtest du es nicht vielleicht ausprobieren?" Ich nicke benommen und schon geht er ins Badezimmer.

Den Rest des Heiligabends verbringen wir in der Badewanne. Und endlich erzählt mir Eno von seiner Familie! Ob es das heiße Badewasser ist oder ob er einfach zeigen will, dass er sich geändert hat. Ich weiß es nicht, aber ich höre ihm einfach zu.

„Ich komme aus einem echten Kuhdorf in Mecklenburg-Vorpommern." Ich nicke. Ja, so viel weiß ich schon.

„Mein Vater und meine Mutter haben von früh bis spät auf dem Hof gearbeitet. Meine beiden Schwestern sind zehn bzw. fünfzehn Jahre älter als ich. Und ich war halt der kleine Prinz. Nichts durfte ich selbst machen. Ich wurde verhätschelt und verwöhnt, bis klar wurde, dass ich den Hof gar nicht übernehmen wollte. Und meine Schwestern anfingen, sich zu streiten, wer von ihnen beiden das Ganze übernehmen wird. Jeder ihrer Ehemänner wollte natürlich den Hof für sich allein haben. Mich hat das Ganze einfach nicht interessiert. Ich habe mich für Bauingenieurswesen eingeschrieben und hatte das Glück, dass ich für ein Ingenieursbüro arbeiten konnte. Erst als Aushilfe, später durfte ich dann mehr machen. Meine Familie war sauer und hat mich unter Druck gesetzt, es ist ein Wunder, dass ich irgendwie den Bachelor geschafft habe. Mit dem Abschluss habe ich meinen ersten Job bekommen und bin daher im Ruhrgebiet gelandet. Abends und am Wochenende konnte ich dann meinen Master machen. Seit ich weggezogen bin, habe ich nie wieder mit meiner Familie gesprochen. Sie waren so unheimlich wütend, sagten, ich sei undankbar und nicht mehr ihr Sohn, also habe ich aufgehört, ihr Sohn zu sein. Selbst als mein Vater gestorben ist, habe ich mich nicht gemeldet, ich war nicht einmal bei seiner Beerdigung. Der Hof ist wohl mittlerweile verkauft worden, hat mir ein Schulkollege erzählt. Ich weiß gar nicht, wo meine Schwestern jetzt leben oder ob meine Mutter noch lebt. Es ist mir auch egal."

Doch ich kann spüren, dass ihm das nicht ganz so egal ist wie er tut, aber ich rühre nicht daran, sondern nicke nur stumm.

„Weißt du, deshalb habe ich einfach nie über meine Familie gesprochen. Weil es einfach nichts zu erzählen gibt.".

„Und möchtest du deshalb keine eigene Familie haben?" Egon nickt erst, zögert dann aber und hält inne.

„Vielleicht ja, aber eigentlich habe ich da nie großartig drüber nachgedacht, als wir zusammen waren. Es war halt gut so wie es war."

„So habe ich das auch immer empfunden. Mir hat eigentlich nie etwas gefehlt." Bis ich mit Gottfried zusammengekommen bin und gesehen habe, wie eine Beziehung eigentlich sein kann, füge ich gedanklich hinzu.

„Ich war furchtbar enttäuscht von dir." Jetzt ist es raus und traurig schaut mich Eno an.

„Ja, das habe ich wirklich vermasselt, Mila. Es tut mir leid." Er schaut mir in die Augen und ich erwidere seinen Blick. Dann küssen wir uns. Das Badewasser ist längst kalt geworden und ich fange an zu zittern.

„Frierst du?", fragt Eno besorgt und steht auf.

„Ein bisschen", bibbere ich und steige aus der Wanne.

„Hast du noch Hunger?", fragt Eno, nachdem wir uns abgetrocknet haben.

Ich schlüpfe schnell in meinen Schlafanzug und hocke mich an die Heizung.

„Nein, danke Eno."

„Bist du sicher?", fragt er stirnrunzelnd. „Du hast kaum etwas gegessen. Jetzt wo wir darüber reden, fällt mir erst auf, wie verändert du aussiehst, Mila!" Er blickt mich an und ich nicke.

„Ich habe ein bisschen abgenommen, ja. Gefällt es dir nicht?", frage ich unsicher. Aber ich ärgere mich sofort darüber, denn eigentlich habe ich ja für mich abgenommen und nicht, um jemanden zu beeindrucken.

„Na ja, vorher hast du mir auch schon sehr gut gefallen", meint Eno skeptisch.

„Du fandest mich nie zu dick?"

„Wieso denn auch?", lacht Eno erstaunt.

Ich mag sein Lachen, aber es ist nicht ganz so melodisch wie Gottfrieds, doch ich verdränge den Gedanken schnell wieder. Er nimmt mich zärtlich in den Arm und wir gehen schlafen.

Den ersten Weihnachtsfeiertag verbringen wir zwar zusammen, aber Eno muss arbeiten. Das stört mich nicht. Ich schlafe erstmal aus, futtere eine Scheibe Brot und gehe dann joggen. Eno blickt nur kurz auf.

„Wohin gehst du, Mila?"

„Ich wollte ein bisschen joggen gehen."

„Viel Spaß, es regnet", sagt er trocken.

„Das macht mir nichts", grinse ich. „Ohne Fleiß kein Preis."

Eno hört jedoch gar nicht mehr zu, sondern widmet sich wieder seinen Berechnungen. Im Februar oder März wird er nach China fliegen, bis dahin muss alles abgesprochen sein, hat er erzählt.

Ich laufe durch den Regen bis ich völlig durchnässt bin. Wieso mache ich das eigentlich, frage ich mich kopfschüttelnd. Vielleicht melde ich mich doch in einem Fitnessstudio an, das ist wenigstens trockener.

Ob Eno mir eines empfehlen kann? Früher war er Mitglied, aber kein aktives. Er ist allerdings mit einem super Stoffwechsel gesegnet und braucht für seinen Waschbrettbauch nicht viel zu tun. Gottfried wäre ganz schön neidisch. Ich lache bei diesem Gedanken, obwohl das gar nicht lustig ist. Ich muss immer viel an Gottfried und Nina denken und fühle wieder Wehmut in mir hochsteigen. Wenn ich in meiner neuen Wohnung bin, werde ich Nina mal wieder anrufen. Das nehme ich mir fest vor, als ich Enos Haustür aufschließe. Eno empfängt mich mit einem Grunzen und ich gönne mir erstmal eine lange, heiße Dusche.

Danach koche ich für Eno und mich Spaghetti mit Tomatensauce, in die ich die restlichen Würstchen reinschnippele. Es wird sogar einigermaßen genießbar.

Nach dem Essen schauen Eno und ich einen Film, laufen ja genügende zu Weihnachten. Dabei kuschele ich mich an ihn. Es fühlt sich an wie früher, zumindest ein bisschen.

„Fühlt sich an wie früher", sagt Eno zufrieden und mein Herz macht einen Satz.

## 32.  TÜR AN TÜR

Am 27. Dezember sitze ich allein in der kleinen Wohnung, die mir der Verlag für eine kurze Dauer überlassen hat. Herr Brückner hat mir sogar den Schlüssel persönlich vorbeigebracht und sich selbst davon überzeugt, dass ich gut untergebracht bin. Die Wohnung ist ok, nicht viel kleiner als meine alte Wohnung. Das Schöne ist, dass alles da ist: Telefon, Internet und sogar ein kleiner Fernseher.

Eno hat mir die Karte von seinem Makler gegeben. Die Karte des Maklers, die mir Herr Brückner gegeben hat, habe ich irgendwo verloren, ich bin wirklich ein Schussel. Ich schreibe gleich dem Makler von Eno eine Anfrage per Mail.

Der Kühlschrank ist leider leer, deshalb flitze ich erstmal zu einem Supermarkt. Das Chaos muss in etwa vergleichbar sein mit dem, was Eno am 24. Dezember erlebt hat. Es ist höllisch! Ich bin froh, als ich wieder in meiner Wohnung bin. Ich schaue auf die Uhr und beschließe, endlich Maya anzurufen.

„Hallo Maya! Küsschen links!"

„Küsschen rechts, Mila und Frohe Weihnachten! Wie schön von dir zu hören! Wie war dein Weihnachten mit Egon?"

Ich bin völlig perplex.

„Wie...?"

„Ach bitte, Mila. Das war doch sonnenklar! Und du warst gar nicht zu Hause, sondern bist bereits in Berlin. So schwierig war das nicht, sich das zu überlegen. Und Nina ist übrigens vorbeigekommen, um dir dein Weihnachtsgeschenk vorbei zu bringen. Ich meinte nur, dass du bald kommst." Irgendwie schäme ich mich ein bisschen.

„Oh nein. Ich hoffe, sie war nicht sauer deswegen. Ich habe ihr gesagt, dass ich bei euch feiere."

„Halb so wild. Ich glaube nicht, dass sich eine Achtjährige darüber Gedanken macht. Sie ist auch gleich wieder losgedüst. Die beiden scheinen recht gut miteinander zurecht zu kommen."

„Meinst du?"

„Ich glaube ja, aber das ist nur so ein Gefühl. Wie geht es dir eigentlich in Berlin? Ist Egon bei dir?"

„Nein, ich bin jetzt allein in der geliehenen Wohnung des Verlags. Ich bin froh, dass ich erstmal eine Wohnung für den Übergang Verfügung habe. Eno hat mir die Nummer von seinem Makler gegeben. Ich habe ihm gerade eine Mail geschrieben."

„So, so Egons Makler."

Ich kann hören, dass sie die ganze Sache immer noch recht kritisch sieht. Aber das ist auch gut so. Eine von uns sollte schließlich einen kühlen Kopf behalten.

„Weihnachten war schön", sage ich zögernd. „Eno hat mir ein bisschen was von seiner Familie erzählt." Maya schnaubt in den Hörer.

„Na ja, ich hoffe nicht, dass das seine neue Masche ist, um dich wieder weich zu kochen."

Ich werde wieder unsicher, ich kann einfach nichts dagegen tun.

„Das habe ich auch überlegt, aber es war einfach nett und meistens recht unkompliziert."

„Wieso meistens?", fragt Maya sofort. Typisch Anwältin halt.

„Ich habe ihn wegen der Australiensache zur Rede gestellt."

„Na endlich!", ruft Maya begeistert.

„Na ja, ich wollte das endlich geklärt haben. Er ist auch immer noch sehr kleinlaut deswegen, aber diesmal hat er sich wenigstens entschuldigt."

„Na, das ist ja auch das Mindeste!"

„Danach war es erstmal recht ungemütlich. Und dann sind wir baden gegangen." Maya lacht.

„Ja so eine Badewanne kann sehr entspannend sein. Ich könnte auch mal wieder eine vertragen. Aber seitdem die Zwillinge da sind, waren wir nicht mehr baden." Ich lache jetzt auch.

„Hey, wir waren tatsächlich baden!"

„Ich rede doch auch vom Baden. Was dachtest du denn?", lacht Maya empört.

Wir lachen beide und quatschen bestimmt noch eine weitere Stunde. Danach packe ich meinen Koffer aus, den mir Herr Brückner netterweise nach oben getragen hat.

Es ist gerade mal vier Uhr nachmittags. Ich schnappe mir meine Joggingsachen und laufe nach draußen. Der Verlag ist zum Glück nur fünf Minuten von hier entfernt. Ich jogge erstmal die Straße entlang und schaue mir alles an.

Wieder zuhause dusche ich und schmeiße mich vor den Fernseher. Plötzlich klingelt mein Handy.

„Guten Tag. Mein Name ist Junker. Spreche ich mit Frau Koslowski? Sie hatten mir eine Mail geschickt. Sie suchen eine Wohnung?"

Ich muss mich erstmal räuspern, bevor ich antworte.

„Guten Tag, Herr Junker! Vielen Dank für Ihren Anruf. Arbeiten Sie diese Woche?", frage ich erstaunt.

„Nun ja, das Geschäft muss laufen. Ich bin selbstständig, also muss ich immer arbeiten", sagt er und ich kann sein Lächeln durch den Hörer spüren. Die Stimme klingt sehr angenehm, trotz des bayrischen Akzents.

„Hätten Sie denn etwas, was Sie mir zeigen können?"

„Ich hätte schon was da. Wie ist es denn mit Ihrer Zeit bestellt?"

„Ich könnte sofort, wenn Sie wollen." Er lacht.

„Ah, eine ganz spontane sind Sie. Ja dann. Wie schnell könnten Sie denn am Magdeburger Platz sein?"

„Also ich wohne zurzeit in der Lützow Straße. Wie weit wäre das? Ich kenne mich hier gar nicht aus."

„Ach, da sind sie gar nicht weit entfernt. Entweder 10 Minuten zu Fuß oder eine Station mit der Bahn."

Schnell ziehe ich mich an und flitze zu der Adresse. Also die Lage ist schon nicht schlecht, denke ich, denn der Supermarkt, in dem ich heute einkaufen war, ist direkt gegenüber.

„Guten Tag. Frau Koslowski?", fragt mich ein blondgelockter Typ. Irgendwie hatte ich mir den ganz anders vorgestellt. Er reicht mir eine schmale Hand.

„Ja, die bin ich. Guten Tag, Herr Junker."

Wir tauschen einen kräftigen Händedruck, den ich ihm nicht zugetraut hätte. Zum Glück muss ich morgen noch nicht arbeiten, denke ich und reibe mein schmerzendes Handgelenk.

Die Wohnung: Na ja. Unrenoviert, dafür aber in meinem Budget. Berlin ist ganz schön teuer, das habe ich nach einem kurzen Blick ins Internet gesehen. Und mein Gehalt ist zwar besser als das Letzte, aber nicht sehr viel und das wird wohl komplett für die Miete draufgehen. Herr Junker sieht in mein Gesicht und lacht.

„Es tut mir leid, ihr Budget ist recht gediegen. Aber mit ein bisschen Aufwand kann man es sich hier auch schön machen. Wo werden Sie denn arbeiten, wird es weit sein?"

„Nein, direkt um die Ecke."

„Ja dann spricht doch einiges dafür."

„Haben Sie vielleicht auch etwas zum Vergleich?", frage ich unentschlossen. Er nickt.

„Ja, aber die wäre etwas weiter weg. Schon einige Haltestellen von hier in der Turmstraße." Ich atme hörbar aus.

Das ist dieselbe Straße in der Eno wohnt! Und tatsächlich gehen wir ein Stück die Straße entlang und bleiben direkt vor Enos Haus stehen. Ich muss schlucken.

„Ja, hier habe ich erst vor wenigen Monaten eine Wohnung vermietet. Die Wohnungen sind in einem wesentlich besseren Zustand, ebenfalls in Ihrem Budget und wesentlich näher am Bahnhof."

Wir gehen die Treppen rauf und was soll ich sagen. Es ist die Tür gegenüber von Enos Wohnung. Herr Junker macht die Wohnung auf und schon sind wir in einer identischen Wohnung wie Eno sie hat. Die Wohnung ist in einem wesentlich besseren Zustand als die andere. Zumindest ist kein windschiefer Holzfußboden drin. Der angegammelte Teppich ist allerdings auch nicht meins, aber das kann man ja ändern. Tja und schon habe ich eine neue Wohnung. Im selben Haus wie Eno.

## 33.   ARBEITSALLTAG

Silvester war ruhig. Nein, ich war nicht bei Eno, sondern bei Maya. Ich musste ja eh meine Wohnung aufräumen, putzen und noch mehr Sachen einpacken. Zum Glück hat mir Maya noch einen Koffer geliehen, zusätzlich zu dem, den sie mir bereits gegeben hat. Ich besitze tatsächlich nur eine kleine Sporttasche, schließlich bin ich ja in meinem ganzen Leben noch nie wirklich verreist, außer mit meinen Eltern. Und mein Budget sieht solche Ausgaben im Augenblick gar nicht vor.

Es war schön, wieder in meiner Stadt zu sein. So toll ich es auch finde, jetzt in Berlin zu wohnen.

Mayas Zwillinge sahen allerdings ganz anders aus als beim letzten Mal.

„Hast du dir neue angeschafft?", habe ich Maya verblüfft gefragt.

„Nee", hat sie gelacht. „Aber es stimmt, die beiden sehen ganz anders aus als noch vor vier Wochen."

„Vor allem sehen sie jetzt viel unterschiedlicher aus."

Die verschiedenen Sachen sind gar nicht mehr nötig, um sie auseinander zu halten. Nachdem ich in der Wohnung alles zusammengepackt hatte, habe ich Nina angerufen.

„Hallo Nina. Wie geht es euch?"

„Hallo Mila", sagte Nina aufgeregt. „Wie ist es in Berlin? Wenn ich groß bin, will ich auch da wohnen!"

„Ach, es ist ganz ok. Ich ziehe die Übersichtlichkeit unserer Stadt vor, aber es ist schon toll."

Nina hat von der Schule erzählt und von ihren Freunden, natürlich nichts von ihrem Vater. Was sollte sie da auch erzählen, außer, dass er viel arbeiten muss.

Und dann habe ich Maya meinen Wohnungsschlüssel in die Hand gedrückt, falls Interessenten meine Wohnung besichtigen wollen. Natürlich muss ich noch mal kommen und den letzten Rest einpacken, mal schauen, wann ich das mache.

Ich laufe mit meinem Koffer zum Bahnhof und lasse mein altes Leben hinter mir.

\*\*\*

Und heute ist es endlich soweit! Es ist der 2. Januar.

Mein Kühlschrank ist beinah leer, also futtere ich schnell ein kleines Stück Gurke, bevor ich zum Verlag gehe, weil selbst mein Müsli bereits alle ist.

Der Weg beträgt ungefähr 4 Kilometer. Ich bin ganz froh, dass ich etwas zur Arbeit laufen muss. Dadurch brauche ich keine extra Zeit fürs Joggen und spare mir erstmal das Ticket. Ich muss mal schauen, was ein Monatsticket im Abo kostet, aber erstmal werde ich wohl laufen.

Ja, erstmal denke ich und steige mit klopfendem Herz in den Aufzug. Wer weiß, wie lange ich in diesem Job sein werde.

In dem Gebäude sind auch andere Büros, der Verlag nimmt aber mindestens 4 Etagen ein und wirkt schon dadurch sehr imposant.

Ich kann es einfach nicht glauben, dass ich die Stelle bekommen habe! Bei einem Wissenschaftsverlag!

Herr Brückner wartet auch bereits am Empfang auf mich. Wie nett! Er streckt mir seine Hand entgegen und schüttelt sie kräftig. Aua. Meine Hand hat sich immer noch nicht von Herrn Junker erholt.

„Frohes Neues Jahr, Frau Koslowski! Bitte folgen Sie mir. Wir haben einfach unser wöchentliches Meeting auf heute gelegt. Selbstverständlich nicht nur wegen Ihnen", sagt er schnell und lacht. Hätte ich auch gar nicht erwartet!

„Es macht ja Sinn, am Jahresanfang sich zu besprechen", sage ich lächelnd. „Sind denn auch noch mehr neue Kollegen da?"

„Sie sind die Erste. Einen neuen Kollegen erwarten wir noch für den ersten Februar, allerdings für die Kultursparte."

„So, hier sind wir schon. Frohes Neues Jahr alle zusammen", sagt er und nickt in die Runde.

Die Leute nicken mir alle freundlich zu und schon geht es los. Artikelplanung, Übergreifende Artikel, die unterstützt werden sollen. Hier wird vorerst mein Part sein. Ich soll erstmal recherchieren und auch korrigieren. Ich stelle jedoch schnell fest, dass ich mich hier in bester Gesellschaft befinde, wenn ich auch die Einzige bin, die nicht promoviert hat. Ich und Herr Brückner.

Ich bin sogar ganz froh, dass ich erstmal nur redigiere und keine eigenen Artikel schreiben muss. Ich habe so was ja noch gar nicht gemacht.

Als mich Herr Brückner zu meinem Bürotisch führt, sehe ich erstmal, dass wir alle in einem riesigen Großraumbüro sitzen. Natürlich habe ich auch bei meinen letzten Jobs kein eigenes Büro gehabt, aber wir waren sehr viel weniger Mitarbeiter und die Chefs hatten alle ihre eigenen Büros. Hier sitzen auch die Chefs im selben Raum.

„Ja", sagt Herr Brückner, „das fördert die interne Kommunikation. Und man hört sich telefonieren und ist gleich informiert, ohne dass man großartig Mails rumsenden muss."

Ich lächele in mich rein. Ich mag Herrn Brückners Sprache. Auch jetzt hat er wieder keine Spur von Ironie in der Stimme gehabt, sondern einfach nur einen gewissen Humor hineingelegt. Sehr angenehm. Und auch insgesamt ist es eigentlich ganz ok. Binnen einer Stunde habe ich zehn Artikel auf meinem Schreibtisch liegen, die ich lesen soll. Schon beim Ersten habe ich Anmerkungen und Vorschläge, die ich ganz vorsichtig versuche, anzubringen. Frau Wagner lächelt mich freundlich an.

„Bitte sag doch Elfie zu mir. Unter uns Kollegen duzen wir uns alle. Nur Herr Brückner besteht auf das Sie, der ist halt noch alte Schule. Und anscheinend möchte er eine gewisse Distanz bewahren. Du brauchst nicht so unsicher rüber zu kommen. Deine Vorschläge sind gut, ich werde darüber nachdenken. Und es ist besser sie loszuwerden, als sich hinterher zu ärgern, weil man wieder mal keinen Ton rausgekriegt hat."

Ich schaue sie etwas betreten an.

„Tut mir leid", sagt sie beschwichtigend. „Ich sage halt immer, was ich denke. Und ich kann falsche Bescheidenheit nicht leiden."

„Gut", sage ich unsicher. „Das wären so weit meine Anmerkungen. Ich hoffe Sie, äh Du kannst etwas damit anfangen."

Sie lacht mich offen an.

„Kopf hoch, Mila, das wird schon."

Und dann wende ich mich dem nächsten Artikel zu. Eigentlich keine schlechte Aufgabe, denn ich lerne gleich, wie die Artikel aufgebaut sind. Wenn ich promoviert hätte, wäre es sicherlich leichter für mich, wissenschaftliche Artikel zu verfassen, allerdings ist dieser Artikel gar nicht mal so toll geschrieben, aber was weiß ich schon. Ich kritzele Anmerkungen hin und gehe zu dem Kollegen hin.

„Hallo. Ich habe Ihren Artikel gelesen. Hätten Sie Zeit, ihn mit mir durchzusprechen?" Der Kollege sieht mich genervt an.

„Jetzt nicht. Ich bin beschäftigt. Legen Sie ihn einfach da hin. Wenn ich was brauche, komme ich zu Ihnen."

Ich lege den Artikel hin und setze mich an den dritten. Der hat dann mal eben schlappe 30 Seiten. Puh. Ich schaue auf die Uhr. Es ist schon eins. Ich schaue in die Runde, jeder arbeitet an irgendwas.

„Gehen Sie eigentlich etwas essen oder bringt sich jeder etwas mit?", frage ich laut. Nur Elfie sieht auf.

„Ach, ist das schon so spät? Lasst uns gehen!"

Und schon stehen 5 Leute auf und marschieren mit ihr los. Ich zögere, aber Elfie ruft:

„Worauf wartest du, Mila? Auf eine schriftliche Einladung?" Also laufe ich schnell hinter den anderen her.

Die Kantine ist ganz oben im letzten Stock. Der Geruch ist nicht ganz so anheimelnd, aber zumindest bekomme ich so eine warme Mahlzeit, ohne kochen zu müssen. Die Kantine ist sogar recht groß. Es gibt sogar mehrere Beilagen, Schnitzel und Bratwurst. Ich schnappe mir ein Schälchen Salat und ein Schälchen Pommes. Immerhin bin ich ja bereits beinah 4 Kilometer gelaufen! Das muss jetzt sein.

„Das sieht ja spartanisch aus", sagt eine Kollegin freundlich zu mir. Ich stammele etwas von `ich habe noch keinen richtigen Hunger` und gehe zahlen.

Beim Essen sitze ich still daneben. Die anderen quatschen laut über die Artikel, die sie heute in der Zeitung gelesen haben. Also muss ich mir schleunigst eine Zeitung besorgen. Am besten, ich fange eine Stunde eher auf der Arbeit an, um genügend Zeit zum Lesen zu haben. Zum Glück haben wir ja mehrere Tageszeitungen da. Man muss seine Konkurrenz ja kennen, pflegte Christine immer zu sagen, womit ich ihr ausnahmsweise mal zustimmen muss. Und mir immer einen Haufen Geld gespart hat.

„Woher kommst du eigentlich", fragt mich plötzlich ein Kollege neben mir.

„Aus dem Ruhrgebiet", antworte ich.

„Und ist die Luft da immer noch so dick?", witzelt die Kollegin, die meine Essensportion kommentiert hat. Ich lache.

„Die meiste Zeit geht es. Aber wenn man dort lebt, merkt man das ja nicht mehr so."

Alle lachen und irgendwie ist das Eis gebrochen. Freundlich lächeln mir die Kollegen zu und stellen sich mit ihrem Vornamen vor. Zum Glück nimmt es mir niemand übel, dass ich die seit der Weihnachtsfeier wieder vergessen habe.

„Wir sind eine feste Truppe, die meistens zusammen essen geht. Die anderen gehen später oder gar nicht. Na ja, jedem das Seine", rümpft Elfie die Nase.

Ich glaube, dass Elfie mich mitgenommen hat, hat mir bei den anderen Pluspunkten verschafft. Sie scheint eine Respektsperson unter ihnen zu sein.

„Wie groß ist das Team eigentlich?"

„Wir sind 12 fest angestellte Mitarbeiter, dazu kommen noch ein paar Freelancer, die immer wieder mal etwas schreiben. Im Augenblick ist das ganz angenehm, dass du die Artikel liest", grinst sie.

„Na ja, ich hoffe nicht, dass das so bleibt", sage ich trocken.

„Natürlich nicht", sagt die Kollegin schnell, die, glaube ich, Claudia heißt.

„Wir haben schließlich alle mal so angefangen", sagt jetzt Jochen neben mir.

„Sonst müssen wir halt untereinander die Artikel lesen."

„Außer man hat das nicht nötig, weil man Mr. Super ist."

Die anderen nicken und selbst ich weiß bereits, wer damit gemeint ist.

„Dabei ist der noch nicht mal promoviert", sagt Marcel herablassend.

„Ich dachte, ihr seid alle promoviert", sage ich erstaunt.

„Ihr? Du etwa nicht?", fragt Berta (Roberta, aus Boston übrigens. Wahnsinn. Da möchte ich auch mal hin).

„Hat sich nicht ergeben", sage ich und zucke mit den Schultern.

„Macht ja nichts. Meine Promotion über die Wildpferde in der Camargue hat auch nichts mit meiner Arbeit hier zu tun", meint sie trocken. Die anderen nicken und ich fühle mich nicht mehr ganz so ungebildet zwischen den ganzen Doktoren.

„Interessant, dass es doch noch mehr Leute gibt, die nicht promoviert haben."

„Das mit den Promotionen hat erst vor zwei Jahren angefangen", erzählt Elfie. „Das kam mit dem Wechsel der Geschäftsführung. Alles Leute aus angesehenem Hause und natürlich mit Promotion."

„Wie auch immer sie die bekommen haben", setzt Claudia leise hinzu, so dass nur wir das hören können. Damit erheben wir uns und gehen wieder an die Arbeit.

## 34.    HEIMELIG

Und irgendwie lebe ich jetzt tatsächlich woanders als im Ruhrgebiet, was für jeden Ruhrgebietler wahrscheinlich eine merkwürdige Vorstellung ist. Im Ruhrgebiet ist man meist recht schnell in einer anderen Stadt, in Berlin kann ich eine Stunde mit der Bahn fahren und bin immer noch in Berlin. Zumindest ist das Straßenbahnnetz in Berlin super ausgebaut und selbst Umsteigen kostet meistens wenig Zeit. Ich genieße das Großstadtflair, die vielen Touristen stören mich nicht, denn die befinden sich eher bei den Sehenswürdigkeiten und dafür habe ich ohnehin wenig Zeit.

Ich mache es mir in meinem alten Sessel gemütlich und lese einen Artikel, den Claudia geschrieben hat.

Meine alte Wohnung ist immerhin ab März wieder vermietet worden, das hat mir immerhin eine Monatsmiete gespart und ich hatte genügend Zeit, alles auszuräumen. Aleks hat mir meine Sachen mit ein paar Kollegen nach Berlin gebracht und ich konnte Ende Januar bereits in meine neue Wohnung einziehen. Es ging alles so schnell, so dass ich noch keine Zeit hatte, um durchzuatmen.

Ich muss immer noch lachen, als ich daran denke, wie ich plötzlich vor Enos Tür stand.

„Hat dich jemand reingelassen?", hat er verdutzt gefragt.

„Nö", sagte ich und zeigte ihm den Schlüssel.

„Von wem hast du denn meinen Schlüssel?", fragte er alarmiert.

„Wieso", fragte ich erstaunt, „du wolltest doch, dass ich einziehe."

„Doch, doch natürlich! Aber von wem hast du den Schlüssel bekommen?", meinte er immer noch verblüfft.

„Vom Vermieter", sagte ich trocken. „Und er ist nicht für deine Wohnung, sondern für meine." Daraufhin bin ich einfach über den Flur gegangen und schloss demonstrativ meine Haustür auf. Eno hat nicht gerade intelligent geguckt.

„Du wohnst jetzt auch hier?" Ich musste wirklich lachen, über sein verblüfftes Gesicht.

„Tue ich. Was dagegen?" Eno hat dann auch angefangen, zu lachen. Zum Glück hatte er sich schnell wieder gefangen.

„Ist vielleicht gar keine schlechte Idee so mit zwei Wohnungen nebeneinander. Aber ich hoffe, dass wir die Nächte meistens zumindest in derselben Wohnung verbringen werden." Daraufhin hatte er mich zärtlich in die Arme genommen und mich geküsst, meine Schmetterlinge waren allerdings recht schläfrig und wollten nicht so recht. Trotzdem lächele ich bei dieser Erinnerung, denn auch wenn das Bauchgefühl nicht so flatternd ist, wie es mal war, läuft es doch ganz gut mit Eno. Ich suche nicht nach der großen Liebe, es ist einfach schöne, dass jemand da ist, zumindest versuche ich, mir das einzureden.

Als Eno die Wohnung das erste Mal gesehen hat, hat ihn allerdings beinah der Schlag getroffen.

„Wieso ist dieser Teppich noch drin? Der stammt doch bestimmt noch vom vorletzten Mieter! Soll ich dir damit helfen?"

„Ja bitte", seufzte ich. „Hast du ein Teppichmesser?"

Eno hatte ein Teppichmesser und zusammen haben wir das alte Ding rausgerissen.

„Wann ziehst du denn ein, Schatz?"

Bei dem Wort Schatz dachte ich nur: Oh je, ich weiß immer noch nicht, ob ich das wieder will. Aber ich habe es dabei belassen.

„In zwei Wochen. Der Nachmieter für meine Wohnung zieht zum ersten Februar ein. Aber glücklicherweise hat mir Herr Junker den Schlüssel schon besorgt. Die Wohnung ist ja schon seit langem unbewohnt."

„Ja, auf jeden Fall schon länger, denn Herr Junker hat sie mir auch gezeigt, aber meine Wohnung war dann doch in einem sehr viel besseren Zustand. Was machst du jetzt mit dem Boden? Wie willst du jetzt so schnell einen neuen bekommen?"

„Ich werde mal mit Maya sprechen. Vielleicht kann mir Aleks helfen."

„Wer ist doch gleich Aleks?", fragte Eno verwirrt.

„Der Vater ihrer Zwillinge."

Irgendwie kann sich Eno das Ganze nicht merken, was wahrscheinlich an der Unglaublichkeit des Ganzen liegt. Wenn ich es nicht selbst miterlebt hätte, würde es mir auch schwerfallen, das Ganze zu glauben.

„Ich muss mal schauen. Wenn ich den ganzen Krempel nicht binnen zwei Wochen rüber bekomme, muss ich halt auf dem Boden schlafen."

„Das brauchst du nicht. Bei mir steht doch ein sehr bequemes Bett. Und da könnten wir jetzt eigentlich auch mal hingehen. Also, nachdem wir geduscht haben", meinte Eno.

\*\*\*

Zufrieden blicke ich mich in meiner neuen Wohnung um. Den Teppich haben wir in Streifen geschnitten und in kleine Rollen gedreht, so konnten wir ihn Müllbeutel stopfen. Mir wäre so etwas nie eingefallen, ich bin wirklich froh, dass Eno mir geholfen hat. Des Weiteren hatte ich mir Sorgen über die Entsorgung gemacht, aber letztendlich war alles kein Problem. Das ist halt der Vorteil, wenn man jemanden kennt, der mit einem Handwerker liiert ist, denn dieser Handwerker kennt auch andere Handwerker und manchmal leben die auch noch in derselben Stadt wie man selbst, in Berlin.

Ja ich weiß, das klingt unrealistisch, aber ein Anruf bei Maya hat tatsächlich genügt! Von einem Auftrag in Berlin kennt Aleks noch Leute hier.

Ich bin zu einem Teppichladen gegangen, und habe Laminat ausgesucht. Da Eno ja gut rechnen kann, hat er mir die Wohnung ausgemessen und abgeschätzt, wieviel Laminat ich brauche, es bestellt und dann mit Aleks einen Termin ausgemacht. Natürlich haben Aleks

Kollegen das nicht für umsonst verlegt. Ich habe mir schweren Herzens etwas Geld von Maya leihen müssen, aber in so kurzer Zeit konnte ich das nicht aufbringen. Und ich bekomme schon Vorzugspreise und Rabatte durch Aleks für Farbe und auch das Laminat. Er hat mit dem Ladeninhaber, wo ich das Laminat gekauft habe, telefonisch verhandelt und ich habe die Lieferung kostenlos bekommen. Ein echter Schatz, dieser Typ.

Zusammen mit Eno habe ich die Wohnung gestrichen. Als das Laminat geliefert wurde, ist Aleks mit zwei Kollegen vorbeigekommen und hat die 50 m² binnen weniger Stunden verlegt.

„Bitte grüß Maya von mir!"

„Das mache ich", sagte Aleks herzlich und hat mich sogar dabei gedrückt. „Tut mir leid, aber ich muss nach Hause. Die Zwillinge zahnen. Wir sehen uns ja in zwei Wochen!"

Und schon waren sie weg, sogar mit dem vergammelten Teppich. Was für ein Kerl! Ich habe allen zwanzig Euro in die Hand gedrückt, auch wenn ich mir das eigentlich nicht leisten konnte.

Anfang Februar bin ich mit Eno in meine alte Wohnung gefahren. Was für ein Glück, dass sich sein Auftrag um einen Monat verschoben hat! Er hat mir geholfen, alles in Kisten zu verstauen. War ja zum Glück nicht viel, so dachte ich. Aber dann wurden es doch 30 Kisten. Wo kommt denn dieser ganze Krempel her, habe ich mich gefragt. Die Möbel brauchten wir glücklicherweise nicht auseinander zu bauen. Das geht schneller, wenn wir das Tun, hatte Aleks zu mir augenzwinkernd gesagt. Zwei Tage später ist dann Aleks wieder mit ein paar Kollegen gekommen und hat mir die Kisten und die Möbel gebracht. Dass die Möbel ruck zuck aufgebaut waren, brauche ich wohl nicht zu erwähnen.

Und ja, jetzt sitze ich in meiner neuen Wohnung in Berlin. Nächste Woche wird Eno wegfahren. Nach China. Und danach irgendwo nach Italien. Zwei Monate wird er weg sein. Zum Glück hat das mit meiner Wohnung so schnell geklappt, aber an und für sich hätte ich wohl tatsächlich bei ihm einziehen können. Da er so viel weg ist, wäre es fast, als ob ich allein lebe. Aber das hätte mich doch sehr an Eno gebunden und immer noch bin ich mir nicht sicher, wie tief die Beziehung eigentlich gehen soll, auch wenn ich weiß, dass das Eno gegenüber unfair ist. Da aber Eno kein Gefühlsmensch ist, hat das Thema auch nicht wirklich wieder zur Sprache gebracht. Ich kann eigentlich kommen, wie ich möchte, es gibt keinen Druck und eigentlich ist es ok, wie es ist. Doch wenn ich ehrlich bin, fehlen mir die Schmetterlinge und das Gefühl, unvollständig zu sein, wenn man sich nicht sieht.

Ich habe ein paar Mal mit Nina telefoniert, sie und Gottfried verstehen sich tatsächlich sehr gut. Aber bei so einer Mutter kann ich das verstehen, Ninas Ansprüche werden nicht allzu hoch sein.

Mit Maya telefoniere ich beinah jeden Abend, wenn sie wieder zu Hause ist. Aleks versucht jetzt am Wochenende und abends Aufträge zu bekommen, was allerdings gar kein Problem ist, denn die meisten Leute, so wie ich auch, haben eher abends Zeit, Reparaturen machen zu lassen. Also läuft es sehr gut für die vier und Maya meinte, dass ich ihr das Geld nicht allzu schnell wieder zu geben brauche. Anfang Februar habe ich ihr von meinem ersten Gehalt 100€ überwiesen. In dem Tempo dauert es ohnehin ein paar Monate, bis ich ihr das Geld zurückgezahlt habe. Die Schulden bei Maya fühlen sich schrecklich an, aber es ist ja nur temporär. Im Sommer wollen mich die vier vielleicht mal besuchen kommen. Und Nina hat sich auch schon angekündigt, wenn es ihr Vater erlaubt.

Gottfried. Ich denke viel an die beiden, besonders an ihn. Ich vermisse sie schrecklich, Gottfried ganz besonders, seine Stimme, seine Wärme. Es gibt keinen Tag, an dem ich die beiden nicht vermisse, oft frage ich mich, wieso ich mich überhaupt getrennt habe, wir hätten es doch mit einer Fernbeziehung versuchen können. Aber wäre das Nina gegenüber fair gewesen; ganz bestimmt nicht. Ach ja, und ich wollte doch einen Neuanfang. Aber irgendwie verblassen alle Argumente mittlerweile und ich bin einfach nur traurig übe die Trennung. Teilweise ruft Nina mich an, um Mädchensachen zu bequatschen. Leider hat sie kein Smartphone, wie sie immer sehr enttäuscht betont, also können wir keine Nachrichten schreiben. Über Christine redet sie nie und sie sieht sie wohl auch nicht. Auch über Gottfried erzählt sie nichts und häufig frage ich mich, ob sie mir das Ganze übelnimmt. Ich jedenfalls bereue oft diesen Entschluss, aber ich wollte ja unbedingt so!

## 35. HEIMWEH

Der März dümpelt so vor sich hin. Ich bin irgendwie traurig. Klar telefoniere ich viel mit Maya und sie lädt mich für das erste Märzwochenende ein. Ein absoluter Lichtblick in meinem Dasein. Dabei sind meine Kollegen sogar sehr nett, aber alle haben ihre Familien hier, teilweise auch schon Kinder. Elfie hat sogar schon Enkelkinder mit nur Anfang 50!

Alle haben jemanden. Ich habe Eno zumindest aus der Ferne, aber er wird erst Ende April wiederkommen. Ich habe mit ihm nicht über meine Unsicherheit gesprochen, vielleicht trenne ich mich von ihm, wenn er wieder da ist. Aber dann wohnen wir im selben Haus und begegnen uns womöglich ganz oft. Aber na ja, ich glaube nicht, dass ich Enos große Liebe bin, also wird es wohl keine schmerzhafte Trennung für uns Beide werden, hoffe ich.

Arbeitstechnisch komme ich immer mehr rein in den Job und die Arbeit macht mir Spaß. Ich habe mittlerweile kleine Artikel geschrieben, beispielsweise über eine Jobmesse. Und ich durfte ein Interview mit einem Nobelpreisträger machen. Ich war ganz schön aufgeregt, aber es lief ganz gut. Zum Glück war es ein Deutscher, aber ich muss mein Englisch trotzdem dringend verbessern. Ich habe mich schon für den nächsten VHS Kurs angemeldet. Allerdings Intermediate, beim Anfängerkurs wollte ich dann doch nicht starten, Mitte März geht es los.

Wegen des schlechten Wetters habe ich mich dann doch in einem Fitnessstudio angemeldet, zum Glück ist direkt um die Ecke eins. Ich hoffe, dass ich dann auch hingehe. Die wenigen Wochen mit Eno haben mein Gewicht wieder ganz schön in die Höhe schnellen lassen. Und wegen des vielen Regens bin ich meistens dann doch nicht gelaufen, sondern mit der Bahn gefahren.

Manchmal betrachte ich mich im Spiegel. Das tue ich nicht so oft, weil ich es frustrierend finde und mich immer noch zu dick finde, obwohl meine neuen Klamotten mir alle noch passen, manche sind mittlerweile sogar zu weit. Das Gefühl der Moppeligkeit habe ich immer noch, obwohl ich mittlerweile Größe 36 trage. Meistens packe ich nach einem Blick in den Spiegel meine Sachen zusammen und flitze ins Fitnessstudio, danach geht es mir dann irgendwie besser.

Doch ein Telefongespräch mit Nina lässt mich stutzig werden. Es ist nur eine Woche, bevor ich zu Maya fahre, als mich Nina überraschend anruft.

„Hallo Mila", sagt sie ungewohnt leise, „wie geht es dir?"

„Hallo Nina", sage ich überrascht, aber auch sehr froh. „Bei mir ist alles ok. Wie schön, dass ich du mich anrufst!"

Nina räuspert sich und sagt erstmal nichts.

„Es ist nur so, also, ich. Ich habe da so eine Seite im Internet gefunden, meine Freundin hat mir davon erzählt."

„Was für eine Seite?", frage ich alarmiert. Das kann nichts Gutes bedeuten, stöhne ich innerlich.

„Die Seite handelt von zwei Mädchen, Ana und Mia", beginnt Nina und ich erstarre vor Schreck. Ich kenne die Namen, denn ich war ebenfalls auf diesen Webseiten, als ich noch für die Kolumne recherchiert habe. Die Namen Anna und Mia stehen für Anorexie und Bulimie.

„Wieso warst du denn auf diesen Seiten, Nina?", frage ich vorsichtig. Nina schluckt.

„Papa ist ja ständig auf Diät und ich habe Angst, dass ich auch so dick werde wie er, als er in meinem Alter war."

„Aber Nina Schatz, du bist doch völlig normal."

„Die Mädchen in meiner Klasse sind alle viel dünner als ich", stöhnt Nina.

„Nina, ich werde in einer Woche Maya besuchen. Was hältst du davon, wenn wir uns dann mal persönlich unterhalten? Ich glaube, das ist einfacher."

„Das wäre super, Danke Mila!"

Nach dem Gespräch setze ich mich ans Internet, schaue auf die aktuellen Seiten, lese von regelrechten Mager-Challenges. Auf allen gängigen Netzwerkseiten gibt es mindestens eine Gruppe, die damit wirbt, Wettbewerbe und Verherrlichung zu dem Thema Magersucht und auch Bulimie zu unterstützen. Mir wird ganz anders. Gut, dass sich Nina zumindest an mich gewandt hat, vielleicht kann ich sie dadurch ein wenig zur Vernunft bringen.

\*\*\*

„Hallo Maya!"

Wir schmatzen uns gegenseitig ab. Ich habe mich so auf dieses Wochenende gefreut, obwohl ich mir natürlich auch die ganze Zeit Sorgen wegen Nina gemacht habe.

Die Fahrt war anfangs etwas schwierig, weil ich die zwei großen Koffer im Zug verstauen musste. Sie sind zwar leer, aber doch sehr sperrig.

„Aber Mila, die alten Koffer hättest du doch behalten können!"

„Ach was, ich habe so viel von euch bekommen. Ich muss mal mit dem Zurückzahlen beginnen."

„Hast du doch längst", sagt Maya trocken.

„Ja, 200€ habe ich dir bis jetzt überwiesen. Das meiste muss ich dir immer noch zurückzahlen."

Maya lacht und wir tun dieses Thema ab. Bei Geld hören Freundschaften und Beziehungen auf, deshalb ist es auch völlig klar, dass ich Maya das Geld schnellstmöglich zurückzahlen werde.

Es ist so schön, wieder hier zu sein. Aleks ist schon weg und natürlich spiele ich mit Janne und Damian, während Maya noch eine Telefonkonferenz hat. Um acht Uhr bringe ich die beiden in Ihre Bettchen. Sie sind riesengroß geworden seitdem ich sie das letzte Mal gesehen habe! Janne ist sogar noch größer als Damian.

„Soll ich uns etwas zu essen machen?", fragt mich Maya, nachdem die Zwillinge eingeschlafen sind.

„Echt jetzt? Du kochst?", frage ich bestürzt.

„Quatsch", lacht sie. „Wir können uns einen Salat machen oder wir bestellen uns was."

Wir bestellen uns Nudeln und machen einen Salat dazu. Dann futtern wir beide die Hälfte von allem. Das Essen schmeckt super.

Für mich allein koche ich so gut wie nie, denn, wie gesagt, meine Kochkünste sind noch weniger fortgeschritten als Mayas! Beiläufig erzähle ich dabei Maya von meinem Gespräch mit Nina. Maya schaut mich entsetzt an.

„Worauf die kleinen Mädchen heute so kommen. In dem Alter haben wir noch mit Puppen gespielt!"

„Dabei ist Nina gar nicht dick, sie hat überhaupt keine Ähnlichkeit mit Gottfried in dem Alter."

„Wie sah er denn aus?"

„Er war schon ein Moppelchen", grinse ich, „aber das lag auch an der falschen Ernährung. Gottfried wird sehr darauf achten, was Nina isst. Ich hätte gar nicht gedacht, dass sich Nina über so etwas Gedanken macht."

„Was wirst du jetzt tun?", fragt Maya besorgt.

„Ich habe Gottfried angerufen, es war seltsam nach so langer Zeit wieder mit ihm zu sprechen, aber es geht schließlich um Nina, nicht um uns. Wir werden uns morgen mit Nina zusammensetzen und darüber sprechen. Und vielleicht wird Gottfried einen Kinderpsychologen aufsuchen. Es ist wichtig, dass er das Ganze frühzeitig angeht."

„Mmh", nickt Maya. „Ich denke, das ist genau der richtige Weg."

Ein Blick auf die Uhr sagt mir, dass es bereits zwei Uhr morgens ist. Und um zehn Uhr werde ich bei Gottfried und Nina sein!

„Schlaf gut, Maya. Vielen lieben Dank, dass ich hierbleiben darf."

„Das wäre ja noch schöner, dass du im Hotel wohnst und ein Vermögen ausgibst. Wozu haben wir denn ein Haus", schnaubt Maya entrüstet. „Gute Nacht!"

## 36.   AUFGEFLOGEN

Am nächsten Tag mache ich mich mit gemischten Gefühlen zu Gottfrieds Haus auf. Da es ja, wie gesagt, um die Ecke von Mayas Haus liegt, habe ich nicht wirklich Zeit, mich vorzubereiten.

Schon von Weitem sehe ich Gottfried vor der Haustür stehen, schweigend schaut er mich an.

„Hallo Mila", sagt er und ich spüre seine Traurigkeit.

„Hallo Gottfried", sage ich und schüttele ihm die Hand, als ob wir alte Bekannte wären, die sich seit längerem nicht mehr gesehen haben. Ich folge ihm ins Haus, das mir noch gut in Erinnerung ist und sich doch mittlerweile fremd anfühlt und die Erinnerungen daran Jahre zurückzuliegen scheinen, als lediglich ein paar Monate.

Wir gehen rauf zu Ninas Zimmer, Gottfried klopft an und öffnet die Tür.

„Hallo Nina." Nina springt auf und umarmt mich.

„Ich bin so froh, dass du da bist Mila!", ruft sie und ich bekomme kaum Luft. Verstohlen betrachte ich sie, aber eigentlich sieht sie ganz normal aus.

„Na ja", sagt sie. „Ich ähm", druckst sie rum und wird rot. Gottfried nimmt sie in den Arm.

„Nina. Wir können doch über alles reden. Hast du etwas auf dem Herzen?"

Nina steht nur da und sieht ganz komisch aus. So, als ob sie sich ein Grinsen nicht verkneifen kann. Und plötzlich fällt bei mir der Groschen.

„Sag mal Nina. War das etwa nur vorgeschoben?", frage ich vorsichtig, weil es mir völlig undenkbar scheint, dass Nina zu solchen Mitteln greifen würde.

„Kann sein?", sagt Nina beschämt und sieht plötzlich nicht mehr ganz so fröhlich aus. „Bist du sauer, Mila?"

„Was ist hier eigentlich los", fragt Gottfried verwirrt und blickt von Nina zu mir.

„Ich glaube, ich gehe dann mal lieber", sagt Nina schnell und flitzt davon.

Na warte, denke ich. Dich werde ich mir später noch kaufen. Gottfried und ich sehen uns schweigend an.

„Was genau ist hier jetzt passiert?", fragt er und sieht mich streng an.

„Nina hat sich das Ganze nur ausgedacht", schnaube ich wütend und lasse das Ganze auf Gottfried wirken.

„Aber wieso hat sie das gemacht?", fragt er und sieht immer noch völlig belämmert aus. Oh man, Topmanager sind wohl doch überschätzt, seufze ich innerlich.

„So genau kann ich dir das auch nicht sagen, Gottfried, aber ich hätte da so eine Vermutung."

„Ach ja?" Er steht immer noch völlig auf dem Schlauch, der Ärmste.

„Ich befürchte, dass sie durch diese Story uns wieder zusammenbringen wollte." Gottfried sieht mich verblüfft an.

„Hast du sie etwa dazu angestiftet?"

„Na hör mal! Was soll das das denn bedeuten. Ich habe mich doch von euch getrennt", sage ich empört. „Und so eine gute Schauspielerin bin ich dann doch nicht."

„Du kannst ja Unterricht bei meiner Tochter nehmen", stöhnt Gottfried und setzt sich auf einen viel zu kleinen Sitzsack in Ninas Zimmer.

„Tut mir leid, Mila, ich war nur so verwirrt", entschuldigt er sich sofort.

„Glaub mir Gottfried. Ich auch", sage ich und setze mich neben ihn auf den Fußboden.

„Und jetzt?", frage ich, nachdem schon wieder niemand für mehrere Minuten gesprochen hat.

„Alles auf Anfang", sagt Gottfried und küsst mich leidenschaftlich.

\*\*\*

„Und was ist dann passiert?", fragt Maya aufgeregt.

„Da wir nicht wussten, ob Nina noch da ist, sind wir natürlich nicht weitergegangen", sage ich bedauernd. Maya grinst bedauernd zurück.

„Habt ihr denn noch mit Nina geredet?"

„Ja, das haben wir", lache ich, „und sie war ziemlich kleinlaut.

„Habt ihr ihr erzählt, dass ihr wieder zusammen seid?"

„Ich weiß gar nicht, ob wir zusammen sind. Ich müsste erstmal mit Eno reden", sage ich und reibe mir verschämt die Nase.

„So was richtig Festes war das doch gar nicht, oder?"

„Nein, eigentlich nicht."

„Hat Nina denn noch etwas zu dem Ganzen gesagt?"

Ich wundere mich, dass sie das so unbedingt wissen will. Und dann fällt schon wieder ein Groschen, ich werde wohl reich werden oder zumindest klüger.

„Hast du etwa mit Nina das Ganze ausgeheckt?", frage ich und schaue Maya direkt an. Und schon wird sie ganz verlegen, was nicht gerade häufig bei Maya vorkommt.

„Vielleicht", nuschelt sie und ist plötzlich sehr damit beschäftigt, Fläschchen zu sterilisieren.

„Maya?", frage ich streng.

„Ja ok, vielleicht war es ein bisschen meine Idee."

„Ein bisschen?" Ha, ich kann auch inquisitorisch sein!

„Na ja, vielleicht doch ein bisschen mehr als ein bisschen."

„Du hast also eine Achtjährige für deine Zwecke missbraucht, aber wieso genau?", frage ich verwirrt.

„Ich habe niemanden missbraucht", sagt Maya unwirsch. „Nina kam zu mir und hat mich gefragt, ob ich eine Idee hätte, wie wir euch beide wieder zusammenbringen können."

„Aha", stelle ich fest und komme mir wie Sherlock Holmes vor. „Und da habt ihr euch eine reizende kleine Story überlegt."

„Na ja, es ging mir dabei nicht nur um Gottfried."

„Äh, sondern?"

„Das Thema als solches finde ich wichtig."

„Aber Nina hat doch keine Probleme damit, oder?"

„Nein, Nina nicht, aber ich denke du", erwidert Maya und schaut mich direkt an.

„Ich habe doch keine Essstörungen, Maya!"

„Wirklich nicht?", fragt mich Maya leise.

„Nein, das habe ich doch gesagt! Und mein Zug kommt gleich. Auf Wiedersehen!"

## 37.  SELBSTAUFRÄUMARBEIT

Seit zwei Wochen habe ich mit niemandem mehr geredet. Doch, natürlich bin ich zur Arbeit gegangen, aber ich habe weder Maya noch Nina noch Gottfried, vor allem nicht Gottfried, angerufen.

Meine Tage sehen jeden Tag gleich aus: Aufstehen, loslaufen, arbeiten, ins Fitnessstudio gehen.

Mit Gottfried habe ich nicht geredet, weil ich nicht weiß, was ich sagen soll.

Mit Maya wollte ich erst nicht reden, weil ich sauer war und dann, weil ich mich geschämt habe. Denn irgendwie ist mir aufgegangen, dass sie recht hat. Vielleicht ist auch Maya die ganze Zeit ein wenig essgestört gewesen und hat deshalb die Anzeichen bei mir sofort erkannt.

Als ich wieder zu Hause war, habe ich mich lange im Spiegel angeschaut und festgestellt, dass ich Schwierigkeiten habe, mich direkt anzusehen. Also so wie ich bin. Dazu habe ich nur Makel an mir feststellen können: Zu kleine Augen, ein viel zu rundes Gesicht, viel zu schmale Lippen und viel zu breite Hüften.

Dann habe ich mir wieder die Seiten über Essstörungen im Internet durchgelesen und wenn ich ehrlich bin, treffen mittlerweile viele Punkte davon auf mich zu.

Danach war ich so frustriert, dass ich erstmal ins Fitnessstudio gegangen bin und versucht habe, mich abzulenken. Eigentlich ist das doch gar keine schlechte Angewohnheit, sich seinen Frust abzulaufen.

Aber irgendwie scheint doch alles ineinander zu passen, denke ich unter einer heißen Dusche. Im Bett lasse ich die letzten Wochen resümieren. Eno ist mittlerweile in Italien, dazwischen war er nur ganz kurz da, um saubere Sachen einzupacken. Wir haben uns wenig gesehen, gefehlt haben wir uns, glaube ich, kaum. Bevor er nach Italien gefahren ist, habe ich es endlich beendet und er hat es gelassen aufgenommen. So wie ich vermutet hatte, war es auch für ihn nicht wirklich etwas Ernstes. An Anfang hatte er an eine zweite Chance gedacht, meinte er zu mir, nachdem ich ihm gesagt hatte, dass ich das Ganze beenden möchte. Aber letztendlich hatte auch er gesehen, als er in China war, dass die großen Gefühle ausgeblieben sind, dass da eben kein Vermissen war, als man sich nicht gesehen hat. Ich war erleichtert, doch ich bin einsam. Selbst, wenn ich unter Menschen bin, fühle ich mich allein.

Ich habe immer geglaubt, dass schöne Menschen es leichter im Leben haben und das Schlanksein zu diesem Ideal gehört. Doch als ich die Kilos, die ich mir vorgenommen hatte, verloren hatte, habe ich einfach weiter gemacht, weil ich nicht zunehmen wollte und auch, weil es einen irgendwie beschäftigt hält. Mein Gewicht liegt deutlich unter dem, was ich mir mal vorgenommen habe. Wenn ich so darüber nachdenke, sind es auf einmal viele kleine Verhaltensänderungen, die mir bewusstwerden und die ich früher nicht hatte.

Am Wochenende fange ich an, aufzuschreiben, was mir aufgefallen ist. Als ich damit fertig bin, hänge ich die Liste über mein Bett:

Ich fühle mich schlecht, wenn:
- *ich nicht ins Fitnessstudio gehe*
- *ich Süßigkeiten esse*
- *ich zu viel esse*
- *ich zugenommen habe*
- *ich nicht abgenommen habe*
Ich esse nicht, wenn:
- *ich allein bin*
- *ich Stress habe*
- *es mir nicht gut geht*
- *ich schlechte Laune habe*
- *ich gute Laune habe, damit sie gut bleibt*

Ich lese mir die Punkte durch und stelle fest, dass ich in vielen Situationen mittlerweile damit reagiere, dass ich nicht esse.

Dann rufe ich Maya an.

„Es tut mir leid." Schweigen.

„Was genau?"

„Alles. Du warst so gut zu mir und ich danke es dir so", schluchze ich los.

„Sei nicht so melodramatisch, Mila", sagt Maya mit einem hörbaren Lächeln in der Stimme.

„Du bist nicht sauer?"

„Wieso sollte ich, Mila. Ich habe dir eine riesige Keule verpasst. Ein Glück, dass du überhaupt noch mit mir redest."

„Wieso? Du hattest Recht, ich denke, ich habe mich doch sehr in diese Abnehmerei reingesteigert."

„Ich habe es doch auch nicht anders gemacht, Mila. Das wurde mir erst mit Aleks bewusst. Heute esse ich viel mehr als früher, aber viel ausgewogener und gesünder."

„Du bist aber auch den ganzen Tag unterwegs, da muss man auch essen."

„Das bist du doch auch, Mila."

Wir reden noch eine ganze Weile und ich erzähle ihr von meiner Liste über dem Bett.

„Gute Idee! Vielleicht mache ich das auch mal über meine ganzen schlechten Angewohnheiten", seufzt Maya.

Dann lege ich auf und fühle mich unendlich traurig.

Und…

Ich vermisse Gottfried. Trotzdem will ich ihn nicht anrufen, ich weiß selbst nicht so genau wieso. Nach dem Kuss war Gottfried plötzlich wieder sehr zurückhaltend, so als ob er irgendetwas von mir erwartet hat. Aber ich wusste einfach nicht, was ich sagen soll, denn schließlich lebe ich immer noch in Berlin und er und Nina eben nicht. Wir haben mit Nina geredet, und sie hat zugegeben, dass sie uns wieder zusammenbringen wollte. Mehr war nicht. Gottfried hat mich traurig angesehen und danach bin ich zu Maya gelaufen. Er hat mich nicht aufgehalten und ist mir auch nicht hinterhergelaufen.

## 38.  HOCHZEITSGLOCKEN

„Hallo Mila. Aleks und ich werden heiraten. Was meinst du. Soll ich Nina fragen, ob sie Lust hat, mein Blumenmädchen zu sein?"

Was war das denn? Das klang wie Mayas Stimme, sagt aber Worte, die meine Maya nie von sich gegeben hätte. Nun ja, meine Maya hätte sich aber auch nie ein Haus gekauft und Zwillinge bekommen.

„Bist du noch dran?", fragt Maya ungeduldig.

„Bin ich", krächze ich. „Aber...wieso?" Maya lacht.

„Aleks hat mir einen Antrag gemacht. Gestern."

„Gestern? Wo?"

„Bei uns zu Hause. Er ist sogar auf die Knie gegangen. Mit Janne und Damian auf dem Arm." Da ich endlich so etwas wie Enthusiasmus höre, kreische ich los.

„Aah! Du wirst heiraten, Maya!"

Maya lacht und kreischt auch. Es ist fast wie damals, als wir Teenies waren und Maya das neue Album einer Boyband mitgebracht hatte, keine Ahnung mehr, wie die hieß.

Natürlich wird die Hochzeit im Juni stattfinden, wann sonst. Das sagt natürlich Maya, mir war das nicht so bewusst, dass das *der* Monat ist, in dem man heiraten sollte. Maya hat bereits in der Kirche angerufen und einen Termin für Mitte Juni bekommen. Was so kurzfristig natürlich Glück für jeden wäre, aber für Maya ist so etwas total typisch. Die standesamtliche Trauung wird am Freitag davor sein, ganz normal im

Rathaus, denn natürlich ist Maya direkt heute Morgen dagewesen. Und ruck, zuck, schon stehen alle Termine. Heute Abend hat sie noch das Restaurant angerufen.

„Moment mal. Soll das heißen, die ganze Planung steht bereits?"

„Hast du etwas anderes von mir erwartet?", fragt Maya beleidigt.

Nein, eigentlich nicht. Maya stellt mit ihrem Organisationstalent sicherlich jeden Weddingplaner in den Schatten, deshalb braucht sie so etwas auch nicht.

„Na ja, jetzt stehen natürlich noch die wichtigsten Dinge an: Das Shoppen!", ruft sie fröhlich. Oh nein. Ich brauche wohl ein Kleid.

„Du brauchst ein Kleid, Mila. Jetzt ist Montag. Komm doch nächsten Samstag bzw. komm doch schon am Freitag vorbei, dann blättern wir die Kataloge durch. Ich dachte an Violett für dich." Oh nein, ich werde wie eine Aubergine aussehen! Maya lacht.

„Vielleicht finden wir auch etwas Nettes in dunkelblau, aber schwarz ist tabu. Schließlich ist das kein schwarz-weiß Ball." Na, das kann ja heiter werden.

„Klar komme ich am Freitag", sage ich glücklich, weil ich mal wieder nach Hause fahren kann. Gleich ein Lichtblick für meine übrige Woche!

\*\*\*

Endlich ist Freitag.

Um zehn Uhr abends steige ich aus dem Zug und laufe zu Mayas Haus.

„Küsschen links", ruft Maya.

„Küsschen rechts", lache ich.

„Komm rein, Mila. Die Zwillinge schlafen schon. Ich habe heute Morgen eingekauft und uns einen Rohkostteller gemacht. Aber ich sollte wohl noch ein paar Nudeln dazu tun", sagt sie stirnrunzelnd als sie mich anschaut. „Was ist denn los, Mila?" Beschämt schaue ich an mir runter.

„Ach irgendwie hat das alles noch nicht so richtig geklappt."

„Das wird auch noch dauern", sagt Maya ruhig. „Bist du zu der Selbsthilfegruppe gegangen, die ich im Internet gefunden habe?"

„Ach, da war ich noch nicht. Ich habe einfach keine Zeit dazu."

„Weil du im Fitnessstudio warst?", fragt Maya sachlich. Ich werde rot und widme mich dem Rohkostteller.

Während ich mir die Schälchen mit ganz viel Rohkost anschaue, habe ich irgendwie gar keinen Hunger mehr. Maya erzählt von ihrem Heiratsantrag, den Zwillingen und der Kanzlei. Ich höre zu, manchmal werfe ich eine Frage ein, aber ansonsten schweige ich.

„Was ist los, Mila?", fragt Maya plötzlich unvermittelt.

„Ich weiß nicht. Ich bin einfach immer traurig, ich weiß eigentlich gar nicht wieso."

„Wie sind denn die neuen Kollegen so?"

„Eigentlich ganz nett. Und die Arbeit ist wirklich super. Ich habe endlich mal das Gefühl, dass ich etwas arbeite." Maya lacht, schaut mich aber recht ernst dabei an.

„Hast du mal mit Gottfried gesprochen, ich meine nach eurem Kuss?"

„Nein", seufze ich, „aber er hat sich auch nicht gemeldet."

„Wie läuft es eigentlich mit Egon?", fragt Maya stirnrunzelnd, wie immer, wenn von Eno die Rede ist.

„Ich habe mich von Egon getrennt."

„Das hattest du noch gar nicht erzählt!", sagt Maya erstaunt.

„Ach, es war keine große Sach."

„Sieht Egon das auch so?"

„Ja, zumindest hat er so etwas in der Art erwidert, als wir uns getrennt haben. Er meinte, dass die großen Gefühle ausgeblieben sind." Ich versuche zu grinsen, was mir aber nicht gelingt, denn ich habe keine Lust, über Eno zu sprechen.

„Und was ist mit Gottfried?", wiederholt Maya.

„Ich denke, das wird nichts", sage ich schnell, denn auch über dieses Thema will ich überhaupt nicht reden.

„Na ja. Ich habe gar nicht verstanden, wieso ihr euch eigentlich getrennt habt", sagt Maya plötzlich verwundert. Zugegeben, ich habe Maya zwar erzählt, dass wir uns getrennt haben, aber weiter haben wir nicht darüber gesprochen.

„Es war nicht der richtige Zeitpunkt. Er sollte sich erstmal um seine Tochter kümmern können, da war ich doch nur im Weg Und ich wollte einen Neuanfang für mich", meine ich und möchte gerne locker dabei klingen, was mir aber natürlich nicht gelingt, denn ich bin eben keine so gute Schauspielerin wie Maya oder Nina.

„Findest du? Aber hat Gottfried das auch so gesehen? Was habt ihr denn nach eurem letzten Kuss gesagt? Wie seid ihr verblieben?"

Maya lässt einfach nicht locker, typisch Anwältin eben.

„Ich weiß nicht. Es ist ja nicht so, dass er um mich gekämpft hätte, auch beim letzten Mal nicht. Ich hatte einfach das Gefühl, dass ich störe. Eigentlich bin ich froh, weg zu sein."

Plötzlich schießen mir die Tränen in die Augen und ich seufze. Maya nickt.

„Das kann ich verstehen, Mila", sagt sie sanft.

„Wirklich?"

„Natürlich! Hier ist doch alles eitel Sonnenschein, dass es beinah zum Kotzen ist!", grinst sie.

Äh, ist das nicht eigentlich mein Spruch? Zweifelnd blicke ich Maya an, um nicht zu sagen: Verzweifelt. Alle sind weitergegangen. Sie haben eine Familie, interessante Jobs und was habe ich?

„Es ist ja nicht so, dass ich euch das nicht gönnen würde."

„Darum geht es doch nicht, niemand nimmt dir dieses Gefühl übel, ich am allerwenigsten, denn ich kann dich, wie gesagt, verstehen." Sie holt tief Luft.

„War denn das letzte Gespräch so schlecht zwischen euch? Wieso habt ihr eigentlich nicht einmal telefoniert? Der Kuss war doch gut, oder?" Ich fühle mich wieder wie bei einem Verhör und räuspere mich.

„Es war schön, wieder dort zu sein und der Kuss war sensationell, aber wir haben nicht übers Wiederzusammenkommen gesprochen, also, er hat es nicht angesprochen."

„Aber *du* hast doch Schluss gemacht", sagt Maya streng. „Meinst du nicht, dass *du* das dann hättest ansprechen müssen?" Sie schaut mich so strafend an, so wie es nur eine beste Freundin kann, die auch noch Anwältin ist. Upps, vielleicht hat sie Recht, schießt es mir durch den Kopf.

„Meinst du?", frage ich verunsichert.

„Natürlich. Sonst hätte ich das ja nicht gesagt!"

„Also", seufze ich, „was soll ich deiner Meinung nach jetzt tun?"

Maya schlägt sich mit der flachen Hand an die Stirn.

„Das ist doch völlig klar. Schließlich hältst du dich ja zufälligerweise gerade in derselben Stadt auf wie Gottfried. Und so richtig weit hättest du es jetzt nicht", sagt sie und deutet mit der Hand nach rechts, was ungefähr die Richtung andeuten soll, in der sie Gottfrieds Haus vermutet. Was natürlich gar nicht hinkommt, aber darum geht es ja jetzt gerade nicht.

„Wie spät ist es eigentlich?"

„Netter Versuch, Mila. Oh, ok, vielleicht ist es etwas zu spät. Auf einen Besuch um 1 Uhr morgens ist er dann vielleicht doch nicht vorbereitet. Und wir sollten schlafen gehen, denn gleich müssen wir wieder aufstehen!"

„Äh Maya. Wann müssen wir aufstehen?", frage ich alarmiert.

„Och, frühestens um acht Uhr. Also um acht Uhr sollten wir fertig im Auto sitzen."

Also gehen wir schlafen.

Ich träume von grünen Augen und die Schmetterlinge sind hellwach.

## 39. AUSGESPROCHEN

„Das sieht ja fantastisch an Ihnen aus", ruft die Brautausstatterin begeistert. Maya sieht tatsächlich fantastisch aus, da muss ich der Verkäuferin zustimmen. Maya trägt ein langes weißes Brautkleid mit Riemchenträgern an und die Träger sind nur ganz leicht gerüscht. Es ist einfach perfekt für Maya. Für mich haben wir auch etwas gefunden. Gottseidank nichts Lilafarbenes, sondern in Silber. Ich liebe dieses Kleid, am liebsten würde ich es gar nicht mehr ausziehen. Allerdings hat Maya es bezahlt, obwohl mir das wirklich unangenehm ist, aber ich hätte mir dieses Kleid niemals leisten können, zumindest nicht dieses Jahr.

Wir haben es tatsächlich geschafft, um acht Uhr im Auto zu sitzen! Dann mussten wir geschlagene zwei Stunden zu dem Brautmodegeschäft fahren, denn eines hier in unserer Stadt ist anscheinend nicht in Frage gekommen.

Aleks ist währenddessen bei den Zwillingen. In einer Woche wird er ebenfalls hierhin fahren müssen, aber bei Männern geht so was ja schneller. Im Grunde genommen hätte er ebenfalls seinen Anzug hier kaufen gehen können und sicherlich hätte er das auch getan, wenn es nach ihm gegangen wäre, aber bei welchem Mann geht es bitte nach ihm, wenn es um Hochzeiten geht oder um andere wichtige Dinge. Da kann er sich gleich schon mal umstellen. Aber ich glaube, dass fällt ihm nicht schwer, denn Aleks vergöttert Maya und die Zwillinge. Maya findet Aleks, glaube ich, auch nicht so schlecht und das ist für Maya schon eine Liebeserklärung, sie hat es nicht so mit Emotionalitäten. Das kann sich ein Anwalt nicht leisten, pflegt sie zu sagen.

Puh, Jura wäre definitiv nichts für mich. Wahrscheinlich würde ich erstmal losheulen, wenn mir die Mandanten etwas erzählen. Auf dem Nachhauseweg reden wir über Gottfried und in meinem Magen macht sich eine nervöse Spannung breit. Was er wohl sagen wird?

Langsam gehe ich zu Gottfrieds Haus. Wie gesagt, es ist nicht weit, ungefähr zehn Häuser liegen zwischen Mayas und Gottfrieds Haus. Eine ganz neu gebaute Siedlung mit großen und kleinen Häusern, gesäumt mit schmucken Vorgärten, ich komme mir vor wie in diesem komischen Film, in dem erst alles schwarzweiß ist und später bunt. Gottfried und Nina wohnen in der nächsten Straße. Irgendwie kommt mir der Weg diesmal noch kürzer vor und schon stehe ich vor Gottfrieds Haus. Sofort springt das Außenlicht an und verrät meine Anwesenheit. Also gibt es kein Zurück mehr und mit klopfendem Herzen lege ich meinen Finger auf die Klingel. Schon geht die Tür auf, aber eigentlich habe ich noch gar nicht geklingelt. Verwundert schaue ich auf und sehe Gottfried, wie er in der Tür steht und mich anschaut. Seine Miene ist unergründlich. Vielleicht freut er sich gar nicht, mich zu sehen, durchfährt es mich.

„Hallo Mila. Komm doch rein." Überschwänglich klingt anders, denke ich enttäuscht.

„Möchtest du etwas trinken?"

„Ist Nina da?"

„Setzen wir uns doch erstmal."

Ich folge Gottfried ins Wohnzimmer und wir setzen uns auf die Couch.

„Wieso bist du hier, Mila?", fragt Gottfried leise, ich spüre seine Anspannung.

„Ich", setze ich an.

„Ich", versuche ich es wieder.

„Ich liebe dich, Gottfried", sage ich leise, ich flüstere es eigentlich eher. „Ich vermisse euch so sehr, euch beide."

„Unser Kuss neulich war schön", sagt Gottfried sehnsüchtig.

Glaubt er mir etwa nicht? Oder noch schlimmer. Empfindet er nicht dasselbe wie ich? Wie ein Ölgötze sitzt er auf der Couch. Ich werde immer unsicherer und die Anspannung im Zimmer wird immer unerträglicher.

„Ich liebe dich auch", sagt er schließlich. „Aber jetzt lebst du in Berlin und hier hat es schon nicht mit uns funktioniert. Also für dich. Für Nina und mich schon, sehr sogar. Nina war am Boden zerstört und ich, also. Das war nicht meine Entscheidung, aber ich wollte dir nicht im Wege stehen."

Ich bin entsetzt, denn das habe ich nicht gewollt. Ich habe die beiden Menschen, die mir auf dieser Welt mit am meisten bedeuten, so verletzt. Wie konnte ich so egoistisch sein.

„Das tut mir leid", sage ich heftig. „Ich wollte das nicht. Ich hatte nur das Gefühl, dass ich euch störe. Ich wollte euch einfach etwas Zeit geben, euch näher kennenzulernen."

„Das hättest du ja auch sagen können.", sagt Gottfried plötzlich ungewohnt heftig. „Und dann hätte ich dir gesagt, dass wir das nicht brauchen. Dass Nina und ich uns sehr gut kennenlernen können, ohne, dass du dich aus unserem Leben schleichen musst. Denn niemand hat das von dir verlangt!"

Gottfried ist so wütend und ich bin so froh! Endlich weiß ich, dass er genauso für mich empfindet wie ich und dass ich den größten Fehler meines Lebens wieder gut machen kann.

„Es tut mir leid", sage ich wieder, kann mir aber ein Lächeln nicht verkneifen. „Ich hoffe, ihr nehmt mich wieder in eurer Familie auf. Als entfernte Bekannte oder so. Das würde mir schon reichen." Dabei merke ich, dass mein Gesicht nass ist. Peinlich. Gottfried nimmt mich in die Arme und in mir sprudelt und flattert es.

„Aber uns reicht das nicht, Mila. Mir reicht das nicht", sagt er zärtlich und küsst mich.

„Aber wieso hast du nichts nach dem Kuss zu mir gesagt? Du hast mich nur schweigend angesehen als wir damit fertig waren", schniefe ich und drücke mich ganz fest an ihn. Nicht, dass er plötzlich abhaut. Zum Glück hält mich Gottfried ebenfalls ganz fest.

„*Du* hast doch Schluss gemacht, Mila. Wieso sollte ich dir sagen, dass ich mit dir zusammen sein will? Das nutzt doch nichts, wenn du das nicht willst! *Du* wolltest doch einen Neuanfang"

„So etwas in der Art meinte Maya auch zu mir", sage ich verlegen.

„Sehr gut. Maya ist eine sehr kluge Frau", lobt Gottfried.

Plötzlich kommt Nina die Treppe runtergeflitzt.

„Mila! Ich dachte, ich habe deine Stimme gehört."

„Da hast du richtig gehört", sage ich und wische mir schnell die Tränen weg. Dann drücken wir uns.

„Bleibst du?", fragt Nina leise.

„Na ja, ich wohne noch immer in Berlin."

„Das weiß ich doch", sagt Nina ungeduldig. „Schon mal was von Fernbeziehung gehört? Papa?", sagt sie und sieht Gottfried strafend an.

„Äh, natürlich", sagt er verwirrt.

„Also ich hoffe, ihr bekommt das diesmal besser hin", sagt Nina und schaut uns jetzt beide strafend an. Das kann ja heiter werden. Gottfried steht auf und drückt Nina.

„Das kann ja heiter werden mit euch beiden Frauenzimmern!"

## 40. SAG EINFACH JA!

Heute heiratet Maya, also kirchlich, denn vorgestern war bereits die standesamtliche Trauung im Rathaus. Nur im engsten Kreis der Familie: Maya, Aleks, die Zwillinge, Gottfried, Nina und ich. Und Aleks Trauzeuge und bester Freund Bo.

„Mit dem hätte ich dich verkuppelt, wenn das aus dir und Gottfried nichts geworden wäre", hat mir Maya zugeraunt.

„Und wenn er nicht verheiratet wäre", habe ich zurück gegrinst.

„Das hätte man doch noch ändern können."

Ich habe das so stehen gelassen, denn die Standesbeamtin kam rein. Abends sind wir noch gemeinsam zu Mayas und meinem Lieblingsitaliener essen gegangen. Danach sind wir alle zusammen nach Hause gelaufen, schließlich haben wir ja denselben Weg.

„Nanu", meinte Gottfried erstaunt als Maya und Aleks gemeinsam ins Haus liefen. „Sagt man nicht, dass das Unglück bringt?" Maya hat nur gegrinst.

„Also erstens würde das erst die Nacht morgen betreffen. Und zweitens haben wir uns bereits nackig gesehen. Das macht doch nur Sinn bei Paaren, die sich noch nicht so gut kennen", meinte Alex schmunzelnd.

„Ja dann. Gute Nacht", lachte Gottfried.

„Gute Nacht ihr drei", riefen Maya und Aleks uns noch hinter her. Ich seufze. Leicht fällt mir diese Fernbeziehung nicht, aber alles ist besser als ein Leben ohne Gottfried und Nina, das habe ich jetzt gelernt. Nina war so glücklich, als Gottfried und ich wieder zusammengekommen sind.

„Strengt euch aber diesmal etwas mehr an", hat sie uns noch einmal aufgetragen, bevor sie schlafen gegangen ist. Was soll ich sagen. Sie hat Recht, aber das macht das Ganze nicht leichter für uns. Wir wechseln uns mit den Besuchen ab. Manchmal kommt Nina mit nach Berlin, meistens schläft sie aber bei ihrer Freundin, zum Glück haben ihre Eltern nichts dagegen. Und natürlich schläft Johanna auch ganz häufig bei Nina. Habe ich erwähnt, dass sie im Haus nebenan wohnt? Dass ich dann da bin, stört niemanden, ganz im Gegenteil. Wir wollen kein Urlaubswochenende, wenn ich da bin. Wir wollen das Ganze so machen, als ob ich dort wohnen würde und dann wäre es selbstverständlich, dass eine Freundin bei Nina auch mal übernachtet.

Natürlich war meine Wohnung zu klein für uns alle, aber Gottfried hat ganz schnell einen Makler beauftragt, nachdem er mitbekommen hat, dass Eno gegenüber wohnt. Binnen kürzester Zeit haben wir eine schicke Altbauwohnung bezogen, ab da konnte Nina Johanna auch nach Berlin einladen.

„Total cool", meinte Johanna, als sie das erste Mal bei uns war.

Dass die Jugend irgendwie schneller reifer ist als ich, habe ich an Nina bereits schnell feststellen müssen. Als ich acht war, wollte ich mit Barbie spielen, Nina will unbedingt auf Konzerte gehen. Gottfried findet, dass dafür noch viel zu jung ist und dass das Ganze zu spät für sie sei. Na ja, ich habe ihn ein paar Mal bearbeitet. Also sind wir zu viert zu einem Konzert marschiert, es war toll! Auch Gottfried fand es letztendlich gar nicht so furchtbar, glaube ich, teilweise ist er richtig mitgerockt! Das sah wirklich komisch aus.

Im Bett denke ich an das letzte Jahr und wie überraschend es verlaufen ist. Jetzt kommt es mir merkwürdig vor, dass ich überhaupt wieder mit Eno zusammengekommen bin, aber vielleicht habe ich dieses endgültige Aus ohne Drama davor einfach noch zusätzlich gebraucht, um zu merken, dass wir nicht zueinander passen.

Ob Gottfried und ich mal über Berlin gesprochen haben? Wenig, um ehrlich zu sein. Nina hat ihre Freunde hier und er eben seinen Job. Und ich habe in Berlin eben meinen Job, der ausnahmsweise endlich mal interessant ist. Mit Elfie verstehe ich mich richtig gut und Claudia ist im selben Fitnessstudio wie ich.

Ja, ich gehe noch ins Fitnessstudio, aber nur noch zweimal die Woche. Und ich habe auch wieder angefangen, allein zu essen. Dass man allein nicht isst, war in der Selbsthilfegruppe auch so ein Thema. Jeder scheint es sehr unterschiedlich zu machen. Manche essen in Gesellschaft nicht, weil es ihnen peinlich ist, dafür stopfen sie sich allein dann voll und übergeben sich hinterher. Ich bin froh, dass ich damit keine Probleme habe. Die Selbsthilfegruppe tut mir gut, wir sind ein völlig gemischter Haufen und ich bin froh, dass mich Maya dazu überredet hat. Es sind sogar Männer dabei, aber nur sehr wenige. Die Leiterin meint aber, dass das bei Männern einfach noch zu wenig als Krankheit gilt. Fit zu sein und auf seine Ernährung zu achten, ist nun mal der allgemeine Trend. Ja, wie wahr.

Morgens vor dem Aufstehen versuche ich jetzt immer, mir etwas Positives zu sagen. Zum Beispiel, dass mein Artikel gestern wirklich gutgeschrieben war oder dass ich mich heute richtig gut fühle. Ich versuche dadurch, nicht weiter über meine Äußerlichkeiten nachzudenken, was ganz schön schwierig ist.

Hast du nicht schon wieder zugenommen? Was sagt denn die Waage, meckert meine innere Stimme häufig. Wenn ich auf die Waage steige, was ich auf dreimal in der Woche reduziert habe, sage ich mir, dass ich schön bin so wie ich bin. Auch mit Gottfried habe ich über das Thema geredet und auch er gibt zu, sich ebenfalls viel zu abhängig von der Waage zu machen.

„Das liegt daran, dass ich furchtbar schnell zunehme", hat er sich entschuldigt.

„Das Gewicht schwankt doch immer", habe ich lächelnd gesagt und er hat mich dafür geküsst. Tja, irgendwie haben sich schon die richtigen Menschen gefunden. Und zum Glück ist das egal, denn Liebe geht zum Glück durch dick und dünn.

Maya sieht einfach wunderschön aus. Wir sehen alle wunderschön aus! Nina hat ein entzückendes, rosa Kleid an und streut hingebungsvoll Blumen.

„Lasst euch nicht zu viel Zeit, ihr beiden", sagt sie streng zu Gottfried und mir. „Lange kann ich diesen Job nicht mehr machen, dann werde ich zu alt dafür!"

Gottfried und ich räuspern uns und schauen in verschiedene Richtungen. Ich, weil ich mir keine falschen Hoffnungen machen will, er wahrscheinlich, weil er das Ganze nicht hören will.

Nach der Trauung fahren wir alle in ein riesiges Gutshaus. Der Besitzer ist ein Klient von Mayas Kanzlei, nur deshalb hat sie kurzfristig den Termin für ihre Hochzeit dort bekommen. Der Garten ist festlich geschmückt, sogar eine kleine Band ist da. Das Essen ist einfach fantastisch, ich versuche von allem eine Kleinigkeit zu essen. Maya hat sämtliche Anwälte aus der Kanzlei eingeladen und Aleks alle Leute, die er so kennt. Auch die Familie von seinem besten Freund, also der, mit dem mich Maya verkuppeln wollte, ist eingeladen. Seine Frau sieht nett aus und die Kinder sind süß. Sie sind so etwa 3 und 5 Jahre alt, ein Junge und ein Mädchen.

Plötzlich spielt die Band „What a wonderful world", mein absolutes Lieblingslied!

Ich schaue mich um. Aber niemand tanzt oder redet. Alle starren nur Gottfried an, der auf mich zukommt. Vor mir angekommen, geht er in die Knie.

„Willst du mich heiraten, Mila?"

# 41. ES IST GUT SO UND DESHALB IST ES AUCH DAS ENDE

Ich sitze am Fenster und schaue verträumt raus. Liebevoll lächele ich meinen Sohn an. Er heißt Felix und ist ein halbes Jahr alt und ganz bestimmt ist er das süßeste Baby auf der ganzen Welt! Na ja, abgesehen von Mayas Kindern vielleicht. Fünf Jahre sind seit Mayas Hochzeit bereits vergangen. Und auch seit Gottfrieds Heiratsantrag.

Ich war so perplex, dass ich erstmal nichts sagen konnte. Aber natürlich habe ich irgendwann so etwas wie ein „Ja" oder vielleicht auch ein „Äh ja" gestammelt. Gottfried hat das glücklicherweise ausgereicht und er konnte schnell wieder aus der unbequemen Position raus. Ja, so ein Kniefall, meinte er, ist echte Knochenarbeit. Ich habe ihn auf die Nasenspitze geküsst und gemeint:

„Ich weiß das zu schätzen."

Maya war zum Glück keine Spur sauer. Gottfried hatte das Ganze natürlich vorher mit Maya und Aleks abgesprochen. Schließlich war das ihr Tag und er wollte nicht das Ganze an sich reißen. Maya musste echt grinsen, als sie mir hinterher davon erzählt hat.

„Was für ein Gentleman. Ich hätte doch niemals was dagegen haben können! Ich bin so froh, dass ihr das endlich gebacken bekommen habt!"

Was soll ich sagen. „endlich" ist gar kein Ausdruck!

Maya hat es sogar mehr als gebacken bekommen, ganz ohne Hilfe, sondern ganz allein. Vor vier Jahren hat Maya tatsächlich ihre Partnerschaft in der Kanzlei gekündigt. Als arbeitende Mutter mit lauter Männern war es zum Schluss nur noch unerträglich für sie gewesen. Wichtige Meetings wurden grundsätzlich nur noch ab 18 Uhr abgehalten. Langjährige Kunden, die sie seit Jahren betreut hatte, wurden unter fadenscheinigen Gründen an ihre Kollegen weitergereicht. Angeblich hätten sie selbst darum gebeten, weil sie nicht mehr genügend Einsatz zeigen würde.

Jetzt arbeitet sie in einer viel größeren Kanzlei, allerdings ohne Partnerschaft. Das ist ihr egal, hier sind mehr Sozialfälle dabei, Leute, die sie wirklich brauchen, wie sie zu sagen pflegt. Ich habe gar nicht gewusst, dass ihr so etwas überhaupt wichtig ist. Vielleicht ist es Aleks Einfluss oder er ruft einfach ihre beste Seite hervor.

Ach ja! Die neue Kanzlei ist übrigens in Berlin.

Und obwohl Aleks Betrieb bereits gut gelaufen ist, hat er kein Problem damit gehabt, ihn nach Berlin zu verlegen.

„Verstopfte Abflüsse gibt es doch auch in Berlin", pflegt er zu sagen.

Ich glaube, dass es auch so gut läuft, weil er keine Aufschläge dafür nimmt, dass er abends und am Wochenende arbeitet, denn dafür hat er ja tagsüber frei. Für die Tagestermine hat er sich ein riesiges Netzwerk geschaffen. Das sind allerdings nicht seine Angestellten, er vermittelt sie nur, indem er den Auftrag in eine Gruppe schreibt. Wenn jemand frei ist, kann der Kunde dort anrufen oder so ähnlich läuft das ab. Natürlich hat Maya gleich vorgeschlagen, die Firma zu vergrößern und zusätzlich Leute einzustellen, aber das will Aleks nicht. Er hat keine Ambitionen dazu, ein Chef zu werden und das muss Maya eben akzeptieren. Das tut sie auch und ich glaube, es läuft sehr gut zwischen den beiden. Zeitweise haben sie in einer riesigen Wohnung gewohnt, aber schon bald haben sie sich ein Haus gekauft. Ein großes, uraltes Haus mit zehn Zimmern. Die brauchen sie auch, mit drei Kindern! Vor zwei Jahren haben sie noch eine Tochter bekommen, Natascha.

Janne war übrigens auf meiner Hochzeit Blumenmädchen. Nina hat es mit Fassung getragen.

„Ja klar sieht das an einer Dreijährigen süßer aus", meinte sie trocken.

Als Nina in die fünfte Klasse gekommen ist, sind die beiden übrigens auch nach Berlin gezogen. Der Zeitpunkt war wohl am einfachsten für die beiden. Natürlich hatte Gottfried schon die ganze Zeit nach einer neuen Stelle gesucht, mir das aber nicht so direkt erzählt. Das haben die beiden ganz geheim und unter sich ausgeheckt. Die neue Stelle hatte er sogar schon ein Jahr vorher. Aber mit Kündigungsfrist und allem Drum und Dran waren es letztendlich noch drei Monate, die er überbrücken musste.

In den Sommerferien haben die beiden mir dann eröffnet, dass sie jetzt für immer hierbleiben werden und nicht mehr nur so übers Wochenende. Ich musste wirklich heulen, als sie mir das erzählt haben. Natürlich war es hart für Nina, alle ihre Freunde zurück zu lassen, aber das war wirklich kein Vergleich zu damals, als Christine sie ins Internat nach England abgeschoben hat, denn diesmal ist sie als Teil einer Familie umgezogen. Einer Familie bzw. einem Vater, der sie über alles liebt! Und zum Glück hat Nina mit mir als „Stiefmutter" auch gar keine Probleme.

Als ich ihr eröffnet habe, dass ich sie gerne adoptieren würde, hat sie geweint. Für mich war es eine leichte Entscheidung, etwas ganz Natürliches, über das ich gar nicht nachzudenken brauchte. Als die beiden endgültig zu mir nach Berlin gezogen sind, habe ich Gottfried erstmal ganz vorsichtig auf eine mögliche Adoption angesprochen. Gottfried war sofort einverstanden, aber er hat darauf bestanden, dass das Nina selber entscheiden soll. Also habe ich Nina ganz direkt gefragt, was sie davon hält, wenn ich sie offiziell adoptieren würde.

„Bist du dann meine Mama, Mila?", hat Nina gefragt und etwas skeptisch geschaut.

„Natürlich nicht, Nina. Christine wird immer deine Mutter bleiben. Die Adoption ist mir einfach wichtig, damit wir rechtlich keine Schwierigkeiten bekommen."

„Wieso rechtlich?"

„Na zum Beispiel, wenn du mal krank wirst. Dann darf mir der Arzt nichts sagen. Oder wenn Gottfried etwas passiert, dürftest du nicht ohne weiteres bei mir bleiben."

„Was hat Mama dazu gesagt?"

„Wir haben sie noch nicht gefragt. Ich wollte erstmal wissen, ob du das überhaupt möchtest, Nina. Ob du überhaupt von mir adoptiert werden willst, mein Schatz." Nina hat mich angesehen und plötzlich hat sie geschluchzt, aber dabei gestrahlt.

„Dann adoptier mich bitte, Mila. Aber ich werde nicht Mama zu dir sagen, wenn das ok für dich ist." Ich habe sie gedrückt und gesagt:

„Du kannst mich nennen wie du willst!"

Dann haben wir beide geweint. Gottfried hat nicht geweint, sondern stattdessen seinen Anwalt angerufen und ihn die Papiere erstellen lassen, um sie an Christine zu schicken. Die Unterschrift kam postwendend zurück. Auch wenn das vielleicht nicht so überraschend war, habe ich doch Angst gehabt, dass sie, wenn sie meinen Namen sieht, das Ganze abbläst. Aber Gottfried hat mir später erzählt, dass mein Name gar nicht in den Papieren gestanden hat. Es ging einfach nur darum, Nina rechtlich frei zu geben. Dafür brauchte man keine Begründung. Ich kenne mich mit solchen Dingen nicht aus, aber ich war einfach nur erleichtert, dass das Ganze so reibungslos von Statten gegangen ist. Danach habe ich dann den Adoptionsantrag gestellt.

Wieso die beiden nach Berlin gekommen sind und nicht ich wieder ins Ruhrgebiet?

Ach, irgendwie haben wir uns vom ersten Tag an, also als die beiden mich das allererste Mal hier besucht haben, hier wohl gefühlt. Es war für uns alle so etwas wie ein gemeinsamer Neuanfang.

An ihrer neuen Schule fühlt sich Nina sehr wohl. Es ist eine englischsprachige Privatschule mit ganz vielen Kindern, die sich alle noch kaum kannten, weil die Schule erst ab der fünften Klasse startet. Auch viele Kinder aus anderen Ländern, deren Eltern beruflich in Berlin zu tun haben, gehen dorthin. Dadurch hat sich Nina sehr schnell in Berlin eingelebt. Aber auch Gottfried ist es überhaupt nicht schwergefallen, sich hier einzuleben.

Als ich gemerkt habe, dass ich schwanger bin, war ich allerdings erst etwas besorgt, dass weder Nina noch Gottfried davon begeistert sein würden. Ich hatte bereits seit ein paar Wochen so ein merkwürdiges Gefühl gehabt und die Ärztin hatte das Ganze bestätigt. Natürlich habe ich mich gefreut, aber wie gesagt, ich wusste nicht, ob Nina und

Gottfried so begeistert darüber sein würden, denn Gottfried und ich hatten eigentlich nicht über weitere Kinder gesprochen.

Den Tag an dem ich Gottfried von der Schwangerschaft erzählt habe, werde ich nie vergessen:

Ich habe früh Feierabend gemacht, eingekauft und dann mit gemischten Gefühlen auf Gottfried gewartet. Nina war glücklicherweise noch bei einer Freundin. Als Gottfried nach Hause kam, habe ich ihn erstmal umarmt.

„Hallo Gottfried. Wie war dein Tag?"

„Hallo Mila. Gut. Was ist denn los?"

Komisch, dass andere Leute in mir zu lesen scheinen wie in einem offenen Buch.

„Wieso? Was soll denn los sein?", habe ich Gottfried erstaunt gefragt, um Zeit zu schinden, doch er hat mich nur angelächelt.

„Ich sehe doch, dass etwas ist, Mila. Sag es doch einfach. Hast du einen neuen Job? Müssen wir nach Timbuktu umziehen?"

Er nahm meine Haarsträhne und steckte sie mir hinters Ohr. Eine Geste, die mich immer etwas beruhigt.

„Ich kann dich beruhigen, ich habe keinen neuen Job."

„Mila", sagte er ungeduldig. „Hau es raus!"

„Ich bin schwanger."

Eigentlich hatte ich damit gerechnet, dass er ganz blass werden würde, dass er sich erstmal würde setzen müssen. Weit gefehlt! Gottfried hat mich strahlend an sich gedrückt.

„Ist das ganz sicher, Mila?"

„Ganz sicher", keuchte ich, weil er mich so feste gedrückt hatte.

„Das ist ja fantastisch! Wann bekommen wir unser Baby?"

Ich musste lachen, weil zumindest ein Teil meiner Anspannung sich aufgelöst hatte.

„In etwa sieben Monaten. Du freust dich also darüber?"

„Natürlich", strahlte mich Gottfried an. Dann wurde er stutzig.

„Moment mal. Hast du etwa geglaubt, dass ich mich nicht freuen würde?" Gottfried schaute mich verwirrt an.

„Na ja, ich wusste nicht, was du davon hältst. Wir haben ja nie über weitere Kinder gesprochen."

„Ich wollte das Thema nicht ansprechen, um dich nicht unter zu Druck zu setzen, Mila. Natürlich kann ich mir weitere Kinder mit dir vorstellen, aber ich habe ja bereits Nina, daher wollte ich warten, ob du das möchtest."

„Ich habe ehrlich gestanden nicht so viel darüber nachgedacht. Ich bin mit euch so glücklich, aber ich freue mich auch darüber, dass wir jetzt noch ein gemeinsames Kind bekommen. Ich hoffe nur, dass Nina nicht allzu böse sein wird."

„Schauen wir mal", hatte Gottfried gegrinst und mich wieder gedrückt. Er hat sogar meinen Bauch gestreichelt. Was in Filmen total kitschig wirkt, ist in echt einfach nur schön.

Als Nina nach Hause kam, musste ich das Ganze noch einmal durchmachen, ich habe ganz schön geschwitzt dabei. Gottfried war ganz ruhig. Er hat Nina das Ganze ohne Umschweife erzählt. Nina hat nur gelächelt.

„Gottseidank bin ich kein Einzelkind mehr!"

Mehr hat sie nicht dazu gesagt, aber das ist bei Dreizehnjährigen nun mal so. Man könnte diese Antwort sogar beinah als überschwänglich bezeichnen.

Gottfried war natürlich auch deshalb über die Schwangerschaft so glücklich und das war mir zuerst gar nicht bewusst, weil er diesmal vom ersten Tag an alles mitbekommen würde. Komisch, daran hatte ich gar nicht gedacht. Gottfried war überglücklich und wie gesagt, Nina schien nichts dagegen zu haben, ich hatte mir ganz umsonst einen Kopf gemacht.

Durch den Hausverkauf konnte Gottfried sogar sofort nach Häusern schauen, allerdings bei seiner Geschicklichkeit, nicht nach uralten Häusern, sondern doch eher nach etwas Neuerem, was gar nicht so leicht war. Aber vor Kurzem haben wir tatsächlich ein Haus gefunden, in das wir bald umziehen werden. Leider nicht ganz um die Ecke von Maya, aber man kann nicht alles haben.

Die Pfunde durch die Schwangerschaft sind durchaus ein Problem für mich, auch wenn ich immer noch viel leichter bin als bis vor ein paar Jahren. Deshalb gehen wir jetzt alle jeden dritten Tag zusammen joggen. Gottfried, Nina, Maya, Aleks und ich. Felix schiebe ich dabei im Kinderwagen vor mir her, Mayas Kinder flitzen mal vor, mal hinter uns her. Das macht unheimlich viel Spaß und spart jedem von uns das Fitnessstudio. Bei Regen gehen Gottfried und ich meistens zu zweit joggen und Nina passt auf Felix auf.

Aber ich versuche, nicht wieder in diese Spirale zu fallen. Ich ernähre mich bewusst, versuche nie zu lange, nichts zu essen, damit ich keine Heißhungerattacken bekomme und generell habe ich begonnen, zu kochen. Manchmal schmeckt es sogar und zum Glück hat mir Gottfried einiges beigebracht. Er kann das nämlich äußerst gut, so wie er ziemlich alles gut kann.

Aber ich versuche, mich nicht unter zu bewerten. Ich weiß selbst, wozu ich in der Lage bin und dass auch ich einige gute Eigenschaften habe. Ich muss sie mir nur ab und zu wieder bewusst machen.

***

Ende

# AUTORENBIOGRAFIE

Die Autorin, die unter dem Pseudonym Lily Winter schreibt, wurde in Indien geboren und wuchs zunächst in einem Waisenhaus auf. Glücklicherweise wurde sie irgendwann nach Deutschland adoptiert, wo sie nach wie vor mit ihrer Familie lebt. Sie liest gerne Liebesromane oder auch Fantasy und natürlich auch den ganzen Vampirkram. Die meisten Buchideen kommen ihr im Schlaf oder im Urlaub, vorzugsweise beides. Die Idee zu ihrem ersten Buch und dem Auftakt der Sommertrilogie „Gestern, Morgen, für immer?" kam ihr wie ein Tagtraum vor. Im Geiste sah sie zwei Personen sich küssen und dann in verschiedene Züge steigen. Da sie dringend wissen wollte, wie es weiter geht, fing sie an, das Ganze aufzuschreiben.

Das Pseudonym Lily Winter wurde ihr übrigens von ihrer Freundin vorgeschlagen, die ihr versicherte, dass sie Bücher unter solch einem Namen ganz bestimmt eher kaufen würde.

## LESEPROBE: SOMMERTRILOGIE BAND 1: GESTERN, MORGEN, FÜR IMMER?

## PROLOG

### Anna

Sein Zug kommt zu spät. Wie jedes Jahr oder, weil er immer einen Zug später nimmt. So genau weiß ich das nicht. Es hat mich auch nie interessiert. Jedes Jahr treffen wir uns hier, an diesem Ort irgendwo in Nord-Rhein Westfalen. Er kommt aus Hamburg und ich komme aus München. Also so ziemlich in der Mitte und irgendwie auch, weil wir beide von hier stammen. Einmal im Jahr treffen wir uns hier. Einmal im Jahr tischen wir unseren Ehepartnern und unseren Kindern eine Lüge auf. Ich sage, dass ich zu einer Lehrerfortbildung fahre und er, dass er geschäftlich wegmuss. Meiner Tochter sage ich, dass ich zu einer Freundin nach Wiesbaden fahre, die ich noch aus dem Studium kenne und die auch tatsächlich dort lebt. Wir telefonieren manchmal, mehr aber auch nicht. Meine Tochter würde mir das mit der Lehrerfortbildung nie abkaufen. Schon, weil sie auf dieselbe Schule geht wie ich. Zum Glück reden sie und ihr Vater nur das Nötigste miteinander. Vielleicht ahnt sie auch etwas, aber sie hat sich bis jetzt nie etwas anmerken lassen. Sie ist 12 und normalerweise sehr kritisch. Plötzlich steht Ralf vor mir.

„Hallo Anna. Schön dich, zu sehen", sagt er und küsst mich zärtlich.

Diese Wochenenden gehören uns, uns allein. Sie zeigen uns, was wir hätten haben können.

PROLOG

Ariane

Wir setzen uns gemütlich draußen vor die Eisdiele, obwohl nichts an unserer Stimmung gemütlich ist. Der bloße Gedanke daran, eventuell bei meinem Vater leben zu müssen, treibt mir die Tränen in die Augen. Aber eigentlich, will ich deswegen nicht heulen, denn ich muss meiner Mutter zeigen, dass ich mit der Situation umgehen kann.

„Ist das für dich ok, Ari?", fragt mich meine Mutter wieder und wieder.

„Natürlich, Mama", sage ich dann jedes Mal schnell, um auch mich selbst davon zu überzeugen.

Plötzlich sehe ich Ralf am Nachbartisch sitzen. Neben ihm sitzt ein kleines, rothaariges Mädchen.

„Hallo Ralf!", brülle ich rüber, damit wir endlich das Thema wechseln können. Ralf steht sofort auf. Was für ein Glück.

„Hallo Ari, hallo Anna!", ruft er erfreut.

„Hallo Ralf", sagt meine Mutter leise, fast schüchtern. Ich schiebe sofort beide Tische zusammen und wir setzen uns alle.

„Das sind Max und Katja", stellt Ralf vor.

„Hallo, ihr beiden", sagt meine Mutter. „Das ist Ari, meine Tochter."

Ich nicke kurz und sage Hallo, dabei schaue ich zufällig auf Max. In mir macht es „ping" und ich werde rot. Zum Glück erzählt Katja gerade etwas Lustiges und alle lachen.

„Was macht sie?", frage ich, um auch etwas zu sagen. Doch eigentlich schaue ich nur diesen großen, dunkelhaarigen Mann mit den blauen Augen neben Ralf an.

Ich versuche nicht zu sehr hinzu starren. Mir wird gleichzeitig heiß und kalt, denn irgendwie weiß ich, dass ich mich gerade verliebt habe.

# LESEPROBE: SOMMERTRILOGIE BAND 3: LIEBE BRAUCHT KEIN MORGEN

## PROLOG

### Katja

Wumm!

Schweißgebadet wache ich auf.

Jede Nacht wache ich auf.

Jede Nacht sehe ich dieselben entsetzlichen Bilder.

Ich höre den lauten Aufprall und die plötzliche Stille, die darauffolgt.

Jede Nacht sehe ich mich wieder aus dem Auto stürzen, sehe wie andere Menschen angelaufen kommen.

Ich sehe einen Menschen vor dem Auto liegen, wie er einfach nur so da liegt, blutüberströmt.

Von einer Sekunde zur anderen kann das Leben vorbei sein. Seins war es und meines somit auch.